L'amore sopra ogni cosa

di

Sandy Sullivan

Traduzione: Nela Banti

Edizione italiana a cura di: Alessandra Magagnato

INFORMAZIONI SUL LIBRO CHE AVETE ACQUISTATO

Questa è un'opera di fantasia. Nomi, personaggi, luoghi e avvenimenti sono il prodotto dell'immaginazione dell'autore o sono usati in modo fittizio e ogni somiglianza con persone reali, vive o morte, imprese commerciali, eventi o località è puramente casuale.

Cover Artist: Dawne Dominique

Sito web: http://www.romancestorytime.com/home.htm

AVVERTENZE:

La lettura di questo libro è consigliata a un pubblico di soli adulti in quanto contiene scene di natura sessuale tra due o più uomini consenzienti.

Print ISBN: 978-1-944122-28-7

"L'Amore Sopra Ogni Cosa"

Copyright © 2016 Sandy Sullivan

Traduzione: Nela Banti per "Francy and Alex Translation"

Edizione italiana a cura di: Alessandra Magagnato

Dedica

Questo libro è dedicato ai fan di due uomini che si innamorano, così come a quelli di eccitanti cowboy Bull Riders. Essendo io una fan dei cowboy, non vedevo l'ora di scoprire come sarebbero apparsi due di loro insieme. Penso che siano più eccitanti che mai e spero che voi sarete d'accordo.

Chute: gabbia metallica dove viene fatto entrare il toro affinché il rider ci si possa posizionare sopra.

Spot man: è quella figura che tiene sotto controllo il bull rider quando si trova nella chute, sopra il toro, poco prima che il cancello venga aperto. Il suo compito è quello di sollevare immediatamente il rider nel caso il toro si ribalti o di evitare che il bull rider vada a sbattere contro il toro nel caso in cui questo inizi a dimenarsi.

Contractor: i contractor sono quegli allevatori di bestiame che forniscono i tori al circuito del bull riding.

Bull fighter: il lavoro del bull fighter è quello di distrarre il toro sia quando il rider smonta dall'animale, dopo aver terminato la gara, sia nel caso in cui venga disarcionato, evitando che l'animale lo carichi.

Buckle Bunny: ragazze che seguono le gare di bull riding, come delle groupie.

Bull Rope: La corda attaccata al garrese del toro e impugnata dal rider per mantenere l'equilibrio. Il rider non può toccare il toro con la mano libera, pena la squalifica.

Pece Greca: Resina vegetale che, mescolata all'alcol per ammorbidirla, viene usata per creare attrito sulla bull rope, in maniera tale che non scivoli sulla mano guantata del rider.

Barile: un vero e proprio barile in legno da cinquantacinque galloni (circa duecento litri), attaccato a un sistema di ganci, corde e verricelli che simula il moto imbizzarrito del toro. Serve ai riders per fare pratica, quando non hanno animali a disposizione.

Capitolo 1

Un dolore atroce gli si propagò dal fianco fino alle dita dei piedi. Dio, stava male. Rusty Arnold gemette debolmente mentre si sistemava la gamba. Accidenti alla sfortuna. Era stato in cima, il numero uno della classifica mondiale e, con un improvviso ribaltamento della sorte, era stato sbalzato fuori per l'intera stagione, per di più con un femore rotto.

Dopo che la sua gara da novanta punti aveva messo fine alla corsa per il titolo di campione, suo padre era arrivato per portarlo a casa. Il viaggio di ritorno in New Mexico non era stato piacevole, sdraiato com'era nel retro del pick-up del padre. In alcuni punti era filato tutto liscio, ma, una volta arrivati a percorrere il vialetto di casa, i sobbalzi del vialetto gli massacrarono la gamba ferita. Le pillole antidolorifiche non servivano affatto contro il dolore causatogli dagli scossoni del viaggio. *Bisogna rimettere la ghiaia su questo vialetto. Queste buche mi uccideranno.*

Mentre si avvicinavano alla casa e il pick-up si fermava, sospirò di sollievo. Riuscire però a capire come entrare in casa da solo, senza farsi male, sarebbe stata l'impresa del secolo. Aveva le stampelle, ma districarsi con quelle sul ghiaino non sarebbe stato uno spasso. Non poteva nemmeno contare sull'aiuto dei suoi fratelli. A quell'ora del giorno, la maggior parte di loro probabilmente era fuori a cavallo di qualche steccato o a radunare il bestiame.

«Rusty?»

«Sì?»

«Stai bene?»

«No, papà. La gamba mi fa un male del diavolo e devo riuscire a capire come fare a entrare in casa.» Rusty si spostò in avanti sul cassone, fino a raggiungere la sponda posteriore con la gamba ferita. Sarebbe stato interessante smontare da lì, con l'ingessatura che andava dall'inguine alla caviglia, senza prendere colpi in punti non opportuni.

Con i jeans tagliati dal bacino fino all'orlo, che svolazzavano nella brezza di fine estate, si mosse con cautela e gli si formò una patina di sudore sul labbro, per lo sforzo di cercare di scendere. Un dolore lancinante lo colpì in pieno. Cercò di respirare per superarlo, così da capire come muoversi per evitare un'ulteriore agonia.

«Puoi appoggiarti a me e usare una sola stampella. Tua madre prenderà l'altra. Ti ha preparato la stanza a piano terra, visto che con il gesso non sarai in grado di fare le scale.»

«Grazie, lo apprezzo. Gli altri sono fuori?»

«A quest'ora? Certo che sono fuori. Ci vuole una squadra intera per mandare avanti questo posto, Rusty; non che tu sia stato qui intorno molto, negli ultimi anni.»

Grande. Il momento della predica. «Sono stato piuttosto occupato a prendermi cura del mio ranch, papà.»

«Hai seguito il circuito dei rodei.»

«Anche quello. È ciò che ho scelto di fare. Mi dispiace che tu non lo capisca.»

«Come figlio maggiore, il tuo posto è qui, a casa, non a bighellonare di Stato in Stato, cercando di farti ammazzare.» Il padre si sbatté le mani sui fianchi. «E adesso guardati, bloccato, e a casa con la coda tra le gambe.»

«Sono un uomo adulto, papà. Ho bisogno di cavarmela da solo. Qui hai Russel per aiutarti a mandare avanti questo posto. Sono bravo in quello che faccio e, oltretutto, sarò di nuovo in arena all'inizio della prossima stagione.»

«Staremo a vedere.» Suo padre si fece avanti. «Beh, andiamo, allora. Entriamo in casa. Tua madre ti porterà un po' d'acqua, così potrai prendere altre pillole, se ti servono.»

Rusty gemette mentre abbassava lentamente la gamba ingessata e il sangue rifluiva verso le dita dei piedi. Durante il viaggio aveva tenuto la gamba sollevata nel retro del pick-up, così da ridurre il gonfiore, ma ora, riabbassandola, cominciò a pulsare seriamente. «Cazzo.»

«Niente parolacce.»

13

«Scusa, ma fa davvero un male del diavolo.»

«Me l'immagino.»

Il padre incuneò la spalla sotto l'ascella di Rusty, issandolo in una posizione semi eretta, mentre sua madre si affrettava giù lungo le scale.

«Rusty, tesoro, lascia che ti aiuti.»

Dei puntini luminosi gli danzarono davanti agli occhi. Scosse la testa per schiarirsela, ma non ottenne molto. La nausea gli attanagliava lo stomaco. Probabilmente non avrebbe dovuto prendere l'ultima serie di pillole a stomaco vuoto. «Prendi solo la stampella, mamma, e mettimela sotto il braccio.» Emise un gran respiro per tentare di bloccare la nausea, in modo da non vomitare proprio lì, nel cortile di fronte a casa.

«Tutto okay?»

«Sì.»

Grazie alla stampella e al braccio sulle spalle del padre zoppicò fino al portico e i genitori riuscirono a fargli salire i due scalini, così poté entrare in casa, attraversare il piccolo corridoio e arrivare alla camera al pianterreno.

Collassò sul letto nel momento in cui riuscì ad arrivare abbastanza vicino al materasso. Sua madre gli stette dietro.

«Cosa posso fare, Rusty?»

«Al momento niente, ma'. Ho bisogno di riposarmi un attimo, poi sarò in grado di tirare la gamba sul letto.»

«Ma posso aiutarti.» La donna si piegò e iniziò a sollevare la gamba ingessata.

«No!»

La lasciò ricadere a terra, facendola sbattere sul pavimento di legno. «Cazzo.»

Sua madre si alzò con le mani sui fianchi, con quella che lui chiamava l'espressione da *madre disgustata*. «Rusty, basta con le parolacce.»

«Scusa, mi hai fatto male!»

«Capisco, ma stavo solo cercando di aiutarti.»

Rusty ricadde all'indietro sul letto, fissando il soffitto mentre la gamba pulsava a ogni battito del cuore. Gli faceva male la coscia e cercò di massaggiarla attraverso il gesso, sperando che servisse ad alleviare un po' il dolore. Ovviamente non fu così. Aveva bisogno di bere qualcosa, magari un bicchierino di whisky, anche se non avrebbe dovuto, e poi gli serviva una bella dose di antidolorifici. «Lo so, ma è meglio se lo faccio da solo.»

«Va bene, allora.» Si asciugò le mani sul grembiule con la pettorina che le copriva tutta la parte frontale del corpo. Non riusciva a ricordare una volta in cui sua madre non l'avesse indossato. «Andrò a preparare qualcosa da mangiare, è quasi ora di pranzo.»

Il dolore cominciò a scemare un po' mentre spostava la gamba sul letto e appoggiava la schiena alla testata. «Puoi accendere la televisione? Voglio vedere chi vincerà questa settimana, stanno facendo l'ultima gara.»

«Sul serio, Rusty? Non ti basta volerti rompere l'osso del collo montando tori, devi anche guardarlo?»

«Quelli sono i miei amici, ma'. Per me è importante vedere chi vince. C'è un ragazzo che sta facendo davvero delle buone gare, adesso, e sto facendo il tifo per lui perché possa andare avanti per entrare in finale, tra pochi mesi.»

«Penso che siate tutti fuori di testa.»

«Lo so.»

La donna girò la piccola e vecchia televisione appoggiata sul cassettone. Era più o meno degli anni ottanta, ma perlomeno era un televisore. Grazie al cielo, i suoi genitori avevano la TV via cavo. «Che canale, Rusty?»

«È sulla CBS»

Sua madre si sintonizzò sul canale della rete e lo schermo si illuminò dei colori del rodeo. La polvere, il clangore dei cancelli metallici, il ruggito della folla, tutto gli fece accelerare il cuore. Si sistemò meglio sul letto, strizzando gli occhi per mettere a fuoco lo schermo. «Mamma, puoi prendermi gli occhiali dalla borsa? Non ho addosso le lenti a contatto, me le hanno fatte togliere in ospedale.» Dopo aver rovistato un attimo nel borsone, la madre gli porse gli occhiali con la montatura dorata. Rusty li prese dalla sua mano e se li sistemò sul naso. «Grazie.»

«Se è tutto a posto, posso andare a preparare il pranzo?»

«Ho bisogno delle pillole, che sono sempre là dentro, e di un bicchiere d'acqua, per piacere. La gamba mi sta uccidendo, con tutti questi spostamenti.»

«Per quanto dovrai tenerlo, il gesso?»

«Da sei a otto settimane, forse di più. Dipende da come guarirà. Ho un appuntamento con il dottore tra quindici giorni per un controllo. Non sono sicuri se dovranno operarmi o meno.»

La madre gli allungò la bottiglietta di pillole. «È una buona cosa che viviamo vicini ad Albuquerque, così puoi avere le cure giuste.»

«Già.»

«Torno subito con un po' d'acqua.»

«Grazie, ma'. Ti voglio bene.»

«Anch'io, Rusty.» Sua madre si avvicinò e lo baciò sulla fronte. «I tuoi fratelli saranno contenti di averti a casa. Lo sai che per Thomas e Junior sei un idolo.»

«Lo so. Sarò contento anch'io di vederli.»

«Bene, allora.» La donna si lisciò il grembiule sul davanti prima di uscire dalla stanza, lasciandolo a guardare quello che accadeva nel programma in TV.

Il successivo era Levi Bond. Sperava con tutto il cuore che facesse una buona gara. Era un amico del tipo che si poteva avere nei rodei, ma Rusty pensava che avesse una buona possibilità di arrivare in finale se continuava a montare come stava facendo.

Rusty sedette diritto, fissando lo schermo. Levi avvolse la corda attorno alla mano e si chinò verso le spalle del toro, prima di fare cenno che aprissero il cancello. Rusty trattenne il respiro. Era lo stesso toro che l'amico aveva montato la settimana prima di slogarsi la spalla. Quell'animale era uno dei migliori del circuito e uno dei più duri da montare. Levi fece in modo che sembrasse quasi facile, anche se Rusty sapeva che non lo era per nulla. Sospirò quando suonò il timer. Era una prova decente, niente di spettacolare, ma aveva resistito per gli otto secondi richiesti, il che significava che aveva raggiunto un buon punteggio. Quando il presentatore annunciò il totale, Rusty spinse il pugno in aria, proprio come stava facendo Levi nello schermo. «Sì!»

C'erano diversi ragazzi nel giro dei bull rider con cui era amico, ma aveva una grande stima di Levi. Sapeva che il ragazzo era gay. Non andava di certo a sbandierarlo in giro, ma era una cosa risaputa e molti dei ragazzi ne erano a conoscenza. Rusty lo considerava uno del suo gruppo di amici più stretti. A lui non dava fastidio che Levi preferisse gli uomini, ma ad alcuni rider la cosa non piaceva.

Rusty sistemò la gamba per stare un po' più comodo mentre sua madre tornava con una bottiglia d'acqua. «Grazie, mamma.»

«Di niente, tesoro. Tornerò tra poco con il pranzo. Il resto del gruppo dovrebbe rientrare presto, sono sicura che i tuoi fratelli passeranno a salutarti.»

«Forse.»

«Ti vogliono bene, Rusty, anche se sono un po' arrabbiati per il fatto che tu non sia qui ad aiutarli, visto l'impegno che hai con il tuo ranch e i rodei.»

«Lo so, ma devono capire che è quello che voglio fare.»

«Lo capiscono.»

«Non credo.»

«Beh, Russel e John non capiscono, anche se poi ci sono gli aiutanti che lavorano qui che pensano che dovresti stare a casa a dare una mano invece che correre per tutto il Paese, ma, a parte quello, il resto va bene.»

«Papà non lo capisce.»

«No, in effetti no. È convinto che dovresti lasciar perdere questa stupidaggine e tornare a casa.»

«Ce l'ho nel sangue, ma'. Non riesco a spiegarlo. Oltretutto, ho anche il mio ranch da gestire, quindi non potrei stare qui per molto tempo in ogni caso.»

La madre gli accarezzò la guancia, premendovi leggermente il palmo. «Lo so, caro. Gli uomini devono fare quello che devono.»

«Desideri mai aver avuto una femmina?»

«Certe volte, magari quando cucino, o quando mi occupo delle faccende di casa e vorrei avere qualcuno a cui insegnarle, qualcuno con cui andare a fare compere o per cui augurarmi un bel matrimonio, ma amo voi ragazzi con tutto il cuore e non vi cambierei per niente al mondo.» Si asciugò l'angolo degli occhi con il grembiule. «Adesso prendi le tue pillole e poi ti porterò il pranzo, appena sarà pronto.» Uscì chiudendosi la porta alle spalle con delicatezza.

Rusty si concentrò di nuovo sullo schermo. Altri due concorrenti avevano gareggiato ed erano stati sbalzati giù dal toro. Lo stomaco gli si stringeva ogni volta che il bull rider faceva cenno di essere pronto. Era come se ci fosse lui, nella chute, ma no, lui era imprigionato lì, a casa dei suoi, con una gamba ingessata per parecchie settimane ancora. Sarebbe probabilmente andato fuori di testa prima che tutto fosse finito. Voleva essere là, in mezzo alla polvere che turbinava, con il ruggito della folla e il cameratismo dei suoi compagni. Più di tutto, gli sarebbe mancato l'unico ragazzo su cui aveva messo gli occhi da parecchio tempo.

Non c'era verso che potesse rivelare alla sua famiglia le proprie preferenze. Non avrebbero mai capito. Se non avesse portato a casa una donna a cui sua madre potesse voler bene, per cui suo padre potesse stravedere e che i suoi fratelli avrebbero ammirato, sarebbe stato sbattuto fuori dalla famiglia, come un sacco di spazzatura. I suoi non avevano compreso la sua necessità di montare tori e non avrebbero mai capito il suo bisogno di avere un altro uomo che gli ficcasse un uccello nel culo. Sebbene essere gay non fosse necessariamente accettato nel circuito dei rodei, non era nemmeno ostracizzato. Beh, forse un po'. Bastava evitare certi tipi, ma quello che succedeva nella propria camera d'albergo non erano affari di nessuno, bastava non sbandierarlo in giro. E poi non bisognava provarci con i colleghi.

Da lì il dilemma. Non poteva dichiararsi alla sua famiglia e non poteva farsi avanti con il ragazzo che voleva.

Lucas Jacks.

Persino il suo nome gli spediva i brividi lungo la schiena. Quell'uomo era un metro e ottanta di muscoli, grandi occhi blu e capelli biondi. Poteva indossare un paio di Wrangler come nessun altro e farlo sembrare facile. Quando montava, ogni muscolo del suo corpo si fletteva con un movimento fluido che ricordava le onde placide sulla superficie di uno stagno. Adorava guardare Lucas montare, ma quello che voleva più di tutto era che Lucas montasse lui.

Rusty rilasciò un gran respiro quando il nome del suo amico apparve sullo schermo. Era l'ultimo a gareggiare in quel giro finale per la vittoria a Oklahoma City. Guardò Lucas sedersi con cautela sulla schiena del toro, che fece un balzo. Rusty trattenne il respiro mentre lo spotter teneva Lucas per il gilè. Alla fine il toro si sistemò nella chute e Lucas poté afferrare la corda in maniera corretta.

Nel momento in cui Lucas diede l'assenso, lo stomaco di Rusty si annodò. Il bull riding era uno sport pericoloso, da qualunque parte lo si guardasse. Stare sulla schiena di qualcosa che non ti voleva là sopra, agli occhi di molti era un suicidio, ma loro lo amavano. Essere uno che montava tori era una costante scarica di adrenalina, dal primo momento in cui ti preparavi psicologicamente per la gara, fino a quando non lasciavi andare la corda, dopo i tuoi otto secondi, e anche un po' dopo di quello. Qualcuno li definiva tossici da adrenalina e probabilmente lo erano. Niente poteva essere comparato a quei picchi o, perlomeno, lui non aveva ancora trovato nulla del genere.

Il timer suonò. Lucas resistette i suoi otto secondi. Rusty si strofinò lo stomaco per calmare la tensione, mentre lo guardava correre verso il recinto con il toro alle calcagna. Dalla ringhiera riverberò un forte rumore metallico quando il toro la colpì con la testa, proprio tra le gambe aperte di

Lucas.

I bullfigthers attirarono l'attenzione dell'animale, allontanandolo da Lucas e portandolo nella chute d'uscita. Lucas oltrepassò la ringhiera, prima di guardare verso il punto in cui Rusty sapeva che apparivano i punteggi. Lo speaker gridò il risultato mentre lampeggiava sullo schermo. «E che cavolo! L'hanno fregato! Era una prova da almeno ottantanove punti! Ottantasei è da pazzi.»

La porta della sua camera sbatté contro il muro quando i suoi fratelli Thomas e William, detto anche Junior, si precipitarono dentro la stanza. Entrambi i ragazzi si fermarono slittando ai piedi del letto, con gli stivali che scivolavano sul pavimento di legno. «Sei a casa!»

«Già.»

«Ti abbiamo visto in gara, anche se a mamma e papà non piace che ti guardiamo. Il toro ti ha proprio calpestato.»

«Sì, l'ha fatto.»

«Ti fa male la gamba?» chiese William occhieggiando il gesso.

«Sì.»

«Però! Per quanto tempo sarai fuori dalle gare?» Thomas si avvicinò, allungando una mano per toccare l'ingessatura. «Posso firmarlo?»

«Con la stagione ho chiuso e sì, potrai firmarlo tra un paio di giorni. È ancora un po' umido, visto che me l'hanno messo appena ieri.»

«Stagione finita; che schifo.» William si fermò a lato del letto con gli occhi spalancati per la meraviglia. «Chi ha vinto, oggi?»

«Levi.»

«Figo! Lui mi piace. Vorrei incontrarlo, un giorno.»

«Vedrò cosa posso fare.»

«Davvero? Sarebbe fantastico! È un grande, a cavalcare tori.»

«Sì, ed è un amico.»

Thomas pizzicò un pelucco sul letto e tenne gli occhi fissi sullo schermo del televisore, mentre Levi riceveva una fibbia come premio. «Hai un sacco di amici fighi.»

«Ragazzi, il pranzo è pronto.»

«Possiamo mangiare con Rusty?»

«No, mangerete a tavola. Vostro fratello non andrà da nessuna parte. Potrete parlare con lui dopo pranzo. Venite, adesso.»

William si girò avviandosi alla porta e lasciando indietro Thomas per un attimo. «Sono contento che tu sia a casa, anche se solo per un po'.»

«Ci sarò per almeno otto settimane, Thomas. Sono due mesi.»

Thomas fece strisciare gli stivali sul pavimento. «Mi manchi quando sei via.»

«Anche a me mancate voi ragazzi.»

«Thomas!»

«Arrivo, ma'.» Il ragazzo si voltò verso la porta prima di lanciare un'occhiata da sopra la spalla. «Magari possiamo giocare a carte o a qualcos'altro, più tardi.»

«Certo, amico.»

Thomas fece un gran sorriso, poi uscì per andare a pranzare in cucina. Rusty amava davvero la sua famiglia, li amava tutti, ma Thomas aveva un posto speciale nel suo cuore, essendo il più piccolo. Era nato prematuro, pesando solo ottocento grammi. Nessuno credeva che sarebbe sopravvissuto, appena nato, a causa di problemi cardiaci e di respirazione, ma, nonostante non riuscisse a mangiare molto, il suo fratellino li aveva smentiti tutti. Sebbene non fosse il più corpulento tra i compagni di classe, era di certo il più bravo di tutti e prendeva i voti alti. Voleva pilotare aerei, per vivere, e anche andare nello spazio. Se qualcuno era in grado di farlo, quello era Thomas.

Diversi minuti più tardi sua madre entrò portando un

vassoio con un piatto colmo di spaghetti, delle polpette, un gran bicchiere di latte e parecchie fette di pane.

«Wow. Dovrò stare a dieta, mentre sono qui. Mi farai ingrassare di cento chili con tutto questo cibo.»

«Mangia quello che vuoi, Rusty. Anche se penso che tu sia comunque troppo magro.»

«Devo controllare il mio peso, ma'. Non ci sono montatori pesanti. Molti di noi sono piccoli, magri e atletici.» Si mise il vassoio in grembo e ci si fiondò sopra. Nulla era buono quanto gli spaghetti di sua madre, erano uno dei suoi piatti preferiti e probabilmente li avrebbe mangiati fino all'ultimo pezzetto che aveva nel piatto. Non si era reso conto di quanto fosse affamato fino a che non aveva sentito il profumo del cibo. «Adoro la tua cucina.»

Lei lo baciò sulla testa. «Lo so che ti piace. Mangia.» Poi si allontanò dal letto. «Tornerò tra un po' a riprendere il piatto.»

«Vai a mangiare. Hai bisogno di mantenerti in forza per stare dietro a tutti noi.»

«Vero.» La donna si voltò di nuovo per andare in corridoio, ma si fermò per lanciare un'occhiata allo schermo della TV. «Chi ha vinto questa settimana?»

«Levi.»

«Bene. Sembra un brav'uomo.»

Rusty aggrottò la fronte. «Non sapevo che lo guardassi, ma'.»

«Ogni settimana, Rusty. Il mio ragazzo è là fuori. Posso non capire tutto, ma lo guardo.» Poi sorrise, ammiccando con aria furba. «Oltretutto, tuo padre si arrabbia perché lascio che Thomas e William vedano la gara con me.»

Rusty rise. Era la prima vera risata che gli scaturiva da parecchi giorni e si sentì bene. Forse tornare a casa per un breve periodo non era stata un'idea così malvagia.

«Rusty!»

Si svegliò di colpo dal sonnellino all'urlo che proveniva dalla porta della camera.

«Cosa c'è?» urlò di rimando mentre si tirava su con le mani e si appoggiava con la schiena alla testiera.

«Stai dormendo come una vecchia?» lo derise Russell entrando in camera e arrivando fino ai piedi del letto.

Era calata la notte mentre dormiva. La stanza era totalmente buia, a eccezione della piccola luce sul comodino di fianco al letto. Il suo stomaco brontolò. Aveva dormito parecchie ore, a causa degli antidolorifici che aveva preso. *Grande. Probabilmente rimarrò sveglio tutta notte.* «Cosa diavolo vuoi, Russell?»

«Mi sono fermato a vedere come stai, visto che ho finito le faccende della giornata.»

«Sto bene.»

«Sembri ridotto piuttosto male.»

«Lo sono. Il toro mi ha fratturato il femore. Dovrò tenere il gesso per parecchie settimane.»

«Immagino. Scappi dal lavoro... di nuovo.»

«Senti, vai a farti fottere, Russell. Io lavoro, quando sono a casa.»

Russel diede un'occhiata al gesso attorno alla gamba di Rusty. «Per quanto starai qui?»

«Otto settimane, o forse di più. Dipende da come guarisce.»

«Quindi hai finito con il resto della stagione?»

«Sì, quindi mi avrai qui attorno fino a che non ricominceremo in gennaio.»

«Beh, ma non mi dire.»

«Che problema hai?»

«Te. Non credere di poter tornare qui e riprendere a comandare solo perché sei il più vecchio. Questo posto lo mando avanti io, adesso, io e papà. Tu sei solo un altro che dà una mano, quando capiti da queste parti.»

«Papà ti ha dato l'incarico di responsabile?»

«Già. Perché non avrebbe dovuto? A te non importa di

questo posto, a differenza di me. È la mia ragione di vita, il mio futuro.»

«Puoi tenertelo, Russell. Io non lo voglio. Monterò tori fino a che potrò farlo, poi investirò i miei guadagni nel mio ranch, facendolo funzionare ancora meglio, prima di mettere su famiglia.»

«E dove hai intenzione di metterla su, questa famiglia, Rusty? Qui ad Albuquerque?»

«Ovvio. Ho il mio ranch in cui farlo, comunque, che differenza fa? Vivrò la mia vita come mi pare.»

Russell mosse la mano, indicando prima sé e poi il fratello. «Giusto perché ci chiariamo.»

«Nessun problema, fratello. Sono fuori combattimento per parecchie settimane. Non farò il padrone con nessuno, qua, visto che probabilmente non uscirò da questo letto per un paio di giorni, senza stampelle.»

«Vedo che non lo farai.»

«Non pensare di potermi comandare, Russell. Io non prendo ordini da te, anche se adesso sei il supervisore.»

«Tu farai quello che dico io se ti troverai sul dorso di un cavallo una volta tolto il gesso.»

«No, farò quello che dirà papà e, ricorda, sono ancora il più vecchio.»

«Non di molto.»

«Ma è abbastanza.»

«Ah sì, e di quanto, quindici minuti?»

«Sono sempre quindici minuti.»

«Tu ci hai lasciato per inseguire il tuo sogno di montare tori, Rusty. Io sono rimasto a mandare avanti il ranch. Sarà mio, alla fine dei giochi.»

«Continua pure a pensare quello che ti pare. Saranno papà e mamma a decidere chi erediterà questo posto, non tu.»

«Papà ce l'ha con te, perché te ne sei andato.»

«Lo so, ma è la mia vita.»

«Allora vivi la tua vita come ti pare e lascia a me la gestione del ranch.» Russell girò sui tacchi e sparì attraverso la porta.

Rusty odiava litigare con il gemello, ma le cose andavano in quel modo, tra di loro. Si erano sempre scontrati, sin da quando erano piccoli. A Russel non andava giù che Rusty fosse il maggiore e sembrava sempre avere l'approvazione dei genitori in qualunque situazione. Ma non erano identici: in effetti, le loro personalità erano del tutto diverse. Rusty era calmo e riservato dove Russell era aggressivo e pronto a combattere di continuo per avere di più, rompendo le scatole la maggior parte delle volte. Rusty sperava che il fratello si calmasse, prima o poi, e che la smettesse di essere così competitivo riguardo al ranch. Per come stavano le cose, anche se i suoi genitori glielo avessero lasciato, una volta deceduti, l'avrebbe dato a suo fratello. Lui aveva altri progetti.

Sua madre si fermò sulla porta mentre passava in corridoio, di ritorno dalla lavanderia. «Hai dei vestiti da lavare, Rusty?»

«Sì, nello zaino. Praticamente tutto quello che ho è sporco. Non ho avuto la possibilità di lavare niente prima di venire a casa.»

«Va bene, tesoro, so come vanno queste cose.» La donna appoggiò il cesto che teneva tra le braccia sul pavimento, vicino alla borsa, nella quale rovistò, facendo uscire una nuvoletta di polvere e rilasciando nell'aria puzza di tori. «Accidenti, che odore.»

«Scusa.»

«Tranquillo. Non è diverso da quello della roba dei tuoi fratelli quando tornano dopo la marchiatura.»

«Mucche o tori, puzzano tutti uguale.»

Lei rise. «Già, già, è così.»

Dopo aver messo gli abiti sporchi nel cesto, si avviò verso la porta e poi si girò. «La cena sarà pronta più o meno tra un'ora. Hai riposato bene?»

«Sì, ma adesso probabilmente non dormirò tutta la notte. Quegli antidolorifici mi fanno venire sonno appena li prendo, ma adesso sono sveglio del tutto.»

«Riesci a venire in sala da pranzo per la cena?»

«Sì. Ho bisogno di alzarmi e muovermi un po', prima di andare fuori di testa in questa stanza.»

«Posso immaginarlo.»

«Ci metterò un po' ad arrivare. Ho bisogno di andare in bagno, prima.»

«Sai dov'è e non preoccuparti: non devi dividerlo con nessuno.»

«Grazie, mamma.»

«Di niente. Ci vediamo a cena.»

Rusty occhieggiò le stampelle appoggiate in fondo al letto. Poteva farcela. Mosse la gamba fino a farla pendere giù dal letto, inspirando di colpo quando cominciò inesorabilmente a pulsare. Gli antidolorifici erano un'esigenza, ma odiava prenderli troppo spesso visto che lo facevano dormire un sacco. La vita sarebbe andata avanti mentre lui dormiva e questo, con tutta probabilità, l'avrebbe aiutato a guarire. Però si sarebbe rammaricato di perdere le cose che sarebbero successe nei mesi successivi.

Con le stampelle sotto le braccia, cercò di dondolarsi per

mettersi in piedi, ma non funzionò e dovette chiedere aiuto. «Thomas?»

Un minuto dopo, Thomas arrivò scivolando con i piedi e fermandosi di colpo sulla soglia della porta. A suo fratello piaceva fare quella scivolata alla Risky Business. «Cosa c'è?»

«Puoi aiutarmi ad alzarmi? Sto andando in sala da pranzo per la cena.»

«Mamma ha detto che non sarebbe stato pronto prima di un'ora.»

«Lo so, mi ci vorrà probabilmente tutto quel tempo per arrivare lì zoppicando, ma non riesco a togliere il culo dal letto.»

«Cosa vuoi che faccia?»

«Mettiti sotto il mio braccio e spingimi in piedi.»

«Sei sicuro che riesca a sostenerti?»

«Ho solo bisogno della tua spalla come aiuto. Piega le ginocchia e spingi. Dovrei riuscire ad alzarmi.»

«Bene.»

Dopo un paio di tentativi, riuscì a issarsi e a stare in equilibrio sul piede sano, mentre le dita della gamba ingessata toccavano a malapena il pavimento. Gli avevano detto di non caricare il peso per due settimane, per vedere come la gamba stesse guarendo.

«A posto?»

«Sì, ma cammina dietro di me, così se cado posso atterrare su di te.»

«Ah, ah, molto divertente.»

«Basta che mi cammini dietro. Puoi bloccarmi se comincio a barcollare.»

«Va bene, ma non cadermi addosso. Mi spezzeresti in due.»

«Sei ben piantato per un sedicenne. Starai bene.»

«Grazie mille.»

Mentre si avviava fuori in corridoio, mosse lentamente la gamba sana assieme alle stampelle che aveva sotto le braccia, fino ad arrivare alla sala da pranzo. Era senza fiato e grondava sudore. «Accidenti, questa cosa mi ammazza.»

«Sei fuori forma, Rusty,» rise Thomas.

«Posso resistere per otto secondi sulla schiena di un toro arrabbiato, ma camminare sulle stampelle per centocinquanta metri mi sta spaccando il culo.»

«Rusty, ti ho detto di stare attento a come parli.»

«Scusa, ma'.»

«Siediti al tuo solito posto, ti porto un bicchiere di tè dolce per farti arrivare fino all'ora di cena.»

«Ho bisogno di qualcosa. Mi sento la bocca come se avessi masticato delle palline di cotone per ore.»

«Era tutto il russare che facevi,» commentò Thomas.

«Io non russo.»

«Sembra proprio di sì. Pareva che là dentro ci dormisse un orso.»

Rusty tirò un pugno sul braccio del fratello. «Non hai del lavoro da fare?»

«No,» rispose il ragazzo scivolando sulla sedia alla destra di Rusty. «Per oggi ho finito.»

«Sono sicuro che c'è qualche animale a cui dare da mangiare, o la stalla da pulire, o altro. Giusto, mamma?»

Lei scosse la testa mentre pelava le patate davanti all'acquaio. «Ha finito. Sei bloccato con lui fino a che non dovrà andare a letto ed essendo sabato, può stare alzato più del solito.»

«E che cavolo.»

Thomas rise mentre sistemava un gioco del domino sul tavolo. «Possiamo fare qualche partita mentre aspettiamo la cena.»

«Ti straccerò.»

«No, non lo farai.»

«Comincia, fratello, comincia.»

Avrebbe avuto parecchie settimane di convalescenza prima di poter anche solo contemplare di tornare sopra un toro, ma il suo obiettivo sarebbe stato essere in forma per le finali. Voleva proprio vedere chi sarebbe arrivato in cima alla classifica, quell'anno.

Capitolo 2

Lucas Jacks guardò dalle transenne laterali mentre Levi Bond si portava a casa la fibbia, il milione di dollari, e il titolo mondiale. *Avrebbe dovuto essere di Rusty.* Si sentiva male. Avrebbe dovuto essere Rusty quello là fuori. La vita non era giusta e Rusty aveva ricevuto la sua parte di merda, ultimamente.

Lanciò un'occhiata alla sua destra, dove molti bull rider erano in fila lungo la recinzione per la cerimonia di premiazione. Rusty era volato fin lì per le ultime gare delle finali, con la gamba appena guarita dalla frattura di alcune settimane prima. Era ancora un po' zoppicante e Lucas era preoccupato che non ce l'avrebbe fatta a ritornare in forma per gennaio, quando il circuito sarebbe ricominciato. Lucas non poteva immaginare il circuito senza la partecipazione di Rusty e uscire in quel modo avrebbe ucciso il morale del gruppo. Nessuno voleva finire con un danno permanente.

Rusty si strofinò la gamba prima di prendere posto dietro di lui. Lucas aggrottò la fronte. Era certo che il suo amico soffrisse e la cosa lo infastidiva. Chi voleva prendere in giro? Gli piaceva Rusty Arnold un bel po', anche se non sapeva con certezza da che parte giocasse Rusty.

In realtà non aveva importanza. L'uomo era fuori dalla sua portata.

«Come ti vanno le cose, Lucas?» Una bionda con le gambe lunghe si sporse oltre la ringhiera proprio sopra di lui.

Gli sembrava familiare, ma non riusciva a ricordarsela del tutto. «Non c'è male. E a te?»

«Niente di che. Ti va di uscire con me dopo la cerimonia? Sto andando al bar qui in albergo.»

«Uh, certo, direi di sì.»

Lei rise, dandogli uno schiaffo sulla spalla. «Non ti ricordi di me, vero?»

«Scusa, ma no.»

«Pamela. Pamela Reardon. La sorella di Butch.»

«Oh. Sì certo. Non sei in giro con Butch?»

«No, è impegnato a farsi i fatti suoi. Sono certa che non voglia la sua sorellina tra i piedi.» La ragazza fece scorrere le mani sulle spalle e sui bicipiti del rider. «Ti permetterò persino di offrirmi da bere.»

«Sei grande abbastanza per bere?»

La ragazza gli diede uno schiaffo sul braccio. «Sono maggiorenne per un sacco di cose, dolcezza.»

«Beh, allora... Potrei anche pagarti un drink.» Guardò Rusty mettersi in piedi a fatica ma senza piegarsi troppo. Avrebbe voluto aiutarlo, ma immaginò che non sarebbe stato un gesto ben accolto. «Devo prendere la mia roba dal retro. Incontriamoci al bar e ti offrirò una birra, alla salute di Butch.»

Lei arricciò il naso e aggrottò la fronte. «Okay.»

Lucas attraversò l'arena polverosa fino agli spogliatoi sul retro, afferrò la sua sacca e tornò indietro, prendendo la strada più lunga, passando per le gradinate. Voleva controllare Rusty, ma era probabile che l'altro se ne fosse già andato. Fu stupito di vederlo ancora seduto sullo stesso posto.

Spinse il cappello all'indietro sulla testa e disse: «Ehi, Rusty.»

La testa dell'amico si girò verso la sua direzione. «Oh, ehi, Lucas. Come va?»

«Sei a posto?»

«Sì, sto solo facendo riposare la gamba prima di avviarmi verso il bar per festeggiare con voi ragazzi. Sei stato bravo, amico mio.»

«Non abbastanza. La medaglia se l'è portata a casa Levi.»

«Lo so, ma tu hai ottenuto un buon piazzamento.»

«I soldi sono soldi, immagino.» Scivolò nel sedile accanto a Rusty. «Mi spiace che tu sia stato messo fuori combattimento. Come va la gamba?»

«Certe volte fa un po' male. Comunque tornerò il prossimo anno.»

«Avresti dovuto vincere, quest'anno. Stavi montando alla perfezione. Dover uscire così deve essere stato uno schifo.»

«Già, ma non è una ferita che pregiudica la carriera.»

«Ottimo. Non mi piacerebbe per niente saperti fuori in modo permanente.»

«Grazie.»

«Ho sentito dire che fratture come le tue hanno bisogno della chirurgia. Hai dovuto operarti?»

«Già, circa due settimane dopo la rottura, hanno dovuto fissare l'osso chirurgicamente con una placca anche se era piuttosto pulito e diritto.»

«Pensi davvero che tornerai a gennaio?»

«È quello che intendo fare, ma vedremo. I dottori non sembrano pensarla così. Hanno detto da sei a otto mesi perché guarisca come si deve. Però tu conosci i bull rider, non abbiamo pazienza con le punizioni.»

«Capisco cosa intendi, ma dovresti lasciarla guarire del tutto prima di cercare di tornare a montare, Rusty, altrimenti potresti causarti qualche danno serio.»

«Lo so. Deciderò al momento. Ho fissato un appuntamento con il medico una volta al mese. Non tornerò fino a che il dottore non dirà che è guarita. Non sarei in grado di scendere dal toro per com'è conciata adesso.»

«Beh, siccome non ricominceremo prima di gennaio, hai ancora circa quattro mesi.»

«Lo so.»

Lucas prese posto su un sedile che stava due file più sotto. «Come vanno le cose a casa tua?»

«Bene. I miei fratelli stanno mandando avanti il ranch dei miei genitori e il mio sovrintendente si occupa del mio. Russel è stato una spina nel culo fin da quando nostro padre lo ha nominato sovrintendente del ranch di famiglia.»

«L'ha fatto?»

«Sì, quando è andato in pensione Jack, circa sei mesi fa.»

Lucas ripensò al fatto che era cresciuto nella stessa città della famiglia di Rusty, che erano amici da parecchi anni, fin da quando avevano cominciato a cavalcare i montoni nei circuiti locali, per passare poi ai tori, una volta arrivati alle superiori. Lucas aveva sempre saputo di essere gay, ma con Rusty non aveva mai discusso di cose di quel tipo. Erano amici, sì, ma non abbastanza da parlare di preferenze sessuali. Avevano avuto entrambi una ragazza, alle superiori. La sua era principalmente per coprire la sua attrazione verso i maschi, ma riguardo a Rusty non ne era così sicuro. I giorni erano diventati anni e la sua attrazione per l'amico non aveva mai vacillato, sebbene fosse certo che Rusty non la ricambiasse.

«Sono contento che Levi abbia vinto, se lo meritava,» commentò Rusty facendo scorrere la mano lungo la coscia.

«No, tu te lo meritavi, ma se qualcuno doveva toglierti la vittoria, sono contento che sia stato Levi.»

«Lo apprezzo.» Rusty si spostò in avanti sul sedile, afferrò la barra della ringhiera e si tirò in piedi. «Sono pronto per quella birra.»

«Anch'io.»

Mentre iniziavano a salire lentamente i gradini per uscire dall'arena, Rusty disse: «Ti ho visto parlare con Pamela, la sorella di Butch. Ti vedi con lei, stasera?»

«No.»

«Perché no? È piuttosto carina.»

«Ed è la sorella di un collega. C'è una regola non scritta, ricordi? Non scopiamo i membri della famiglia.»

«Vero, ma lei ti vuole, amico.»

«Lo so. Le ho detto che le avrei offerto una birra, ma sarà il massimo che otterrà.» Lucas guardò l'amico che saliva le scale. Si sarebbe assicurato che non gli succedesse nulla. «Che mi dici di te? Ti vedi con qualcuno?»

«No. Queste gambe non funzionano ancora bene e rendono parecchio difficile scopare con qualcuno, al momento.»

«Ci scommetto.»

Arrivarono in cima alle gradinate e si avviarono verso l'atrio e poi fuori, nel parcheggio dell'arena.

«Dove hai parcheggiato?»

«Assieme alle macchine degli altri. Anche se non ero più in gara, li ho convinti a lasciarmi mettere la macchina nel parcheggio riservato.»

«Dovevano farlo. Avresti dovuto essere laggiù, dietro alle chute, amico.»

«Ci sono andato per un po', ma era troppo affollato e la confusione era tanta, rischiavo di farmi male alla gamba, così sono tornato al mio posto. Accidenti, sono stato fortunato a sufficienza da tenermi il posto che avevo comprato, anche se l'ho dovuto prendere da un bagarino.»

«Cosa diavolo dici! Ti avrei dato quello per la mia famiglia. Nessuno dei miei viene mai.»

«Non ci avevo pensato.» Rusty si strinse nelle spalle. «Non c'è problema, avevo un bel posto. Quelli per le famiglie di solito non sono i migliori.»

«Scommetto che hai pagato un occhio della testa per quel biglietto.»

Rusty annuì. «Puoi ben dirlo, ma lo valeva, per la visuale. Potevo persino sentire l'odore del sudore dei ragazzi mentre montavano.»

La conversazione rallentò mentre uscivano dalla porta posteriore verso il parcheggio sul retro. Rimanevano solo le loro due vetture, di fianco ai grossi rimorchi per caricare i tori e quelli, un po' più piccoli, per gli equipaggiamenti. Il campionato del mondo era finito. Per ora, la stagione era chiusa fino a gennaio e dava a Rusty il tempo di guarire prima di ricominciare tutto da capo, a New York City.

Il bar dell'albergo che li ospitava era il luogo in cui tutti sostavano, si ubriacavano, rimorchiavano una donna e in generale facevano casino. A Lucas la cosa piaceva. «Ci incontriamo al bar?»

«Perfetto.»

Lucas osservò Rusty salire con cautela in macchina, avviarla e poi uscire dal parcheggio, prima di mettere in moto il motore del proprio mezzo.

Quando entrò nel parcheggio dell'albergo, qualche minuto più tardi, fu scioccato di vedere così tanta gente. Uomini e donne insieme, che si incontravano all'esterno sul patio dove fumavano e bevevano. Poteva immaginare la ressa all'interno. Se la gente voleva toccare da vicino i bull rider, quello era il posto giusto per farlo.

Rusty aveva parcheggiato la macchina a noleggio alcuni posti più avanti di lui.

Lucas sbatté con forza la portiera una volta uscito, chiudendola a chiave mentre alcune persone lo salutavano dal patio.

«Ehi, Lucas, prendi una birra e unisciti a noi.»

«Grazie.»

Incontrò Rusty sulla porta ed entrarono insieme. Il locale era pieno zeppo. Il tipico country bar con annessa sala da ballo era costituito da un lungo bancone con centinaia di liquori diversi. Avevano birra alla spina o in bottiglia e file e file di bottiglie di ogni genere di alcolico che si potesse immaginare, allineate dietro il banco.

Centinaia di cappelli da cowboy ricoprivano ogni centimetro del luogo. Le teste calcavano sia quelli di paglia che gli Stetsons alla moda. Dalla pista da ballo arrivavano i luccichii degli strass colpiti dalle luci; la musica rimbombava dagli altoparlanti e, se non andava errato, il DJ stava suonando delle hit in classifica. Una canzone di Jason Aldean li fece vibrare a causa della base potente. Le bucce delle noccioline scrocchiavano sotto gli stivali mentre gli avventori si spostavano. Nel complesso, era un diavolo di allestimento. Quel posto trasudava America.

Trovarono un punto vuoto lungo il bancone e fecero segno al barista.

«Cosa prendete?»

«Birra... Rusty?»

«Certo.»

«Due MGD in bottiglia, per favore.»

«Arrivano subito.»

Non appena apparvero le loro birre, Lucas si girò su se stesso, portò la bottiglia alle labbra e prese un lungo sorso. Il liquido al sapore di malto scivolò con facilità giù per la sua gola in una fredda corsa verso il suo stomaco. «Ah! Che buona.»

«Già.»

Chiacchierò un po' con Rusty, facendo del suo meglio per farsi comprendere, vista la musica tanto alta. Arrivò Pamela, gli fece un cenno con la testa e poi si avviò dall'altra parte del bar. *Strano.* Lucas si girò per vedere dove si fosse diretta e scorse Butch in piedi a non più di due cowboy di distanza da lui. Ecco perché la ragazza aveva tirato dritto, fino all'altra parte del bar. Probabilmente voleva attaccare bottone con qualcuno e gli aveva puntato gli occhi addosso, ma quando aveva notato Butch proprio lì, aveva deciso di lasciar perdere e cercare altrove un'altra preda. A lui andava bene così. E comunque lei non era il suo tipo.

Rimasero là diverse ore, per la maggior parte del tempo a guardare la gente. Alcuni ragazzi se ne andarono con delle buckle bunnies, altri se ne andarono assieme ad amici e alcuni da soli. Si domandava spesso quanti nell'ambiente fossero davvero gay e lo tenessero nascosto a tutti. Lui ne conosceva qualcuno.

Non aveva visto Levi aggirarsi per il bar, ma non se l'era nemmeno aspettato. Aveva sentito che il suo compagno di viaggio, Curt Walsh, era stato colpito in testa durante una rissa in un bar, un paio di giorni prima, e adesso era ricoverato in ospedale. Sperò che le cose per Curt si risolvessero bene.

Il giorno successivo sarebbero stati sulla via di casa. Avrebbe voluto chiedere a Rusty se gli andasse di fare il viaggio con lui, anche se, con ogni probabilità, avrebbe preferito volare. Sull'aereo avrebbe potuto distendere la gamba, mentre non avrebbe avuto spazio sufficiente per muoversi, nella cabina del suo pick-up. Gliel'avrebbe chiesto in ogni caso. Si sporse in avanti per avvicinarsi all'orecchio di Rusty. La colonia che indossava il suo amico gli assalì i sensi in una maniera deliziosa e si ritrovò a respirare a fondo, inalando il profumo che si avvolse attorno alla sua testa.

«Mi stai annusando?»

«Scusa. Mi piace il profumo che indossi. Che cos'è?»

Quando Rusty glielo disse, si fece una nota mentale di comprarne un po', così da poterlo annusare e pensare a lui. Quant'era malata quella cosa? «Volevo chiederti se preferisci tornare a casa con me o prendere l'aereo.»

«Sarebbe meglio che andassi in volo. Sono in prima classe, per cui posso allungare la gamba.»

«Nessun problema. Ho solo pensato che dovevo chiedertelo.»

«C'è qualcun altro che fa la nostra strada?»

«Nessuno che non abbia qui il proprio mezzo.» Si strinse nelle spalle. «Va bene. Metterò su della musica, inserirò il regolatore automatico di velocità e mi rilasserò per tutta la strada del ritorno.»

«Sei sicuro di non volerti fare qualche ragazza? Non voglio trattenerti e farti stare qui a parlare con me.»

«Preferisco parlare con te.»

Rusty lo guardò un paio di volte mentre si portava la birra alle labbra, scolandola in pochi sorsi.

È venuta fuori come se gli dicessi di sbrigarsi?

«Ascolta, Lucas, forse dovremmo parlare. Andiamo in un posto più tranquillo.»

Il cuore di Lucas gli precipitò nello stomaco. Stava davvero succedendo? Stavano davvero per dirsi quello che pensava stessero per dirsi? Come avrebbe tirato fuori l'argomento? Poteva semplicemente uscirsene con un: *Ehi, Rusty, penso che tu sia eccitante e voglio scoparti a morte?* Non era certo che ci sarebbe riuscito, ma sembrava che stessero per mettere in chiaro alcune cose, quella sera. Il pensiero gli fece venire una paura del diavolo.

Misero le bottiglie sul bancone e pagarono il conto, poi seguì Rusty verso l'esterno, che procedeva con passo incerto.

«Sei nell'albergo vicino all'arena?» chiese Rusty.

«Sì.»

«Anch'io. Parleremo in camera mia.»

«Sei sicuro di volerlo fare?»

«Sì. Credo che ci serva un po' di privacy, non pensi?»

«Uh, già. Immagino di sì.» Si tolse il cappello prima di passarsi le mani fra i capelli. «Che ne dici di fermarci al negozio all'angolo e prendere una mezza confezione di birra? Penso che avrò bisogno di bere qualcosa.»

«Ottimo. Io sto alla quattrocentoventotto, al quarto piano. Incontriamoci lì.»

«Okay.»

Lucas si avviò al proprio pick-up. Per fortuna avevano bevuto solo un paio di birre mentre erano al locale, così lui e Rusty erano entrambi in grado di guidare fino all'albergo, ma anche se ne avesse bevute di più, il pensiero della conversazione che avrebbero avuto di lì a poco lo avrebbe reso subito sobrio. Svoltò nel parcheggio del negozietto aperto ventiquattro ore, corse dentro e comprò alcune birre. Fu quasi tentato di prendere qualcosa di più forte, ma si trattenne; la birra sarebbe dovuta andare bene.

Aveva la sensazione che quella sarebbe stata una strana nottata.

Rusty si sedette sulla sedia vicino alla finestra della sua camera e attese che Lucas bussasse alla porta. Il sudore gli inumidiva i palmi delle mani e il cuore gli batteva forte nel petto. Si sentiva la testa girare per l'anticipazione. E così, era davvero pronto a raccontare a Lucas della sua attrazione per lui e vedere cosa sarebbe accaduto? Sì, stava per farlo. Aveva pianificato quel discorso nella sua testa così tante volte che conosceva le frasi a memoria.

Erano cresciuti insieme, e quella era la parte più strana, ma non avevano mai parlato di cose da ragazzi come fanno i ragazzi. Le donne e il sesso non erano mai entrati nelle loro conversazioni da adolescenti. Non che fossero particolarmente intimi, ma Lucas aveva passato un bel po' di tempo a casa dei suoi genitori e viceversa. Avevano dormito parecchie volte insieme nella stessa camera, parlato di montare tori, di rodei, di cavalli e di avere una fattoria, ma mai di donne. Si chiese perché l'argomento non fosse mai venuto fuori.

La sua attrazione per Lucas durava da parecchio tempo, fin dalle superiori, ma a quell'epoca nessuno avrebbe ammesso di essere gay. Diavolo, no. Se qualcuno lo avesse fatto, sarebbe stato emarginato, picchiato, deriso e chiamato con una gamma di nomi che andava da frocio a finocchio.

Udì un lieve bussare dalla porta. Rusty si asciugò le mani sui jeans, si mise in piedi a fatica e si mosse verso la porta. Emise un respiro nervoso. Ecco, era il momento. Quella chiacchierata avrebbe potuto cambiare tutto tra di loro, oppure no.

Aprì la porta, e l'uomo dei suoi sogni bagnati era fermo di fronte a lui, indossando gli stessi abiti da cowboy di prima: una camicia elegante, i Wrangler, gli stivali impolverati e lo Stetson nero.

«Posso entrare? Ho portato la birra.» Lucas alzò il pacco da dodici Budweiser che aveva comprato.

«Oh, scusa. Vieni dentro.» Rusty fece un passo indietro per

consentirgli di entrare e, quando Lucas gli passò accanto, si rese conto che il suo odore era qualcosa che era arrivato a identificare come unicamente di Lucas, un qualcosa di selvaggio e pungente che avrebbe associato per sempre con l'uomo che voleva scoparsi con tutto se stesso. «Puoi metterla sul tavolo vicino alla finestra, se vuoi. È fredda?»

«Sì. L'ho presa dal banco frigo.»

«Bene. C'è un frigorifero là sotto, per tenerla fresca.»

«Grande pensata.»

Rusty si strinse nelle spalle. «Era già lì.»

Si mise a sedere sul letto, mentre Lucas infilava un paio di birre nel frigo. I jeans gli si tesero sul culo, facendo venire a Rusty l'acquolina. *Buon Dio, morirò qui.* Deglutì con forza, strozzandosi quasi con la saliva che gli riempiva la bocca. *Fa davvero caldo qui dentro.* «Puoi sederti sulla sedia che c'è lì, se vuoi.»

«Perfetto.»

Il silenzio li avvolse mentre l'aria si ispessiva per la tensione. Rusty si sforzò di pensare a cosa dire a Lucas, per fargli comprendere l'attrazione che nutriva per lui, che provava da tanto di quel tempo che non riusciva a ricordare con esattezza quando fosse cominciata.

Lucas prese un lungo sorso di birra; Rusty fece lo stesso e, nel mentre, batteva nervosamente con il piede sul pavimento rivestito di moquette.

«Sono gay,» spararono fuori entrambi all'unisono.

Lucas spalancò gli occhi. «Lo sei?»

«Sì. Lo sono da parecchio. Non mi ero reso conto che lo fossi anche tu.»

«Già, sin da quando ho capito che c'era una differenza tra ragazzi e ragazze.»

«E che mi dici di Stephanie, alle superiori?»

«Era per nascondere il fatto che volevo stare con un ragazzo.» Lucas sorseggiò la sua birra per un qualche minuto prima di dire: «E tu? Sei uscito con Andrea per un paio di anni.»

«Stavo cercando di capire cosa volessi. Ci crederesti che non ho mai fatto sesso con lei? Ci siamo toccati, anche in maniera spinta, ma non siamo mai andati oltre, tipo scopare, e in più scoprii che mi era impossibile diventare duro con lei. Dovevo persino immaginarmi di essere con qualcun altro, per riuscire a venire quando mi faceva un pompino.»

«Wow.» Il sussurro reverente spedì i brividi lungo la spina dorsale di Rusty.

«Allora, con quanti ragazzi sei stato?» chiese Lucas, con le dita che adesso dondolavano tra le sue gambe aperte.

Rusty si strinse nelle spalle. Non credeva che fosse poi così importante, ma rispose lo stesso alla domanda. «Parecchi. Di solito cerco di scopare con ragazzi che non siano del circuito. Sono in qualche modo spaventati se sanno che ci sono dei gay nel loro stesso spogliatoio. Che mi dici di te?»

«Io di solito aspetto di andare a casa.»

Il cuore di Rusty gli martellava nel petto. Doveva fare quella domanda bruciante che aveva sulla lingua o non l'avrebbe mai saputo. «Hai una relazione fissa?»

«No.» Lucas alzò la testa per incontrare lo sguardo fisso di Rusty dall'altra parte della piccola stanza. «Anche se penso di essere stato innamorato di qualcuno, una volta, ma lui non voleva niente di serio.» Lucas prese un altro sorso di birra. «Tu?»

Lo stomaco di Rusty si annodò. Doveva dirgli di aver avuto una relazione che si era rovinata, dopo che il suo ex compagno l'aveva tradito con un amico comune? «No, non al momento.»

«Ma in passato lo sei stato?»

«Sì. Non è finita bene.»

«Mi spiace. Dev'essere stato uno schifo.»

«Lo è stato. Siamo stati insieme per quello che giudicherei un lungo periodo: due anni.»

«Montavi i tori, allora?»

«No, è stato prima che cominciassi a farlo in modo professionale.»

«È successo nella tua città?»

«Sì. Albuquerque non è così piccola, perciò è piuttosto facile nascondere una relazione gay.»

Lucas fece spallucce. «Vero. Di solito riesco a trovare qualcuno con cui scopare, quando sono a casa, però di certo non ho dichiarato di essere gay.»

«Nemmeno io mi sono dichiarato.»

«I tuoi genitori lo sanno?»

«Diavolo, no. Nemmeno i miei fratelli.» Rusty scolò il resto della birra, prima di spostare le gambe con attenzione per rimettersi in piedi e prenderne un'altra dalla confezione. Lucas si allungò e gliela porse. «E i tuoi genitori?»

«Mia sorella lo sa, ma no, loro e mio fratello non lo sanno. Non lo capirebbero e mi escluderebbero dall'eredità.»

Rusty aprì la linguetta della lattina, spedendo uno schizzo di birra sulla moquette. «Già, lo farebbero anche i miei. Mio padre mi sta già implorando di lasciare il circuito, andare a casa e mandare avanti il ranch, e mio fratello mi sta addosso perché mio papà l'ha nominato sovrintendente. Pensa che la sua merda adesso non puzzi. Ho sentito questa storia ogni giorno mentre ero in convalescenza. Una rottura.»

«Posso immaginarlo. Come se la cavano i tuoi fratelli più piccoli? Ti considerano un idolo, lo sai.»

Quando si portò la lattina alle labbra, il liquido al sapore di malto gli scivolò giù per la gola e ne assaporò il gusto. «Già. Mi giravano attorno un sacco quando ero a letto e volevano delle storie sui viaggi, sul circuito, gli incidenti e i pettegolezzi.»

«Sono bravi ragazzi. Quanti anni hanno, adesso?»

«Thomas quindici e Junior sedici.»

«Crescono così in fretta.»

«Sì, fu piuttosto strano quando mamma ebbe altri due figli dopo che io e Russel eravamo già così cresciuti, ma sono cose che capitano, immagino.»

«Non sapremo mai tutto quello che pensano e fanno i nostri genitori,» disse Lucas ridendo prima di finire la sua lattina. «Mia sorella si sposerà presto.»

«Davvero? Non mi ero reso conto che si vedesse con qualcuno in modo serio.»

«Sì. Lo conosce da un bel po' di tempo. Sono fidanzati da circa un anno. Il matrimonio è l'estate prossima.»

«Forte.»

Sedettero in silenzio per alcuni minuti mentre Lucas gli studiava il viso, e Rusty non sapeva cosa pensare di quello sguardo fino a che l'amico non sputò fuori: «Vuoi scopare?»

Capitolo 3

Lucas sorrise quando Rusty si strozzò con la birra, lo shock dipinto sulla faccia. Gli piacque stupire il suo amico, ma gli sarebbe piaciuto di più scoparselo, infilarsi tra quelle natiche o farsi fare un pompino. Sarebbe andato bene anche quello. *Mi sto eccitando al solo pensiero. È qualcosa che non succedeva da un po'. Ultimamente, troppi dei miei incontri occasionali sono stati noiosi. Non credo che Rusty lo sarà, per niente.*

«Cos'hai detto?» Rusty appoggiò la birra per terra.

Le sue mani sembravano tremare per l'eccitazione o, perlomeno, Lucas sperò che fosse così.

«Ti ho chiesto se vuoi scopare. Sono attratto da te da così tanto tempo, ma visto che non sapevo se eri gay, non volevo spingermi troppo oltre. Adesso che lo so, voglio seppellirti il mio uccello a fondo nel culo.» Si strinse nelle spalle. «Quindi, vuoi scopare?»

«Wow.» Rusty si asciugò le mani sui jeans. «Sì, voglio scoparti. Voglio dire, è un sacco di tempo che lo voglio... sin dalle superiori.»

«Avremmo dovuto davvero parlarne prima.»

«Già, ma va bene anche adesso.» Rusty si tirò in piedi e la sua gamba sembrava irrigidita e difficoltosa da muovere.

«Sei sicuro che questa cosa andrà bene, per la tua gamba? Sembra che ti dia fastidio.» Lucas si alzò e la preoccupazione per l'amico ebbe la precedenza sulla sua erezione.

«Starò bene.» Rusty cominciò a slacciarsi la camicia, facendo scivolare la stoffa sulle spalle un attimo dopo.

A Lucas piaceva guardare. Aveva un po' di tendenze da voyeur, quindi osservare Rusty che si spogliava lo stava eccitando più di quanto potesse immaginare. Rusty aveva un torace solido con una spolverata di peli scuri sparsi sui pettorali e gli addominali erano sodi e definiti dalla monta dei tori. Quando si sfilò gli stivali, e poi i jeans, Lucas quasi gemette ad alta voce. Le cosce e i polpacci erano come roccia solida, grazie alla tensione muscolare e alla forza che impiegava nel tenersi stretto ai fianchi del toro mentre gareggiava.

Lucas non vedeva l'ora di sentire quelle cosce avvolte intorno alla vita mentre lui si piantava a fondo dentro Rusty. Il cazzo gli faceva male per il bisogno e colava già un po' di liquido dalla punta, mentre le palle erano contratte dolorosamente, per il desiderio di seppellirsi così tanto in profondità nel culo di Rusty, che l'indomani mattina avrebbero camminato di certo un po' goffamente.

«Non hai intenzione di spogliarti?»

«Mi piace guardarti.»

Rusty rimase fermo di fronte a lui, nudo come il giorno in cui era nato, con l'uccello duro, lungo e orgogliosamente dritto. A Lucas venne l'acquolina in bocca al pensiero di assaggiarlo, mentre guardava una goccia di liquido luccicare sulla punta del cazzo di Rusty.

«Sembra che tu mi voglia mangiare vivo.»

«È così. Voglio prenderlo tutto in bocca.»

Rusty inspirò con fatica. «Fallo. Non vedo l'ora di sentire la tua bocca adorabile attorno al mio uccello.»

Lucas cadde in ginocchio, sul pavimento di fronte a Rusty, stringendogli le palle con i palmi delle mani in una presa serrata, che doveva dare piacere e solo un po' di dolore.

Quando succhiò appena la cappella dell'uomo tra le labbra, Rusty sospirò. «Cristo santo.»

Rusty seppellì le dita tra i capelli dell'amico, tirandogli la testa più vicino. Lucas la inclinò un po' all'indietro, aprendo la mandibola in modo da poter accogliere tutta l'erezione. Il profumo che circondò i suoi sensi lo rese più duro di quanto avesse mai pensato possibile. Un odore acre e pungente di sesso ed eccitazione gli penetrò nel naso. Buon Dio, amava quell'odore.

Lucas chinò la testa, succhiando, leccando e prodigandosi nel miglior pompino che gli fosse mai riuscito. Voleva che

Rusty si godesse quella prima volta, così ce ne sarebbero state molte altre nelle settimane a venire. Il pensiero di avere Rusty come un compagno fisso di scopate fece immaginare a Lucas tutte le cose che avrebbero potuto provare. Di sicuro, sperava che Rusty fosse disinibito in camera da letto, perché il pensiero di legarlo, scopargli la bocca, seppellirsi nel suo culo e prenderlo contro il muro, lo fece stare male dal desiderio che gli scorreva dentro. Non avrebbe mai pensato che lui e Rusty sarebbero arrivati a quello, ma intendeva approfittarne per tutto il tempo che sarebbe durato.

Rusty gemette mentre Lucas continuava a succhiare, perché voleva che gli venisse in bocca. Voleva assaggiare l'essenza del suo amico sulla lingua.

Quando Rusty emise un basso, lussurioso ringhio e rilasciò lo sperma nella gola di Lucas, lui inghiottì ogni goccia del liquido che gli si depositò sulla lingua, come fosse un moribondo.

Rusty crollò sul letto e, nel farlo, tirò fuori dalla bocca di Lucas il suo cazzo che si ammorbidiva. «È stato fantastico.»

«Sono contento che ti sia piaciuto». Lucas si tolse in fretta i vestiti, spogliandosi completamente in circa sei secondi netti. Voleva quella cosa, la voleva tantissimo.

Abbassò lo sguardo mentre si carezzava l'uccello dolorante. La cappella era viola, scintillante, e sembrava dolere. In realtà non molto, ma voleva spingerla a fondo dentro Rusty più di ogni altra cosa. «Hai del lubrificante?»

«Sì, nella borsa accanto alla pece greca.»

Si avvicinò al cassettone, trovò la borsa per l'attrezzatura di Rusty lì accanto e vi frugò dentro fino a quando non individuò il tubo di lubrificante di cui avrebbero avuto bisogno. Niente scopate a secco, quella sera. Voleva solo piacere e niente dolore, per la loro prima volta. Le scopate a secco facevano male per tutto il tempo, non importava quale ruolo uno avesse. «Come vuoi farlo? La tua comodità è fondamentale con quella gamba.»

Rusty alzò la testa dalla posizione supina che aveva sul letto. «Che ne dici se mi metto sul lato del letto? Posso rotolare sullo stomaco e lasciare le gambe fuori dal letto. In questo modo non dovrò fare pressione sulla gamba.»

«Mi pare possa andare bene. Girati e spalanca quel culo, sto arrivando per la cavalcata.» Lucas afferrò un preservativo dalla tasca dei pantaloni, lo srotolò sull'uccello e si preparò per la monta della sua vita.

Rusty si voltò, scivolando verso il basso così che i suoi fianchi poggiassero sul bordo del letto, le gambe a penzoloni da un lato e il culo per aria. Lo spettacolo fece sospirare Lucas di piacere.

Si lubrificò il cazzo prima di farne scivolare una dose generosa tra le natiche di Rusty. Con due dita, spinse il gel freddo nell'ano dell'amico, spargendolo intorno al buco e nella zona sensibile appena dentro. Quando gli sembrò che fosse abbastanza scivoloso e arrendevole, posizionò la cappella sull'entrata e lentamente si spinse dentro. Rusty sospirò, rilassando tutti i muscoli, permettendo a Lucas di penetrarlo completamente.

La sensazione fu incredibile.

Il culo di Rusty gli si adattava come un guanto, un morbido, caldo, stretto guanto.

«Oh, Dio,» sospirò Rusty. «È favoloso. Così fantastico, cazzo, che faccio fatica a rimanere fermo. Muoviti però adesso, per favore.»

Lucas iniziò a scivolare lentamente dentro e fuori dal culo di Rusty. Rabbrividì quando sentì l'uccello bruciare per quel bisogno così forte, che pensò di poter morire proprio lì.

Le sue dita scavarono nei fianchi di Rusty mentre si spingeva dentro fino alle palle. La morsa dei muscoli di Rusty portò il suo desiderio più in alto e le sue palle si contrassero, in attesa che lui permettesse loro di esplodere. Continuò a spingere l'uccello sempre più a fondo, fino a quando sentì i peli dell'inguine sfregare la parte posteriore del culo di Rusty. Era dentro di lui quanto più fosse possibile e Lucas sentì la pelle d'oca sollevargli i peli sulle braccia quando perse il controllo sul proprio desiderio, venendo con una forza tale da vedere le stelle. «Cazzo!»

«Oh sì, proprio quello.»

Lucas continuò a muoversi un altro po', godendosi l'orgasmo il più possibile, prima che le gambe gli cedessero, e collassasse sul letto accanto all'amante. «Cristo.»

«Puoi ben dirlo.»

Una goccia di sudore gli colava dalla tempia e scivolò lungo il viso fino a che non l'asciugò con mano tremante. «Per Gesù bambino.»

Rusty si girò sul fianco e appoggiò la testa al palmo della mano. Lucas voltò il capo per guardare negli occhi dell'amico e gli piacque quello che vide. La contentezza battagliava con la lussuria in quello sguardo.

«Spero che tu te lo sia goduto tanto quanto me.»

«Diavolo, sì.»

«Bene, allora possiamo rifarlo.»

«Puoi scommetterci.»

Rusty allungò una mano per afferrare il cazzo rilassato di Lucas. «La prossima volta voglio il tuo culo.»

«Certo. Mi piacerebbe.»

«Sono contento che tu lo dica, perché sogno di farmelo da parecchio tempo.» Rusty si mise a sedere, afferrò i pantaloni dal pavimento e iniziò a infilare cautamente i piedi. «In questo momento voglio del cibo. C'è un piccolo ristorante che sembra essere aperto tutta la notte, qui accanto. Che ne dici di prendere qualcosa da mangiare e poi tornare qui e ricominciare?»

«Mi sembra un'ottima idea.»

Lucas si alzò in piedi e si vestì rapidamente, osservando Rusty in cerca di qualche segno che gli dicesse di essere stato troppo rude con l'amico.

Rusty si mosse lentamente, ma non sembrava risentire della scopata di poco prima, così Lucas rilassò le spalle e accantonò l'istinto di protezione. Non poteva preoccuparsi, non ne aveva il diritto, in realtà, ma erano amici, anche se quell'amicizia si era trasformata in una relazione tra amanti, per il momento.

«Vai a casa, domani?» chiese Rusty mentre scendevano nell'atrio dell'albergo, qualche minuto più tardi.

«Sì, con il termine delle finali, ho bisogno di andarci per fare un po' di lavori.»

«Non avevi preso una laurea in qualcosa, prima di entrare nel circuito?»

«Già. Nei periodi in cui sono libero insegno alla scuola superiore. Mi sono specializzato in storia, al college.»

«Wow. Un insegnante di storia.»

«Part-time o come supplente, quando posso. Di solito insegno nel tempo libero, che non è molto in questi giorni, con tutte le promozioni e quella roba lì.»

Alcuni minuti dopo Rusty aprì la porta del ristorante e una piccola campanella tintinnò contro il vetro, annunciando il loro arrivo. «Capisco cosa intendi.»

Trovarono da sedere alla loro destra, nell'angolo. Lucas preferiva poter guardare la porta. Sembrava che anche altri rider avessero scelto quel posto per cenare, visto che ne oltrepassarono parecchi in un paio di separé. Dopo alcuni saluti e cenni con il mento da parte degli altri, lui e Rusty scivolarono uno di fronte all'altro nel separé.

La cameriera prese il loro ordine per le bevande, mentre loro due guardavano il menu. Non avendo così tanta fame, Lucas decise per un pezzo di torta con gelato e una tazza di caffè. Non aveva idea di che cosa l'altro potesse volere o quanto fosse affamato. Lasciò vagare lo sguardo sull'amico, appena diventato amante. Rusty aveva i capelli scuri che portava piuttosto lunghi a sfiorargli il colletto, gli occhi verdi con ciglia abbastanza lunghe da far ingelosire una donna, un ampio petto con muscoli su muscoli, mani grandi, un addome definito, un bel cazzo, gambe lunghe, e alcune impressionanti abilità a montare tori.

Rusty aveva fatto sembrare facile cavalcare i tori anche quando erano al liceo. Non c'era da stupirsi che fosse stato in cima alla classifica, prima del suo incidente. Purtroppo, quel genere di cose accadeva molto spesso. Capitava che i riders gareggiassero con le ossa rotte, le spalle slogate, le costole incrinate, con traumi e lesioni ancora peggiori. Faceva parte di chi erano, i drogati di adrenalina.

Lucas guardò oltre la spalla di Rusty per osservare i riders agli altri tavoli. Ne riconobbe molti: Jefferson Thompson, Butch Reardon, J.M. Moneymaker, Carl Whistler, Robert Johns, C.B. Parker, e Stewart Collins. Il meglio del meglio abbelliva quel piccolo locale con la sua presenza, quella sera, probabilmente sperando che nessuno li riconoscesse in modo da non dover strizzare l'occhio al grande pubblico. Era qualcosa con cui dovevano confrontarsi, ma a volte volevano solo essere persone normali.

«Cosa c'è?» Rusty guardò da sopra la sua spalla.

«Niente, stavo solo prendendo nota di chi è seduto agli altri tavoli.»

«Avrei dovuto salutarli. Non vedo la maggior parte di loro da almeno un paio di mesi, sin dall'incidente.»

«Perché non vai laggiù un momento? Posso ordinare io quello che vuoi.»

Rusty scivolò fuori dal separé, mettendosi in piedi con cautela. «Okay, allora per me un cheeseburger, delle patatine fritte e una coca.» Poi si toccò il cappello come saluto prima di avvicinarsi ai tavoli degli altri ragazzi.

Lucas riusciva a sentire chiaramente le loro conversazioni, ma si girò di nuovo per poter vedere il gruppo.

«Come ti senti, Rusty?» chiese Carl.

«Bene. Ho la gamba un po' rigida.»

«Tornerai a gennaio?» Butch sorseggiò il suo drink, facendo un cenno a Rusty.

«L'idea è quella.»

«Avresti dovuto vincere il campionato. Levi non se lo meritava,» sbottò Jefferson, facendo accigliare Lucas. Per un qualche motivo, al collega non piaceva molto Levi.

«Levi ha montato dannatamente bene negli ultimi mesi. Si meritava di vincere, Jefferson. Tu sei amareggiato perché non sei andato un gran che bene.»

Lucas sorrise, sentendo Rusty difendere Levi.

«Non hai sentito?»

«Che cosa?»

«Si scopa Curt Walsh.»

«E allora? Qual è il tuo problema, Jefferson? Sei geloso?»

«Cazzo, sì, sono geloso. Curt doveva essere mio. Levi me l'ha rubato.»

«Smettila di parlare di quanto ti vuoi scopare Curt Walsh,

cazzone.» C.B. fece una smorfia. «A me non interessa se sei finocchio, ma non buttarmelo in faccia, amico.»

A Lucas quella parola non piacque e stava per dire qualcosa, quando Rusty salutò tutti e tornò al loro tavolo. Guardò in viso l'amico quando si rimise a sedere.

«Lo so, gli avrei dato volentieri un pugno anch'io, ma non è il momento giusto. Non voleva dire nulla di particolare con quel termine.»

«Col cavolo che non voleva. Ho sentito quella parola a sufficienza da bastarmi per una vita intera. Cosa c'è di sbagliato nel voler stare con qualcuno dello stesso sesso? Nessuna cazzo di cosa, te lo dico io, e spererei che la gente la smettesse di essere omofoba e ci lasciasse vivere le nostre vite come ci pare e piace.»

La cameriera portò loro il cibo ordinato, guardandolo con gli occhi spalancati come se avesse sentito tutto quello che aveva detto.

Aveva voglia di prendere a pugni qualcuno. «Mangiamo e leviamoci dal cazzo prima che dica qualcosa che ci metta davvero nei guai.» Assaggiò la torta che aveva di fronte, ma non ne sentì realmente il sapore mentre se la ficcava tra le labbra.

Rusty mangiò il suo cheeseburger, dandosi a malapena il tempo di inghiottire prima di prendere un altro morso. Aveva ragione Lucas: meglio uscire di lì al più presto, prima di dire qualcosa di cui in seguito si sarebbero pentiti.

Dopo pochi minuti chiesero alla cameriera il conto, gettarono un po' di soldi sul tavolo e uscirono, lasciandosi il ristorantino alle spalle.

Tornarono in albergo, anche se il sesso era l'ultima cosa nella mente di Lucas, al momento. Rusty probabilmente voleva scopare di nuovo, ma lui non ne aveva voglia. Non era certo del perché gente come C.B. Parker gli dava sui nervi, ma era successo. L'opinione nella loro città natale sembrava essere dello stesso tipo e sapeva che anche i suoi genitori erano omofobi. Se avesse anche solo svelato il fatto che era gay a loro e al fratello, si sarebbe scatenato l'inferno. Sua sorella, che Dio la benedicesse, era solidale e felice per lui. Continuava a chiedergli quando si sarebbe dato da fare per trovare una persona speciale e sistemarsi, ma Lucas non lo sapeva e non sembrava che sarebbe accaduto molto presto. Come avrebbe potuto? Stabilirsi ad Albuquerque con un altro ragazzo? Sì, sarebbe stato come cercare di far volare un palloncino pieno di piombo. La gente non accettava lo stile di vita gay in nessun modo, a casa.

Quando Rusty aprì la porta della camera d'albergo, Lucas lo seguì all'interno, chiudendola dietro di loro. Si accomodò sul letto, lasciando libera la sedia vicino alla finestra perché Lucas si sistemasse.

«Ho bisogno di una birra.»

«Ne sono rimaste ancora un po' nella confezione. Saranno calde, ormai, ma quelle nel frigorifero dovrebbero essere belle fresche.» Rusty fece scivolare le mani lungo le cosce strofinandole sui jeans. A quanto pare, era agitato per qualche ragione. «Stai bene?»

«No, non sto bene, Rusty. Quel commento mi ha infastidito a tal punto che sono così arrabbiato che non so cosa potrei fare. Mi sono sentito dire quella merda per tutta la mia vita e so che è così anche per te. Mi fa incazzare.» Lucas aprì il frigorifero, tirò fuori una birra e aprì la linguetta. Bevve quasi metà lattina, prima di asciugarsi la bocca con il dorso della mano.

«Lo so.»

«No, non lo sai. Sono stato vittima di bullismo al liceo, se ricordi bene, anche se non avevo detto a nessuno che ero gay. Alcuni giocatori di football in qualche modo si sono fissati con quella cosa o forse l'avevano indovinato, non lo so e non l'ho mai saputo, ma è stato un inferno vivere così e mantenere la mia sessualità un segreto. Sono sicuro che ti sentivi allo stesso modo, anche se non sei stato preso di mira dagli altri, a scuola. Avevi una ragazza fissa, così potevi dimostrare di essere etero. Perché pensi che io odi andare a casa anche durante la bassa stagione? Odio quella città e le persone che ci vivono. L'unica grazia salvifica per me sono i bambini a cui insegno. A loro non importa se sono gay o etero. Non gli importa, per quanto ne so. Mi rispettano per l'insegnante che sono, non per le mie

71

preferenze sessuali.»

«Lucas, non importa quello che gli altri ragazzi pensano o dicono. A me non importa di loro e non dovrebbe nemmeno a te. Mi possono mettere tutte le etichette che vogliono, ma è un problema loro, non nostro.»

«Come puoi dirlo? Come puoi essere così calmo su tutta questa faccenda? In questo circuito non ci accetteranno mai per quello che siamo, nemmeno tra un milione di anni. Che cosa succede se la Commissione decide che non possiamo più montare i tori a causa di chi siamo e delle persone con cui vogliamo stare? Cosa faremo, allora?»

«Non lo so.»

«Io invece lo so. Possono baciarmi il culo. Andrò a montare tori da qualche altra parte, in Canada o qualcosa del genere.» Lucas si scolò la birra e ne afferrò un'altra. Voleva diventare insensibile per quella sera, ne aveva bisogno.

«Non pensi di essertene fatto abbastanza, di alcol?»

Lucas puntò un dito verso l'amico, fissandolo in viso con l'occhiata più seria di cui era capace. «Hai anche intenzione di dirmi cosa fare adesso, Rusty? Perché, se è così, tornerò nella mia stanza con la mia birra e mi sbronzerò da solo.»

«Dico solo che non credo che bere sia la risposta, tutto qui.»

«Qual è la risposta, allora?»

«Vorrei saperlo, ma, quello che è certo, è che io non ho paura di mostrare alle persone che sono gay. Mi piace stare con gli uomini. Se non possono accettarlo, mi sta bene, ma è quello che sono.»

«Cosa succederebbe se mi dichiarassi alla comunità e perdessi il mio lavoro? O se l'organizzazione del circuito ci buttasse fuori a calci a causa di quello? Cosa faremmo allora? Come riusciremmo a mantenerci?»

«Dovremmo spostarci in un posto più tollerante verso i gay, immagino.»

«Del tipo? In California?» Inghiottì parecchi sorsi di birra prima di barcollare e finire di nuovo sulla sedia. «Non posso vivere in quel posto di merda, Rusty. Ho bisogno dell'erba di qui e di tutte le altre cose che sono il New Mexico. Sono nato e cresciuto qui.»

«Allora devi accettare che non tutti saranno tolleranti con il nostro modo di vivere, come invece lo sono alcuni. È un aspetto dell'essere gay, amico. È qualcosa con cui dobbiamo convivere e per cui combattere. Nel New Mexico ci sono stati molti progressi, i gay possono anche sposarsi, a differenza di quello che succede in altri Stati. Stiamo progredendo, ma ci vorrà del tempo.»

«Cazzo, non voglio aspettare che la gente tiri la testa fuori dal culo.»

«Dobbiamo.»

«Tu devi. Io no.» Buttò giù il resto della sua birra, sentendone gli effetti mentre la testa gli girava un po' a causa dell'alcol. Probabilmente avrebbe dovuto tornare nella sua stanza. Il sesso era totalmente fuori questione, quella sera, ora che se ne stava seduto lì a discutere con Rusty di cazzate. Accidenti, non erano stupidaggini di merda, era la sua vita, Cristo santo. Che cosa sarebbe successo se le persone del suo quartiere avessero scoperto che era gay? Potevano riferire la cosa all'associazione che era proprietaria della sua casa, rendendo la sua vita miserevole, fino al punto che avrebbe dovuto andarsene o un qualcosa del genere. Non voleva trasferirsi. Gli piaceva la sua casa con gli esterni in mattoni, con il piccolo giardino, la piscina nel cortile sul retro e il suo cane.

Guardò Rusty dall'altra parte della stanza. E se un giorno avesse voluto un compagno? E se si fosse innamorato di qualcuno con cui avrebbe desiderato sposarsi e mettere su famiglia? E se il quartiere non avesse potuto accettare che lui vivesse apertamente la sua vita? Cosa ne sarebbe stato di lui?

Aveva bisogno di pensare.

Dopo essersi messo in piedi, lasciò cadere la lattina vuota nel cestino e si diresse verso la porta. La stanza era buia tranne che per la piccola lampada che avevano lasciato accesa sul comodino, e questo gli rendeva difficile arrivare alla porta. Colpì il comò con un piede. «'Fanculo.»

«Cosa c'è? Dove stai andando?»

«Torno nella mia stanza. Ho finito di discutere di questa cosa con te. Tu non capisci.»

Rusty lo seguì un momento dopo. «Sì, lo capisco, Lucas. Capisco tutto, ma io non sono disposto a lasciare che gli altri controllino la mia vita, come invece fai tu.»

«Hai ragione. Sto lasciando che la gente controlli la mia vita. Sto lasciando che succeda, ma è la mia vita e la vivrò come mi pare.»

«Mentendo a te stesso su chi sei, quello che vuoi e su come desideri vivere? Questa non è vita, è esistenza, tutto lì.»

«Allora esistere è quello che farò.» Aprì la porta e barcollò fuori nel corridoio, andando a sbattere con la spalla contro il muro opposto. «Dov'è la mia stanza?»

«Non lo so. Non me l'hai detto.»

Guardò Rusty fermo nell'arco della porta. «Oh, me lo ricordo. Sei-quattordici.» Lanciò un'occhiata lungo il corridoio e poi tornò a guardare di nuovo l'amico. «Dov'è l'ascensore?»

«Gesù, ti porterò alla tua camera. Lasciami prendere la mia chiave.»

Rusty scomparve all'interno per un minuto, mentre Lucas si appoggiava al muro e tutto gli girava intorno come una giostra. Sperava di non stare male. Non era il caso di vomitare di fronte al suo amante. *Amante. Bene, merda.* Sì, erano amanti, o almeno una singola volta lo erano stati. Che cosa sarebbe successo quando fossero tornati a casa, l'indomani? Si sarebbero rivisti? Rusty sarebbe andato a casa sua? Sarebbe andato lui da Rusty, ora che era tornato di nuovo a vivere nel suo ranch, dal momento che la sua gamba andava meglio? Non sapeva nemmeno dove abitasse.

Quando Rusty tornò, si chiuse la porta dietro di sé prima di avvolgere un braccio intorno alla vita di Lucas, che gli passò il suo intorno alle spalle. «Grazie.»

«Per cosa?»

«Per essere mio amico, anche se sono uno stronzo.»

«Non sei uno stronzo. Sei ubriaco.»

«Già, lo sono, ma dico davvero, Rusty. Sei un buon amico.»

«Grazie.»

«Mi spiace che non abbiamo scopato, stasera.»

«L'abbiamo già fatto. Il resto può aspettare per la prossima volta.»

«Ce ne sarà una?»

«In un certo senso, sta a te decidere, visto che sei tu ad

avere problemi con il fatto che la gente sappia che sei gay. Diciamo che ho immaginato che non mi volessi attorno, una volta a casa, per non far venire alla gente strane idee, capisci?»

Barcollarono per tutto il corridoio, fino all'ascensore. Quando raggiunsero le porte, Rusty spinse il pulsante. Dovevano salire di due piani per arrivare alla stanza.

Lucas si sentì male. Gli era davvero piaciuto da morire scoparsi Rusty, prima, e non aveva desiderato altro che l'amico ricambiasse il favore, ma lui aveva rovinato tutto ubriacandosi e dicendo un mucchio di stupidaggini. Oh, beh, ci sarebbero state altre occasioni, sperò.

Quando l'ascensore si aprì, Rusty lo fece entrare e poi spinse il bottone per il sesto piano. Adesso ricordava. La sua camera era proprio accanto all'ascensore, quindi non appena Rusty lo avesse portato vicino alla porta, avrebbe potuto rispedirlo per la sua strada. Non voleva che entrasse in camera sua, perché non era sicuro che sarebbe riuscito a dire di no se l'amico avesse deciso che voleva scopare in ogni caso.

No, sarebbe stato forte. Non voleva essere lo stronzo in questa situazione, anche se si sentiva male.

«Rusty?»

«Sì?»

«Mi dispiace. Non avrei dovuto sbronzarmi.»

«Va bene così.»

«Grazie per avermi aiutato a tornare in camera mia.»

«Dormici su, ci vedremo dopo che saremo tornati a casa. Il mio volo è domattina presto, quindi è probabile che me ne sia già andato prima che tu ti svegli.»

Inserì la chiave elettronica nella serratura, che si illuminò di verde, consentendogli di aprirla. «Da qui me la cavo.»

«Sei sicuro?»

«Sì.»

«Bene, allora. Ci vediamo a casa.»

«Buonanotte.»

Capitolo 4

Alle sei dell'indomani, Rusty aprì lentamente le palpebre pesanti. Doveva prepararsi per prendere di buon'ora l'aereo per tornare a casa. Perché cazzo aveva prenotato un volo così terribilmente presto? L'aereo non partiva fino alle otto e mezzo, ma aveva bisogno di essere lì prima. Uscire da Las Vegas dopo le finali era una rogna, con lunghe code, gente che si lamentava e un sacco di spintoni. Dal momento che la sua gamba non era guarita al cento per cento, voleva prendersela comoda per arrivare all'imbarco. Se fosse stato in giro per la città, gli ci sarebbe voluto un po' con la sua camminata lenta. Aveva probabilmente immaginato che non avrebbe dormito la notte precedente, tra il gioco d'azzardo e la vita notturna, ma non era accaduto.

Casa.

Perché non aveva realmente voglia di tornare a casa quel giorno? La sua vita non era male. Aveva il suo piccolo ranch con un po' di cavalli e bovini, e un paio di braccianti che lo avevano aiutato con il lavoro. Erano loro che in pratica avevano mandato avanti l'attività, quando era rimasto bloccato a casa dei suoi genitori. Non che non amasse sua mamma e suo papà, ma erano stati i due mesi peggiori della sua vita. Nel momento in cui aveva tolto il gesso, era tornato di nuovo a casa sua, a vivere la sua vita.

Aveva bisogno di tornare al lavoro, il suo lavoro, montare i tori. Fare esercizio avrebbe dovuto essere una priorità, se voleva tornare nel circuito, a gennaio. Non aveva tempo per andare in giro a scopare.

In quel momento aveva bisogno di una doccia, di farsi la barba e di mettere dei vestiti puliti. Aveva imballato la maggior parte delle sue cose la notte precedente dopo aver riportato Lucas in camera sua.

Lucas.

Che diavolo farò con lui?

Sì, avevano scopato ed era stato grande, ma voleva davvero cominciare una relazione stabile con il suo amico?

Ripensando alla *discussione* della sera prima, la maggior parte di ciò che aveva detto di Lucas gli suonò più vera di come era sembrata all'inizio. Cosa sarebbe accaduto se avessero iniziato a vedersi anche all'interno del circuito? Sarebbe stato accettabile? Lo voleva? Il circuito dei rider avrebbe permesso quel genere di cose? Essere gay non era qualcosa che veniva sbandierato, in quell'ambiente, anche se sapeva che alcune persone lo erano. Si mormorava che Levi Bond e Curt Walsh stessero insieme e dopo che Curt si era fatto male durante una rissa in un bar, qualche giorno prima, era emerso che il loro rapporto era vero. Levi era rimasto all'arena per le sue gare e per quello che doveva

80

fare lì, ma il resto del tempo lo aveva passato all'ospedale locale accanto al suo compagno.

Oh, beh, non c'era niente che potesse fare al riguardo, in quel momento. Avrebbe avuto tutto il tempo di pensare quando fosse stato a casa, mentre erano in pausa.

Si alzò con cautela, afferrò i vestiti puliti e si diresse in bagno. Non aveva tempo da perdere a gingillarsi nella camera d'albergo. C'era un volo da prendere.

Un'ora più tardi, si trovò a camminare gli ultimi pochi metri fino all'imbarco che doveva raggiungere per il volo di ritorno. Fino a quel momento, non aveva incontrato nessuno dei suoi fan, anche se alcune persone lo avevano salutato con un cenno, quando lo avevano riconosciuto. I fan erano ciò che ripagava un bull rider. Amava l'interazione con loro, specialmente i giovani ragazzi che li idolatravano davvero.

Rusty prese lentamente posto vicino a una vetrata, posando la borsa a mano vicino ai piedi, e allungò le gambe come meglio poté. Ci sarebbero voluti più o meno trenta minuti prima di imbarcarsi.

La sala d'aspetto era piena di gente.

Parecchi erano cowboy e alcuni li riconobbe, anche se non era sicuro dove li avesse visti.

Un ragazzino di circa dodici anni si fermò di colpo di

fronte a lui. «Ehi, non sei Rusty Arnold?»

Rusty sorrise. «Sì.»

Il ragazzo estrasse un toro in pelle da dietro la schiena. «Puoi firmare il mio toro?»

«Certo, amico.»

«Sei il miglior rider che ci sia mai stato.»

«Io non lo direi, ma grazie.»

«Io penso che sia così. Mi dispiace che ti sia fatto male. Monterai ancora?»

«Ne ho l'intenzione, sì.»

Una giovane donna sui trent'anni si fermò vicino al bambino. «Mi dispiace. Quando l'ha vista, non è riuscito a contenere l'eccitazione.»

«Va tutto bene. Mi piace parlare con gli ammiratori.»

«È un suo grande fan.»

Rusty si tolse il cappello come saluto alla donna e sorrise. «Grazie. Lo apprezzo.»

«Era quasi in lacrime quando lei si fatto è male un paio di mesi fa. Come va la gamba?»

«Sta migliorando. Dovrei tornare in sella al più presto.»

«È fantastico.»

«Come ti chiami?» chiese al ragazzino.

«Jack.»

Rusty tirò fuori il suo pennarello argento indelebile e firmò il toro, prima di restituirlo al ragazzo. «Ecco fatto.»

Il ragazzino fece un sorriso da un orecchio all'altro, prima che sua madre ringraziasse Rusty e facesse tornare Jack al suo posto. Diverse altre persone si fermarono per salutarlo mentre aspettavano di salire sull'aereo, ma la maggior parte fu rispettosa della sua privacy.

Una volta trovato il suo posto sull'aereo, si sistemò di nuovo, chiuse gli occhi e cercò di riposare. Era un volo senza scali intermedi, così non ci sarebbero volute più di un paio d'ore per arrivare a casa, e accidenti, voleva dormire nel proprio letto, quella sera. Gli alberghi facevano schifo.

Il suo telefono squillò con un messaggio in entrata appena prima che si chiudesse il portellone, ricordandogli che doveva spegnerlo. Attivò lo schermo. Il messaggio era di Lucas.

Partito. Spero tu abbia dormito un po'. Non volevo svegliarti questa mattina.

Scusa ancora per ieri sera. Ci vediamo quando torno a

casa.

Prenditela comoda.

Lucas

Rusty rispose rapidamente con un messaggio.

Nessun problema. Sono sull'aereo pronto a tornare. Sarò a casa in un

paio d'ore. Chiamami quando arrivi e possiamo vederci per una birra.

Rusty

Sorrise mentre spegneva il telefono per il decollo. Almeno Lucas lo stava pensando tanto quanto lui. Aveva davvero bisogno di decidere come avrebbe dovuto impostare il loro rapporto. Stavano per diventare compagni occasionali di scopate, solo amici, o qualcosa di più?

Un anziano signore seduto accanto a lui gli domandò: «Non sei Rusty Arnold?»

«Sì, signore, sono io.»

«Ho seguito la tua carriera per un certo tempo, figliolo. Tu

84

sei uno dei migliori che ho visto nel circuito.»

«Grazie.»

«Sei venuto per le finali?»

«Sì signore. Ho voluto essere presente, anche se non ho potuto partecipare.»

«È stata una vera delusione quando ti sei fatto male.»

«Anche per me. Non vedevo l'ora di gareggiare alle finali per il Campionato del Mondo.»

«Un sacco di persone hanno fatto il tifo per te, quest'anno. Tornerai?»

«Ne ho tutta l'intenzione, anche se ho bisogno di riguadagnare forza nelle gambe a causa della pausa forzata. È stata una frattura piuttosto brutta.»

«Ho sentito.»

I motori ruggirono mentre decollavano, mettendo a tacere la conversazione tra loro per diversi minuti.

«Sarà difficile tornare dopo essere stato fuori gioco per tanto tempo.»

«Ce la farò. Ne sono sicuro.»

L'uomo anziano annuì. «Come sei messo con gli sponsor, Rusty?»

«Non ne sono sicuro, signore. Dovrei parlare con il mio rappresentante.»

L'uomo tirò fuori il portafoglio e porse a Rusty un biglietto da visita. Diceva, Joseph R. Campbell, Rocking C - Bucking Bulls & Beef Cattle.

Porca puttana! Quest'uomo è l'appaltatore migliore nel circuito per i tori che sgroppano. «Uh, grazie.»

«Ho un amico che sta cercando di sponsorizzare un rider e penso che voi due dovreste andare d'accordo in modo fantastico. Lui non sa molto di bull riding, ma sta cercando di entrare nel business in continua espansione dei bull riders professionisti. So anche di un altro ragazzo in cerca di uno di voi da sponsorizzare. Conosce il business ed è molto esperto con i tori. Mi piacerebbe che tu incontrassi entrambi.»

Rusty giocherellò con il biglietto da visita. Desiderava così tanto discutere di tori con il signor Campbell, ma non riusciva a trovare le parole. Voleva sapere se avrebbe potuto fare pratica su alcuni degli animali del The Rocking C per tornare in forma, in quanto non era lontano dal suo ranch, ma non sapeva come chiederlo. «Mi sembra ottimo.» Si rese conto che quello era il momento giusto o avrebbe perso la sua occasione del tutto. «Signor Campbell?»

«Sì?»

«Ho bisogno di chiederle un favore, ma se non le sembra

corretto o che, va bene lo stesso.»

«Quale sarebbe, figliolo?»

«Ho bisogno di montare qualche toro, nei prossimi due mesi. Il suo ranch non è lontano dal mio. Ho l'attrezzatura da allenamento a casa, ma non è proprio la stessa cosa. I suoi tori sono considerati tra i migliori del circuito, e mi servirebbe proprio passare del tempo montandone alcuni. Non dico i migliori, magari solo alcuni di quelli emergenti.»

«Non so, Rusty. Non voglio che i miei tori si facciano del male durante il periodo di pausa.»

«Capisco cosa intende, ma mi andrebbero bene anche alcuni dei tori più giovani, non i migliori. Ho davvero bisogno di montare degli animali vivi, prima di cercare di tornare nell'arena con loro, a gennaio.»

Il signor Campbell si grattò il mento per un momento. «Sai, penso che tutto sommato si possa fare. L'allenamento manterrebbe i miei tori in forma, in modo che non diventino grassi e pigri.»

Rusty allungò la mano per stringere quella dell'uomo. «Non se ne pentirà.» Quando le unirono, rimase sorpreso dalla fermezza della presa del signor Campbell. Evidentemente era un uomo che aveva lavorato nei suoi possedimenti al fianco dei suoi lavoranti.

«Sono sicuro che sarà così, Rusty. Sei un rider eccellente. Mi piacerebbe vederti vincere il prossimo campionato. Non fraintendermi, Levi è stato bravo e lo ha meritato, dopo le sue gare nell'ultimo paio di mesi, ma tu gli sei stato superiore per l'intero anno. Eri in corsa per il titolo e voglio vedertelo ottenere, quest'anno.»

«Grazie per la fiducia.»

«È più che meritata, figliolo.»

Chiacchierarono di tori, del circuito, di bovini e della vita da ranch, per il resto del viaggio di ritorno.

Dopo che l'aereo fu atterrato, Rusty si fece strada lungo la passerella verso la porta. L'assistente di volo gli strinse la mano e gli augurò di guarire presto, in modo da poterlo vedere montare di nuovo. Si sentì in imbarazzo per il fatto che così tante persone facessero il tifo perché tornasse di nuovo alle gare. Era fantastico sapere che aveva così tanti fan che si erano commossi quando si era fatto male.

Quando riuscì ad arrivare allo smistamento bagagli per recuperare la sua borsa, questa era l'ultima che andava su e giù sul nastro trasportatore. Sorrise e scosse la testa prima di afferrare la valigia che girava, in modo da potersi dirigere verso il suo pick-up.

La gamba gli faceva male mentre zoppicava lentamente verso il parcheggio, e si chiese se sarebbe stato pronto a montare di nuovo a gennaio, oppure se non lo sarebbe stato mai più. Di certo non voleva uscire in modo permanente con un infortunio come quello. Aveva ancora qualche anno buono davanti a sé, prima di pianificare un ritiro.

Il sudore gli colava dalla tempia mentre si avvicinava al pick-up. Era senza fiato e stava veramente male, quando mise la valigia nella parte posteriore, salì in cabina e chiuse lo sportello. Dovette appoggiare la testa sul volante e concentrarsi per far calmare il dolore, rallentare il respiro e permettere alla frequenza cardiaca di tornare alla normalità.

Pochi minuti dopo, fece manovra nel parcheggio per dirigersi verso il casello. Una volta che ebbe pagato il biglietto della sosta, si avviò all'uscita diretto all'autostrada e a casa.

Circa quarantacinque minuti più tardi, guidava lungo il vialetto di ghiaia che conduceva alla sua abitazione. La casa azzurra in stile ranch con finiture bianche, grandi finestre e un lungo portico, era la parte preferita del fatto di vivere lì. Il grande fienile dietro la casa era il suo orgoglio e la sua gioia. Amava allevare i suoi animali ed era per questo che aveva acquistato quel posto. Inoltre, non doveva preoccuparsi che la banca glielo togliesse. Montare tori era stato molto redditizio finora e lui aveva investito nella sua casa. Anche se a quel punto si fosse dovuto ritirare, avrebbe potuto vivere agiatamente con quello che aveva in banca.

Aprì la portiera del pick-up per scendere, inciampando appena sulla gamba irrigidita, prima di estrarre la valigia dalla parte posteriore della cabina, chiudendosi poi la portiera alle spalle.

Il suo sovrintendente uscì dalla stalla asciugandosi le mani su un asciugamano. «Ehi, Rusty. Com'è stato il viaggio?»

«Ehi, Nick. Il viaggio è andato bene. Però sono distrutto.» Si strofinò la coscia dolorante. «Penso di aver esagerato.» Strinse la mano di Nick. «Sono contento di essere a casa.»

«Ne sono sicuro.»

«Come vanno le cose da queste parti?»

«Bene. Non c'è molto da fare.» Nick sollevò l'asciugamano. «Sto lavorando sul vecchio camion. Si è rotto di nuovo un paio di giorni fa.»

«Dobbiamo sbarazzarcene e comprarne uno nuovo.»

Nick infilò lo straccio nella tasca posteriore. «Sì, ma è un classico, Rusty. Non li fanno più così.»

«Lo so.»

«Come va la gamba?»

«Non molto bene in questo momento. Mi fa parecchio male.»

«Beh, allora è meglio se entri e ti riposi. Hai bisogno di essere al massimo per tornare in gara il prossimo anno.»

«Lo so.» Rusty si avviò verso casa. «Oh, non indovinerai mai chi mi era seduto accanto, sull'aereo da Las Vegas.»

«Chi?»

«Joseph Campbell del Rocking C Bucking Bulls.»

«Porca puttana, davvero? È piuttosto famoso.»

«Sì, almeno nel circuito. I suoi tori si stanno facendo strada nei ranghi. Tough appartiene a lui e così Lucifer's Chaos.»

«Non sono quei due che Levi ha dovuto montare per le finali di campionato?»

«Lucifer's Chaos è stato la sua monta vincente.»

«Accidenti. Quello è un toro con tutti i crismi.»

«Levi l'ha fatto sembrare facile, però. Suppongo che tu stessi guardando.»

«Accidenti, sì, stavo guardando. Il mio capo è uno che monta i tori. Lo guardo ogni settimana.»

Rusty rise. Gli piaceva molto Nick, non a livello sessuale, ma come un amico, un buon amico. Inoltre, sapeva per certo che Nick era etero fino al midollo e Nick sapeva che Rusty era gay.

«Sarà meglio che entri e dia riposo a questa gamba. Ti unisci a me per cena?»

«Nah. Ho un appuntamento.»

«Chi è lei? Qualcuno che conosco?» chiese Rusty, spostando il peso dalla gamba malata e appoggiandosi al pick-up. Aveva davvero bisogno di entrare invece di stare a fare delle chiacchiere.

«No, è nuova della città. Lavora alla tavola calda. Si chiama Marie.»

«Dovrai presentarmela, una volta.»

«E rischiare che tu me la porti via? Neanche per sogno, Rusty.»

Risero insieme mentre Rusty si avviava verso casa. «Vado dentro. Ci vedremo domani, probabilmente. Il letto mi reclamerà presto, questa sera, ma ho un po' di lavoro da sbrigare sui libri, oggi pomeriggio.»

«Prenditela comoda. Starò qui in giro fino alle cinque, se hai bisogno di qualcosa. Basta gridare, lo sai.»

«Lo farò. Grazie, Nick.» Rusty si incamminò verso il portico. In quel momento, i due gradini della salita gli sembrarono una montagna, con il dolore alla coscia che aumentava sempre di più. Prese un paio di lunghi e lenti respiri, issò la gamba buona sul primo gradino e si trascinò dietro quella irrigidita. Ne aveva di strada da fare prima di essere in grado di montare di nuovo, se andava avanti di quel passo. Aveva bisogno di parlare con il medico per capire se la convalescenza stesse andando come previsto, in modo da poter cominciare a montare con le attrezzature da allenamento, la settimana successiva.

Zoppicò dentro casa, fino al suo ufficio, per poi adagiarsi sulla poltrona in pelle con un sospiro pesante. *Antidolorifico. Accidenti, avrei dovuto portarmene dietro uno, prima di lasciare la valigia in corridoio.* Si alzò in piedi per tornare al punto in cui aveva adagiato il borsone. Se sua madre avesse saputo che aveva così tanto dolore, sarebbe stata a casa sua in un baleno.

«Beh, non lo scoprirà.»

Dopo essere riuscito a recuperare le pillole e la bottiglietta d'acqua che aveva acquistato in aeroporto, si riavviò con calma verso l'ufficio. Aveva bisogno di controllare i libri contabili, dal momento che aveva un carico di mangime in arrivo la settimana dopo e alcuni capi di bestiame da svendere quella successiva.

Come tolse la pressione dalla gamba, scivolando sulla poltrona, emise un sospiro di sollievo. Aprendo il cassetto alla sua sinistra, tirò fuori le ricevute che Nick aveva lasciato per lui, mentre era via, e premette il pulsante per avviare il computer. Odiava davvero il lavoro d'ufficio richiesto dalla gestione di un ranch, ma almeno quel posto era redditizio.

Nelle ore successive lavorò su tutto quello che aveva trascurato mentre era a Las Vegas. Una volta che ebbe finito, il sole era tramontato da un pezzo e il suo stomaco brontolava, visto che non aveva mangiato. Spense il computer e la lampada sulla scrivania prima di alzarsi in piedi, contento che un po' del dolore alla gamba se ne fosse andato. Mentre si avviava verso la cucina, sperò che ci fosse qualcosa da mangiare, dato che non aveva avuto la possibilità di fare nemmeno uno spuntino, prima di arrivare a casa. *Magari ordinerò una pizza.*

Il cellulare gli trillò in tasca. Quando lo estrasse, sorrise rendendosi conto che era Lucas. «Ehi,» disse aprendo la chiamata. «Sei a casa?»

«Sì, sono appena entrato e sono distrutto. Odio i viaggi lunghi.»

«Fa parte dell'essere un bull rider.»

«Sì, lo so. Probabilmente avrò percorso centomila miglia con questa bestia, negli ultimi due anni, con tutto quell'andare avanti e indietro da costa a costa.»

«Sì, lo so, anch'io.»

«Dovremmo iniziare a viaggiare insieme. Risparmieremmo sul carburante e sull'usura sui veicoli, dal momento che viviamo nella stessa città.»

«Possiamo pensarci, certo.»

«Va tutto bene? Non sei ancora arrabbiato per ieri sera, vero?»

«Prima di tutto, non ero incazzato, Lucas.»

«Io lo sarei stato.»

«Perché? Stavi solo mettendo in chiaro la tua opinione su come vedi la tua vita. Sei libero di pensarla come vuoi. Solo che non sono sicuro di essere d'accordo con te.»

Lucas grugnì al microfono e Rusty sorrise tra sé. Si era reso conto, per quel poco che lo aveva frequentato, che Lucas tendeva a mettere il broncio quando le cose non andavano come voleva lui.

«Ti va una birra stasera?»

«No. Sto davvero male. Dopo cena prenderò un altro antidolorifico e mi fionderò a letto.»

«Va bene.»

«Scusa.»

«Va bene. Sono parecchio stanco anch'io, inoltre devo andare a recuperare il cane da casa dei miei. Quel poverino non mi vede per la metà del tempo, dato che sto fuori così tanto tempo. Però me lo riporto a casa, quando sono in pausa dalla stagione.»

«È per questo che non ho un cane o un gatto. Ho solo gli animali da allevamento che possono essere curati dai ragazzi del ranch.»

«Sai, non so nemmeno dove vivi.»

«Fuori dalla Superstrada 314, a sud della città.»

«Oh. Hai una proprietà?»

«Sì, duecento acri. Vivo un po' isolato.»

«Dev'essere bello.»

«Lo è. E non devo vedermela con i miei genitori, che sarebbero sempre qui per spingermi a prendere in gestione il loro ranch. Può farlo Russell.» Rusty staccò il menù dal frigorifero per ordinare una pizza, non appena fosse finita la telefonata con Lucas. Il suo stomaco brontolò di nuovo.

«Ti lascio. Sembra che tu stia cercando qualcosa da mangiare.»

«Sì, ho intenzione di ordinare una pizza.»

«Suona bene. Io... uh... Ci sentiamo più tardi, allora.»

«Va bene. Buona notte.»

«'Notte.»

Rusty riattaccò il telefono e scosse la testa. *Se questo non era il discorso più imbarazzante che due amici possono avere, io non so quale possa esserlo.* Compose il numero della pizzeria, fece il suo ordine e poi riattaccò. Ci sarebbero voluti trenta minuti prima che potessero portargliela, ma ne sarebbe valsa la pena, alla fine.

Tirò fuori una birra dal frigo, fece saltare la linguetta e si portò la lattina alle labbra. Per fortuna gliene erano rimaste un paio in frigorifero da prima che andasse a Las Vegas. La birra gli scivolò giù per la gola come una cascata rinfrescante, portando via con sé le preoccupazioni della giornata. Ne avrebbe bevuta solo una, poiché non era una buona idea mischiare alcolici e antidolorifici, ma accidenti, aveva un buon sapore.

Probabilmente avrebbe dovuto chiamare i suoi genitori e far loro sapere che era a casa. *Nah. Li chiamerò domani. Non ho voglia di prediche, stasera.* Si sedette sul divano di pelle, afferrò il telecomando e accese la televisione sul canale di sport della CBS. Avrebbero ritrasmesso le finali e voleva vedere alcune delle gare da vicino. L'avrebbe aiutato a migliorare, se avesse potuto analizzare ciò che gli altri avevano fatto. Aveva ogni evento in DVD e li guardava religiosamente, in particolare le sue performance.

Dopo essere arrivata la pizza, si sistemò di nuovo sul divano a guardare la TV mentre mangiava.

Quando arrivò il turno di Lucas, si sedette in avanti, guardando il suo amico avvolgere la corda alla mano con precisione. Nel momento in cui fece cenno che aprissero il cancello, Rusty trattenne il respiro. Sapeva com'era finita quella gara, era tra il pubblico quando era successo, ma guardandola con la telecamera direttamente sull'amico, era ancora meglio. Lucas aveva fatto sembrare il tutto fluido e senza sforzo.

Il toro era uscito dalla chute sgroppando senza sosta, ruotando su se stesso, facendo perno sulla mano di Lucas avvolta dalla corda, prima di cambiare direzione, girandosi dall'altra parte. A un certo punto l'animale si impennò, rimanendo quasi in verticale, con le zampe posteriori che scalciavano con forza e quelle anteriori piantate per terra, mentre Lucas era quasi disteso di schiena sulla groppa del toro.

Quando il timer suonò, Rusty rilasciò il respiro che aveva trattenuto mentre Lucas saltava giù ormai libero. Era stata un'esibizione da manuale, e Rusty sapeva che aveva dato buoni punti all'amico, sufficienti a farlo entrare nella top ten della classifica, ma non abbastanza da fargli guadagnare punti reali sul leader.

Le finali erano dure. Vi partecipava il meglio del meglio del circuito. Rimanere in groppa non era sufficiente. Bisognava ottenere un punteggio vicino ai novanta punti o appena sopra, a ogni tornata.

Levi era il successivo.

Rusty osservò con avida attenzione. Levi aveva vinto la fibbia di campione del mondo, ma essere in grado di guardare la sua prova gli avrebbe permesso di capire esattamente il motivo per cui era arrivato in testa. L'uomo era stato brillante sul dorso del toro. Sarebbe stato un concorrente difficile da battere, l'anno successivo, e Rusty sapeva che aveva il suo bel da fare per riuscirci.

Mentre le ore passavano, Rusty divenne sonnolento, poiché le pillole che aveva preso avevano cominciato a fare effetto. Doveva avviarsi verso la camera, spogliarsi e dormire per almeno otto ore.

Quando riuscì finalmente ad arrivare al letto, quasi incespicava. Quelle pillole erano davvero forti e quello era un altro motivo per cui voleva smettere di prenderle. Non sarebbe stato un bene diventare dipendente e averne bisogno tutto il tempo per tirare avanti. Trovò la boccetta accanto al letto, la sollevò per guardare attraverso la plastica di colore giallo e poi la scosse. Non ne erano rimaste molte. Avrebbe dovuto farsene prescrivere altre dal medico. Il dolore era difficile da affrontare, senza farmaci, ma sapeva che c'erano stati un paio di cowboy nel circuito che erano diventati dipendenti dalle pillole, dopo un infortunio.

Lui sarebbe stato bene. Le poteva gestire. Oltretutto, le prendeva solo quando ne aveva bisogno.

Una volta spogliato e rimasto con la biancheria intima, scostò le coperte sul letto, scivolò tra le lenzuola fredde e poi si ricoprì.

La luce della luna gli cadde sul letto in una cascata d'argento attraverso le tende vaporose della finestra. Una brezza fresca alzò i pannelli in un lento ondeggiare di tessuto, portando l'aria verso di lui, nel punto in cui era sdraiato. Amava dormire con la finestra aperta anche in inverno. Avvolto sotto le coperte con la temperatura della camera quasi al punto del congelamento, poteva dormire come un bambino.

Lentamente chiuse gli occhi, lasciando vagare la mente.

Una mano irruvidita dal lavoro percorse il suo petto, portando con sé il lenzuolo mentre continuava verso il basso, fino al punto in cui si trovava il suo cazzo lungo e duro, contro lo stomaco.

Quando guardò alla sua destra, gli occhi azzurri di Lucas brillavano alla luce della luna.

«Ti manco?»

«Diavolo, sì. Dove sei stato? Mi aspettavo che venissi da me.»

«Non ero sicuro che mi volessi ancora.»

«Perché non dovrei? Sono stato eccitato fin da quando abbiamo scopato.»

«Ho sbagliato, Rusty. Abbiamo litigato, ma non mi piace discutere con te. Tu sei mio amico.»

«Siamo più che amici, Lucas, in caso te lo sia dimenticato.»

«Come potrei? Essere sepolto nel tuo culo stretto ha fatto sì che il mio intero viaggio a Las Vegas valesse ogni doloroso minuto sulla schiena di quei tori.»

«Basta parlare. Succhiami.»

Lucas scostò il resto del lenzuolo, oltre i suoi fianchi, un momento prima che la sua bocca calda si chiudesse sopra la punta del suo cazzo. Un gemito gli sfuggì dalle labbra, un suono proveniva dalle profondità della gola.

La lingua scivolosa gli circondò la cappella, girandoci attorno, mentre una mano gli stringeva l'asta in una presa d'acciaio. La suzione della bocca sulla punta dell'uccello gli fece alzare il culo dal letto.

«Piano, amico mio. Voglio darti piacere.»

«Mi stai facendo diventare matto.» Fece scattare il bacino verso l'altro un po' di volte, facendo scivolare la cappella lungo la superficie ruvida della lingua di Lucas. «Sto per morire di piacere.»

Lucas si spostò in basso verso le palle di Rusty, risucchiandone una in bocca prima di mormorare: «Che bel modo di andarsene.»

Rusty spinse la spalla di Lucas abbastanza forte da scostarlo da sé e farlo atterrare sulla schiena. «Basta. È il mio turno, di torturarti.»

Nel momento in cui Lucas giacque sdraiato come un dono agli dei, Rusty piombò su di lui, prendendogli il cazzo in bocca del tutto, fino a che non gli toccò la parte posteriore della gola.

«*Uhhnnn.*»

Il suono che fuoriuscì dalla gola di Lucas spedì una scarica di piacere direttamente all'uccello di Rusty. Era riuscito a fare una cosa simile, per il suo amante: portarlo al piacere così in fretta da non riuscire a emettere un suono coerente.

Rusty soddisfò Lucas con la lingua e la bocca per diversi minuti, succhiando, leccando, accarezzando e giocando fino a che l'amico non lo implorò di farlo venire in fretta.

Quando Rusty si tirò indietro, guardò il cazzo di Lucas e il membro violaceo, percorso da vene in rilievo, gli sembrava dolorosamente duro. Conosceva quel tipo di dolore, poiché anche il suo era teso contro lo stomaco in uno stato atrocemente solido. «*Girati e apriti quelle natiche.*»

Lucas rotolò sulla pancia mentre Rusty si allungava a prendere il lubrificante nel cassetto del comodino. Si posizionò dietro l'amante e versò il liquido freddo lungo la fessura del suo culo prima di spargerne un po' dentro l'ano. «*Sei pronto per me?*»

«*Diavolo, sì,*» *gemette appoggiando la fronte contro il cuscino.* «*Sbrigati.*»

Rusty spinse lentamente l'uccello attraverso l'anello di muscoli di Lucas, rabbrividendo come una foglia in una tempesta di vento, mentre lo penetrava in profondità. «*Ah, cazzo.*»

«Muoviti. Dio, per favore, muoviti.»

Con uno scatto dei fianchi, Rusty si spinse a fondo dentro Lucas, fino a quando il suo bacino incontrò la carne arrotondata delle sue natiche. «Sei fantastico.»

«Scopami. Per favore. Ne ho talmente bisogno.»

«Anch'io, amore, anch'io.» Rusty si tirò indietro con lentezza fino a uscire fuori quasi del tutto, prima di spingersi nuovamente dentro. La sensazione era spettacolare. Le pareti lisce del corpo che lo circondava erano incredibili. Rabbrividì alle sensazioni che lo stavano bombardando mentre continuava a sfregare lentamente il suo uccello dentro e fuori dal culo di Lucas.

L'uccello gli diventò duro in una maniera incredibile, mentre le palle gli si contraevano in preparazione dell'orgasmo. Non poteva trattenerlo molto di più, ma voleva che Lucas venisse con lui.

Allungò una mano per carezzare l'uccello del suo amante. «Vieni per me, Lucas, vieni forte.»

Lucas esplose in un orgasmo quasi straziante e ricoprì la mano di Rusty di sperma, mentre lui continuava a sbattersi dentro e fuori il corpo di Lucas, fino a perdere il controllo del proprio piacere e venire con forza.

Rusty si svegliò di soprassalto, il cazzo duro e dolente di desiderio insoddisfatto per l'uomo che non era realmente lì.

Si passò una mano tra i capelli, imprecando con forza per il pulsare che sentiva nelle palle. «Ho bisogno di una doccia fredda.»

Spostò le gambe oltre il bordo del letto e si alzò in piedi per dirigersi verso il bagno. *Cosa non darei per avere Lucas qui, adesso.*

Sentì qualcuno bussare alla porta di casa, non appena sceso dal letto.

Guardò l'orologio. Mezzanotte. *Chi diavolo potrebbe essere a quest'ora?*

Capitolo 5

Lucas rimase davanti alla porta di casa di Rusty, ondeggiando un po' a causa del troppo alcol. Era andato diretto al bar quando era arrivato in città, visto che aveva bisogno di ridurre lo stress che aver guidato da Las Vegas gli aveva messo addosso. Aveva le articolazioni irrigidite e doloranti dopo essere rimasto seduto alla guida per nove ore.

Bussò di nuovo prima di guardare l'orologio. *Merda. Mezzanotte.* Sarebbe stato ancora sveglio Rusty?

La luce del portico si accese.

Sembrava di sì.

«Chi è?»

«Sono io, Lucas.»

La porta si aprì per rivelare Rusty, in tutto il suo metro e ottanta, lì fermo con nient'altro addosso se non un paio di pantaloni di felpa.

«Che stai facendo qui? È mezzanotte, per la miseria.»

«Lo so.»

«Wow.» Rusty agitò una mano davanti al viso. «In che bar sei andato?»

«Al Rusty Nail.» Mise una mano sullo stipite della porta. «Me ne sono fatte un po'.»

«Così sembra.» Rusty si appoggiò con la sua più in alto, sullo spigolo della porta.

Lucas trascinò i piedi. «Sono eccitato.»

«Sì?»

«Già. Ho bisogno che mi scopi.»

«Tu hai bisogno di essere sobrio prima che io ti scopi, amico mio.»

«Oh, diavolo, Rusty. Ho l'uccello così duro che potrei perforare la pietra. Ti prego.»

«Non se ne parla nemmeno. Io non mi scopo i ragazzi ubriachi. Voglio che tu sappia che sono io a sbattermi nel tuo culo fino a farti venire così forte da vedere le stelle.»

«Beh, merda.» Lucas aprì la zanzariera. «Posso dormire sul tuo divano, amico? Non dovrei guidare.»

Rusty non sembrò convinto. «Hai guidato in queste condizioni?»

«Sì. Volevo vederti.»

«Idiota.»

Rusty lo afferrò per il davanti della camicia, tirandoselo addosso con forza contro il torace e premendo la bocca su quella di Lucas. Fece serpeggiare la lingua tra le labbra dell'amico, strappandogli un gemito dal profondo del petto, mentre ricambiava il bacio. Le loro lingue duellarono mentre Lucas afferrava il cazzo dell'amante con la mano attraverso i pantaloni. Sentire l'uccello duro dell'uomo lo fece gemere attorno alla lingua di Rusty.

I loro respiri si mischiarono quando il padrone di casa si tirò un po' indietro. «Non ti scoperò, stanotte, ma sta sicuro che il tuo culo sarà mio, domattina.»

Lucas emise un basso piagnucolio, sperando che l'amico non avvertisse il tono di bisogno nella sua voce. Sapeva che Rusty aveva ragione, ma non per questo il suo uccello faceva meno male. «Bene. Dimmi dov'è il divano così potrò dormirci sopra, e farmi passare questa sbronza.»

Rusty indietreggiò, liberando la porta perché Lucas l'attraversasse. L'odore di Rusty lo mandò fuori di testa dal desiderio. Voleva seppellirgli il naso nel collo, mordicchiarlo da lì fino ai capezzoli con lunghi colpi di lingua e denti. *Dio, sono eccitato.*

«Sei sicuro che non possiamo scopare?»

«No, non stasera,» ribadì Rusty, chiudendogli la porta alle spalle, mentre si avviava verso l'interno della casa.

«Beh, cazzo.» Lucas si lasciò cadere sul divano con un braccio sugli occhi. «Lo sai, tutto questo aspettare è sbagliato. Volevo che me lo mettessi nel culo.»

«Lo so.»

«Avrei potuto trovare qualcuno al bar, con cui andare a casa.»

«Probabile, ma non l'hai fatto.»

«No, non l'ho fatto.»

«C'è una ragione?»

«Volevo te.»

«Buono a sapersi.» La voce di Rusty arrivò da più lontano. «Buonanotte.»

Lucas grugnì in risposta. L'uccello gli doleva, aveva lo stomaco sottosopra e si sentiva le palpebre pesanti. Forse Rusty aveva ragione, non avrebbe voluto dimenticare il fatto di avere Rusty dentro di sé per nulla al mondo.

La luce del sole nascente si riversò dalla finestra e dentro la casa, causando a Lucas un mal di testa, quando aprì gli occhi.

Sentì un profumo di caffè e di qualcos'altro... cibo.

Dopo essersi seduto con cautela, tenendosi la testa tra le mani, si rese conto che l'aroma di caffè arrivava da una tazza fumante che aveva sotto il naso.

«Nero o con latte e zucchero?»

Si allungò a prenderla, tenendola tra le mani tremanti e sorbendo il nettare degli dei. «Nero.» Prese un altro sorso. «Grazie. Sei una benedizione.»

«Ho pensato che potessi aver un po' di postumi.»

«Un po', già.»

«Come va la testa?»

Sbirciò l'amico strizzando gli occhi. «Sembra che qualcuno me la stia trapanando con un martello pneumatico e che non ci vada nemmeno troppo leggero.»

«Com'è messo lo stomaco?»

«Mi si sta rivoltando.»

«Ti porterò un Alka-Seltzer.»

«Sì, per favore.»

Rusty tornò qualche minuto dopo con un bicchiere d'acqua che ribolliva come se fosse viva.

Dopo aver appoggiato la tazza sul tavolino da caffè, prese il bicchiere dalla mano di Rusty e ingoiò il liquido amaro in pochi sorsi. Sapeva che sarebbe stato d'aiuto, se prima non l'avesse ucciso per il saporaccio. «Cristo, quella roba è cattiva.»

«Sì, ma alla lunga ti servirà, se non la vomiti prima.» Rusty fece ritorno in cucina, sulla sinistra, mentre Lucas si sdraiava di nuovo sul divano, il braccio sugli occhi per impedire alla luce del sole di pugnalarlo attraverso le palpebre come un punteruolo da ghiaccio. Quello gli avrebbe insegnato cosa succedeva a bere troppo. Sì, probabilmente non sarebbe servito. Si era sentito agitato nel momento in cui era arrivato sul prato davanti casa sua, desiderando di essere con Rusty. Voleva il suo amico... tantissimo, e quando era andato al club ed era stato avvicinato da diversi uomini, si era reso conto di quanto lui non li volesse. Il Rusty Nail era un gay bar molto conosciuto ad Albuquerque, uno che frequentava spesso quando voleva una scopata veloce, ma stavolta aveva rifiutato gli uomini, uno dopo l'altro.

Era stato davvero stupido a guidare fino a casa di Rusty, a mezzanotte, ubriaco fradicio, ma aveva lasciato che l'amico si prendesse cura di lui facendolo rimanere per la notte, anche se dietro la promessa del sesso non appena fosse arrivata mattina. Ovviamente, Lucas si rese conto che il sesso era di certo fuori questione, fino a che testa e stomaco non fossero stati a posto.

«Sei pronto per mangiare?»

«Sì.» Lucas gettò le gambe oltre il bordo del divano, si alzò in piedi e caracollò un po' mentre riprendeva l'equilibrio.

La testa non gli martellava più come pochi minuti prima. Si avviò verso la cucina e prese posto al tavolo. A quella tavola potevano sedersi comodamente dodici persone. Lucas si rese conto che gli aiutanti di Rusty con ogni probabilità mangiavano di solito con lui. «Quanti ragazzi hai che lavorano qua con te?»

«Adesso dieci, incluso il capo squadra.»

«Non mangiano stamattina?»

«È il loro giorno libero. Di solito fanno colazione in città, il sabato mattina, visto che festeggiano alla grande il venerdì notte.»

«Oh.»

Rusty gli fece scivolare davanti un po' di bacon, delle uova e un paio di biscotti, mentre il suo stomaco brontolava. Con tutta evidenza, aveva deciso che adesso era affamato.

Quando Rusty si sedette di fronte a lui, lasciò vagare lo sguardo sul viso dell'amico. Sembrava piuttosto smunto e tirato. Aveva gli occhi iniettati di sangue, la faccia pallida e le occhiaie pronunciate. «Stai bene?»

«Sì, perché?»

«Hai un aspetto di merda.» Lucas si ficcò in bocca una forchettata di uova, prima di dare un morso a un pezzo di bacon. Non aveva mai mangiato nulla di così delizioso, decise. Rusty era un cuoco dannatamente bravo. «Questa roba è eccellente.»

Rusty diede un'occhiata al proprio piatto, prese un morso incerto di cibo e poi lo spinse via.

«Non mangi?»

«Non ho molta fame.»

«Devi mangiare, Rusty,» insistette Lucas.

«Lo so, è solo che non ho fame.»

«Prendi ancora quelle pillole per il dolore?»

Rusty alzò lo sguardo verso di lui prima di riabbassarlo. «No. Ho smesso di prenderle.»

«Quand'è stata l'ultima volta che ne hai presa una? Magari ne hai bisogno. Sembra che tu stia male.»

Rusty lo guardò di sfuggita ancora una volta per poi tornare a fissare il suo piatto, mentre prendeva un pezzo di bacon e se lo portava alla bocca. «È da un paio di giorni. Posso stare senza.»

Lucas ebbe l'impressione che l'amico non fosse stato sincero con lui. Lo aveva visto prenderne parecchie a Las Vegas, quand'erano stati insieme, e sapeva che sentiva ancora abbastanza dolore alla gamba rotta, anche se non sembrava zoppicare molto. «Ti fa molto male?»

Rusty sbatté la mano sul tavolo. «Sto bene, Lucas. Lascia

perdere.»

«Va bene, amico. Non intendevo impicciarmi.» Lucas alzò le mani in posa difensiva.

«Beh, lo fai.» Rusty si alzò in piedi e gettò il piatto nell'acquaio. «Devo controllare Nick.» Fece un cenno con la mano verso il piatto di Lucas. «Finisci la colazione. Torno subito.»

Lucas lo guardò zoppicare lentamente mentre andava verso la porta d'ingresso, con una smorfia in faccia. Non sbagliava a pensare che Rusty stesse soffrendo molto e non riusciva a capire perché non volesse prendere gli antidolorifici prescritti dal medico, se aveva così tanto male.

Una volta finito di fare colazione, gettò il cibo che era rimasto nel piatto di Rusty nel tritarifiuti, sciacquò entrambi i piatti e li mise nella lavastoviglie. Era il minimo che potesse fare, visto che l'amico aveva preparato la colazione.

Prese un'altra tazza di caffè dalla caffettiera e si appoggiò al bancone della cucina, con i pensieri in subbuglio. Perché era stato così disperato, la sera prima, da voler vedere Rusty? Perché non aveva raccattato qualcuno al bar, come avrebbe fatto di solito? Sembrava che il suo uccello avesse altre idee. Oh, bene. Si sarebbe fatto le sue scopate con chi poteva e poi sarebbe andato avanti con la sua vita, la sua carriera come bull rider e si sarebbe preoccupato del resto in seguito. Le relazioni non facevano per lui. Né in quel momento, né mai. Immaginò di non avere tempo per qualcuno di esclusivo, nella sua vita. Non con la carriera che decollava. Era andato bene quell'anno, come rider, e aveva guadagnato un bel po' di soldi dalle vincite nel circuito. Per un po' di tempo, i soldi per lui non sarebbero stati un problema, di quello ne era certo. L'estratto conto della banca lo confermava e dato che non aveva molte spese, poteva rilassarsi fino all'inizio della stagione successiva.

La tappa di New York sarebbe arrivata prima che se ne accorgesse. L'intera pazza vita del bull riding, viaggiare, curare le relazioni con i fan e ingraziarsi la folla sarebbe ricominciata per altri nove mesi. Era la vita che aveva scelto.

Prese un sorso del liquido bollente e, nel farlo, si bruciò la lingua. «Ahi.»

La zanzariera si aprì e si chiuse di colpo.

Lucas si girò e si trovò faccia a faccia con un uomo che pensava non avrebbe mai più rivisto.

«Ciao, Lucas.»

«Nick.» *Porca merda.* E adesso cosa diavolo avrebbe dovuto fare? «Cosa stai facendo qui?»

«Sono il caposquadra di Rusty.»

Si passò le mani tra i capelli. Non avrebbe mai pensato che un giorno avrebbe rivisto il ragazzo che era stato la sua prima esperienza sessuale e quello di cui credeva di essersi innamorato. Aveva incontrato Nick al Rusty Nail parecchi anni prima, durante la sua prima uscita per cercarsi un amante. Era sempre stato conscio delle proprie preferenze sessuali, ma quando non era riuscito a dichiararsi con Rusty, aveva avuto la necessità di cambiare e trovare qualcun altro. Nick era là quella notte, e quando Lucas era riuscito a essere sufficientemente ubriaco, se l'era portato a casa. L'uomo non lavorava ancora per Rusty, era solo un bracciante di ranch che veniva assunto nelle fattorie locali durante le stagioni di maggior lavoro.

«*Tu* cosa stai facendo qui, Lucas?»

«Rusty e io siamo amici da sempre. Ero piuttosto ubriaco, ieri sera, così sono venuto qui e Rusty mi ha lasciato dormire sul divano. Siamo bull riders, quindi sì, ci conosciamo. Lo sapevi, questo.»

«Non credevo che foste così intimi.»

Lucas si passò le mani sulla faccia e poi sulla bocca. «Ci conosciamo da molto tempo. Alle superiori montavamo i tori insieme.» Prese un sorso di caffè per nascondere il tremore delle mani.

Nick si mosse verso la caffettiera per versarsi una tazza di caffè. Lucas si sedette, visto che a quel punto le gambe gli stavano cedendo.

Nick sorseggiò il caffè mentre si appoggiava al bancone, guardandolo da sopra il bordo della tazza.

Lucas non sapeva cosa dire. Cosa bisognava rispondere all'uomo che si pensava di amare, ma che se n'è andato nel momento in cui quelle parole gli erano uscite dalle labbra? *Ti odio per come mi hai fatto diventare. Odio il fatto che tu mi abbia spezzato il cuore. Ti odio perché sei tu.* «Che cosa vuoi, Nick?»

«Niente, Lucas. Sto solo prendendo una tazza di caffè prima di cominciare la mia giornata.» Nick alzò la suddetta tazza, facendogli un cenno di saluto in silenzio, prima di bere un altro sorso.

«Stronzate. Sono sicuro che hai visto il mio pick-up, là fuori.»

«Come facevo a sapere che era il tuo?» Nick non si mosse. «La stai facendo più lunga di quanto dovrebbe essere, amico.»

«Sei tu quello che se n'è andato.»

«Stavi diventando troppo serio. Io non volevo una storia seria, non la cerco nemmeno adesso. Sto bene come sto.»

La porta dietro di lui si chiuse con un colpo. Quando si girò, non fu sorpreso di trovarsi davanti Rusty.

«Cosa succede?»

«Niente,» rispose Nick, finendo di bere il caffè rimasto prima di mettere la tazza nell'acquaio. «Vado fuori, capo. I ragazzi sono nel pascolo a sud. Siccome quella giumenta ha avuto il puledro, l'altra notte, sarò fuori a sistemare lo steccato tutto il giorno.» Nick inclinò il cappello mentre oltrepassava Lucas. «Ci vediamo.»

Lo sguardo di Rusty non si spostò dal suo viso. *Cazzo. Non è che abbiamo una relazione o cosa. Siamo due amici che scopano, niente di più. Ho chiuso con le relazioni.* Nick aveva ragione. Nemmeno lui voleva qualcosa di serio, né ora né mai, specialmente in quella città bigotta. «Immagino che dovrei andare a casa.»

«Come?»

«Già. Scusa per essermi appropriato del tuo divano in quel modo, ma grazie per aver lasciato che ci crollassi sopra.»

Rusty entrò in cucina, afferrò una tazza di caffè e poi si sedette al tavolo. «Vuoi dirmi cos'era tutta quella faccenda?»

«Quale?»

Rusty inclinò la testa di lato, studiando il viso dell'amico. «Non sono stupido, Lucas. Sembra che tu abbia dei precedenti con Nick.»

Lucas non sapeva quanto avrebbe potuto rivelare. Non importava che tipo di relazione avesse avuto con Nick o

117

comunque, non avrebbe dovuto importare a Rusty. «Non è nulla di che.»

«Non sembrava nulla di che.»

Lucas sospirò. «Io e Nick una volta siamo stati amanti. Io avevo pensato di essere innamorato di lui, ma lui non era innamorato di me. Alla fine se n'è andato.»

«Oh.»

«Vedi? Non era nulla.» Lucas si alzò in piedi e mise la sua tazza nell'acquaio. «Sarebbe meglio che andassi.»

«Se vuoi.»

«Penso sia la cosa migliore.»

«Certo.»

Rusty osservò Lucas uscire dalla porta chiedendosi cosa diavolo fosse successo. *Lucas e Nick? Wow.* I pensieri corsero alla rinfusa nel suo cervello, mentre cercava di immaginare il suo caposquadra con Lucas. Voleva sapere quando, dove, perché e come era nato quel rapporto. Era la prima volta che ne sentiva parlare, quindi dovevano essere stati piuttosto discreti. Non avrebbe dovuto esserne sorpreso, comunque, visto che Lucas pensava che tutto il paese odiasse chiunque fosse gay.

Il caffè gli bruciò la lingua, quando ne prese un altro sorso. Lucas gli aveva detto qualcosa circa una relazione passata che era finita male, ma d'altronde non avevano mai parlato molto del loro passato.

Non era che si stessero impegnando in qualcosa di permanente, per cui avevano bisogno di parlare di quelle cose, giusto?

Il suo cuore si strinse un po'.

Va bene, forse Lucas non stava cercando nulla di serio, ma Rusty voleva in un certo senso trovare qualcuno con cui trascorrere la sua vita e il pensiero che si trattasse di Lucas non era sgradevole, anzi. Se solo fosse riuscito a convincere il suo amico che avrebbero potuto stare bene insieme, in una situazione stabile.

Ehi! Aspetta un minuto. Cosa diavolo sto pensando? Abbiamo scopato una volta. Non posso prendermela per qualcuno con cui sono andato a letto una volta sola.

Rusty continuò a sorseggiare il caffè mentre meditava su ciò che voleva dal suo strano rapporto con Lucas. Stavano insieme o avevano solo scopato? Aveva avuto intenzione di

119

farlo di nuovo quella mattina, ma dopo la scena con Nick aveva avuto la sensazione che Lucas fosse un po' preoccupato.

La gelosia si insinuò dentro di lui quando pensò a Nick e Lucas insieme.

Come posso essere geloso?

«Questa cosa è un po' folle.» Finì il suo caffè prima di rimettersi in piedi. «E comunque, cos'è questa merdata di Nick che è gay? Quando è successo? Ha lavorato per me per anni e non sapevo che fosse gay!»

Un lieve colpo risuonò sulla zanzariera della porta non appena Rusty mise la tazza nel lavello. Aveva del lavoro da fare e quelle continue interruzioni non erano d'aiuto. Quando si voltò per vedere chi fosse, fu sorpreso di scorgere il suo gemello. «Russell? A cosa devo questa visita a sorpresa?»

«Ho bisogno di chiederti un favore,» rispose il fratello aprendo la porta esterna.

Rusty sentì il sopracciglio sinistro inarcarsi in un'espressione interrogativa. Russell non gli aveva mai chiesto nulla, se non ce n'era assolutamente bisogno. «Cos'è successo?»

«Mi sono fatto male, l'altro giorno al ranch. Mi si è storta una caviglia. È gonfia e contusa, ma non voglio andare dal medico. Lo sai che non ho l'assicurazione. Posso avere un paio dei tuoi antidolorifici per tirare avanti qualche giorno?»

«Penso di sì. Non ne ho molti, però. Presto dovrò farmene prescrivere altri dal medico, anche per me.»

«Stai attento. Quelle cose danno dipendenza.»

«Lo so. Faccio attenzione e li uso solo quando sto davvero male. Oggi è una buona giornata, però, potrei anche andare fuori e montare un po'. Sai, riprendere il ritmo.»

«Sì, sì, dove sono, in camera tua?»

«Sì, vado a prenderli.»

Russell passò davanti a lui in fretta. «No, lascia, ci vado io. Non dovresti sforzarti troppo con quella gamba.»

Rusty inclinò la testa di lato mentre guardava il suo gemello affrettarsi lungo il corridoio verso la sua camera da letto. «Sono sul comodino.»

«Presi!»

Fece ritorno nel giro di un minuto. «Hai ragione. Non ne hai molti. Dovresti chiamare il medico, oggi. Probabilmente hai comunque bisogno di farti controllare, giusto? Ti hanno tolto il gesso da un paio di settimane, ma so che ci vuole un po' perché guarisca una frattura come quella.»

«Sì, dicono sei mesi. Spero che presto vada meglio. Ho solo pochi mesi per tornare in forma per l'inizio della stagione.»

«Ne sono sicuro.» Oltrepassò Rusty, diretto verso l'uscita. «Grazie, fratello.»

Mentre la porta esterna sbatteva contro il telaio, Rusty si strinse nelle spalle e uscì in veranda un attimo dopo il gemello. Una grande nuvola di polvere seguì il furgone di Russell lungo il vialetto, oscurando la parte posteriore del veicolo.

Voleva sistemare il recinto e fare un po' d'esercizio, quel giorno, mentre il sole splendeva e il tempo non era troppo caldo. Di solito la temperatura si aggirava su ventuno gradi nel mese di ottobre e nella prima parte del mese di novembre, ma durante l'estate nel fienile ci sarebbe stato un caldo soffocante. Quando uscì in veranda una piacevole brezza gli scompigliò i capelli sulla nuca. Abbassò il cappello sulla fronte per evitare che volasse via, mentre scendeva lentamente i gradini, uscendo fuori dal portico.

Nick se n'era andato presto, quindi era da solo, al ranch. Aveva bisogno di qualcuno con cui lavorare prima di poter salire sul barile. Ci voleva qualcuno che simulasse i movimenti del toro, mentre lui lo montava. Per un attimo pensò di chiamare Lucas, ma dopo il modo in cui il suo amante se n'era andato, quella mattina, dubitava che avrebbe avuto voglia di tornare, anche se l'esercitazione sarebbe stata utile anche a lui.

Tirò fuori il portafoglio, lo aprì ed estrasse il biglietto che Campbell gli aveva dato in aereo. Avrebbe potuto provare a sentire se poteva andare laggiù. Mentre rifletteva se chiamare o meno, gli venne in mente che avrebbe potuto provare alla scuola di bull riding aperta vicino a Los Lunas, messa su da uno di quei nuovi ricchi che voleva entrare nel giro dei tori da sgroppo come il signor Campbell. Il ragazzo era un ex bull rider professionista, ritiratosi dopo diversi anni di monta dei tori. Non ricordava il nome della scuola, ma sicuramente avevano un barile da esercitazione che avrebbe potuto utilizzare, quel giorno.

Rusty girò sui tacchi e tornò in casa. Probabilmente avrebbe dovuto controllare internet, visto che le scuole di bull riding, soprattutto quelle nuove, non erano nell'elenco telefonico.

Il fresco all'interno della casa lo avvolse non appena entrò dalla porta e oltrepassò lo schienale del divano, dirigendosi verso il suo ufficio. Non avrebbe dovuto essere troppo difficile trovarli nel web.

Dopo essersi seduto dietro alla scrivania, accese il computer, entrò in rete e digitò *Scuole di monta dei tori, Albuquerque, New Mexico*. Come aveva previsto, la sua ricerca trovò il Double L Ranch e scuola di Bull Riding. Annotò il numero prima di prendere il cellulare e chiamare.

«Double L Ranch e scuola di Bull Riding, come posso

aiutarla?»

«Salve. Mi chiamo Rusty Arnold e volevo sapere se c'era modo di fare pratica su un barile, oggi. Ne avete uno che potrei usare?»

«Quel Rusty Arnold? Il ragazzo che monta nel circuito professionale?»

«Uh, sì, signora.»

«Wow.»

Il silenzio riempì la linea per un momento.

«Avete un barile che potrei usare per oggi? Ne ho uno a casa mia, ma non ho nessuno che mi assista e io ho bisogno di fare esercizio. Vede, sono stato calpestato da un toro, un paio di mesi fa e...»

«Lo so. Ho visto la sua gara. Mi dispiace che sia rimasto ferito.»

«Grazie, ma mi potete aiutare?»

«Certo, signor Arnold. Sa dove ci troviamo?»

«Los Lunas presso la Highway 314, giusto?»

«Sì, signore.»

La donna gli snocciolò alcune direttive stradali che lui annotò su un pezzo di carta. «Grazie. Ci vediamo tra trenta o quaranta minuti.»

«Meraviglioso. A presto.»

Una volta conclusa la telefonata, si alzò in piedi e si diresse verso la camera da letto. Aveva bisogno di cambiarsi con degli abiti comodi, gli stivali e il cappello; poi avrebbe recuperato la borsa del cambio con la sua bull rope dentro e sarebbe andato ad allenarsi. Probabilmente non gli sarebbero serviti i chaps, ma si sentiva quasi nudo senza, così pensò di portarli con sé comunque.

Quando raggiunse la sua stanza, iniziò a raccogliere le cose di cui avrebbe avuto bisogno, meditando se dovesse portare con sé una pillola antidolorifica, da prendere appena finito l'allenamento, prima di tornare a casa. *Probabilmente non sarebbe una buona idea. Non voglio dover guidare con quella roba in corpo. Posso aspettare fino a quando sarò tornato a casa, immagino.* Diede un'occhiata al comodino, dove si trovava la bottiglia di pillole.

Vuota.

«Ma che cazzo!»

Capitolo 6

Russell si è preso tutte le pillole. Ce ne dovevano essere almeno una ventina, lì dentro. Rusty fece scorrere le dita tra i capelli, prima di afferrare il cellulare e chiamare il fratello. «Russell?»

«Sì?»

«Ma che accidenti hai fatto? Ti sei preso tutte le mie pillole!»

«No, non l'ho fatto. Ho solo preso quelle che erano rimaste. Saranno state all'incirca un pugno. Ne ho bisogno, Rusty. Tu non capisci.»

«Ho capito invece, e non credo che tu ne abbia così tanto bisogno. Se ti servono degli antidolorifici perché ti fai male, vai dal medico, maledizione. Non costa così tanto. Mamma e papà probabilmente te lo pagherebbero comunque.»

«Sei un tale stronzo.»

«Riportamele indietro.»

«Non posso.»

«Perché?»

L'esitazione crepitò attraverso la linea telefonica prima che Russell alla fine dicesse: «Le ho già prese.»

«Stai mentendo. Se ne hai prese una manciata, dovevano essere almeno una decina. Perché butteresti giù dieci pillole in una volta?»

«Okay, va bene. Me ne sono rimaste alcune.»

«Allora riportale indietro.»

«Non posso. Ho da fare, Rusty. Alcuni di noi lavorano per vivere, sai?»

«Sei uno stronzo, ecco cosa sei. Adesso mi tocca andare in città per prenderne delle altre in farmacia prima di poter andare a fare un po' di allenamento.»

«Puoi fartene dare in più?»

«Sì, ma puoi scordarti di averne altre da me. Se hai bisogno di qualcosa, vai dal medico e fatti fare una ricetta.»

«Baciami il culo, fratello. Ne ho proprio le palle piene di te, non sei divertente. Tu pensi solo a Rusty Arnold, e aiutare la tua famiglia è l'ultimo dei tuoi pensieri. Vorrei che non fossi mio fratello.»

Russell interruppe la chiamata, lasciando Rusty confuso a fissare il telefono. *Cosa diavolo è appena successo?*

Rusty scosse la testa, mentre appoggiava il cellulare sulla trapunta per radunare nella sacca le cose di cui aveva bisogno. Continuava a ripensare alla telefonata e a quello che aveva detto Russell circa la famiglia. C'era qualcosa che non andava con suo fratello e aveva bisogno di scoprire cosa fosse. Dopotutto, Russell era il suo gemello e ciò che lo toccava aveva sempre colpito Rusty a un livello viscerale.

Nel momento in cui fu pronto, afferrò di nuovo il telefono, prese la boccetta vuota di pillole e chiese la nuova prescrizione. Le avrebbe ritirate sulla via del ritorno dal Double L, pensò, così la farmacia avrebbe avuto il tempo di preparargliele.

Con un sospiro, afferrò la borsa e si diresse lentamente lungo il corridoio, verso la parte anteriore della casa. Sperava di non stare affrettando le cose, ma aveva bisogno di tornare in forma, altrimenti a gennaio non sarebbe stato in grado di gareggiare.

Trenta minuti più tardi oltrepassò gli imponenti cancelli del Double L e percorse il lungo viale di ghiaia, verso il grande fienile in lontananza. Un'enorme casa a due piani in stile piantagione del sud si trovava sulla sinistra. Fischiò piano quando vide l'imponente struttura, mentre la oltrepassava, poi parcheggiò davanti alla stalla.

Un attimo dopo, una bella ragazza dai capelli scuri uscì trotterellando da una porta situata sul lato della stalla.

Quando raggiunse la fiancata del suo pick-up, Rusty aprì la portiera.

«Ciao, Rusty.»

«Ciao.»

«Sono Shelly. Questo posto appartiene ai miei genitori. Sono stata io a parlare con te al telefono.»

«È un piacere conoscerti.»

«Anche per me.» La ragazza dondolò all'indietro sui talloni e infilò le mani nella parte anteriore di un cortissimo paio di pantaloncini. «Wow. Non avrei mai detto che sarei riuscita a conoscerti. Sei ancora più carino, di persona.»

Lui sorrise. «Grazie.»

Lei agitò una mano. «Scusa. Ma sentitemi! Flirtare con te.» Girò sui tacchi degli stivali e fece un paio di passi prima di guardare indietro, da sopra la spalla. «Seguimi. Papà sta aspettando dentro. Quando ha sentito che saresti venuto, si è tutto eccitato. Spero che non ti dispiaccia, ma aveva una lezione già programmata, quindi ci sono alcuni studenti. Anche loro sono entusiasti al pensiero di incontrarti.»

Anche se il pensiero di potenziali fan che lo guardavano non gli piaceva granché, pensò che fosse un prezzo equo da pagare, poiché stava per usare le loro attrezzature. Quando entrò nella stalla, rimase attonito nel vedere più di una trentina di persone là in piedi. Un piccolo applauso lo sorprese e lo fece arrossire.

Un uomo alto e corpulento, con un cappello di paglia da cowboy, si avvicinò con la mano tesa. «Rusty Arnold. È bello vederti in giro, ragazzo. Mi chiamo Logan Tyler, titolare della Double L.»

«È un piacere conoscerla, signor Tyler.»

«Chiamami Logan.» Scosse su e giù più volte la mano di Rusty. «Ho sentito che hai bisogno di fare un po' pratica sulla botte.»

«Sì, signore. Da dopo l'incidente non mi sono più azzardato a montare e ho pensato che il barile potrebbe andare bene, prima di salire davvero su un toro.»

«Bene, figliolo, io li ho entrambi e tu sei certamente invitato a utilizzare uno dei due.»

«Lo apprezzo, Logan.» Guardò il gruppo di ragazzi che andavano dai tredici ai diciotto anni, fermi intorno al barile, alcuni seduti sulla recinzione vicina e altri in tribuna sul lato opposto. «Hai un bel gruppo qui.»

«Spero che non ti dispiaccia. Volevo accorciare la lezione, quando Shelly mi ha detto che saresti venuto, ma i ragazzi volevano parlare con te di bull riding, guardarti lavorare sul barile e anche solo incontrarti. Sei famoso, sai.»

Rusty arrossì, ma non rispose. Che cosa poteva dire?

«Cosa vuoi fare, per prima cosa? Lavorare o parlare con i ragazzi?» Logan mise una mano sulla spalla di Rusty. «Spero che non ti dispiaccia parlare con loro. Te ne sarei grato e tu ci guadagneresti alcuni fan davvero appassionati, se lo facessi.»

«Non mi dispiace per niente.» Si avvicinarono al gruppo e Rusty notò alcuni ragazzi che sussurravano tra loro, indicandolo e poi mormorando di nuovo. Avrebbe voluto sentire quello che stavano dicendo. Erano impressionati dal bull riding? Erano dispiaciuti che fosse rimasto ferito, e si chiedevano se sarebbe mai stato in grado di montare ancora? «Ciao a tutti,» salutò. Lo accolse un coro di saluti. «Ho sentito che alcuni di voi vorrebbero farmi alcune domande.»

Un giovane uomo seduto sul recinto alzò la mano. «Sarai in grado di tornare nel circuito a gennaio?»

Eccola lì, la domanda per eccellenza, quella alla quale non sapeva come rispondere, ma a cui stava per dare un accidenti di risposta. «A questo punto, non lo so. È la mia intenzione, ma la gamba non si sta riprendendo come si pensava. La rottura non era netta come ero stato portato a credere all'inizio, quindi ci sta mettendo molto più tempo a guarire. Oggi sono qui per fare un po' di pratica sul barile e vedere se riesco a stringerlo con le gambe senza troppa fatica, prima di provare a salire su un vero e proprio toro.»

Un altro alzò la mano. «Stavi per vincere il campionato di

quest'anno, Rusty. Come ci si sente a vedere Levi Bond strappartelo via?»

«In realtà non me l'ha portato via. Si è guadagnato quel titolo. Ha fatto alcune splendide gare nel corso dei mesi, per ottenerlo, anche con una spalla ferita. Levi è un amico e come tale gli ho augurato il meglio. Sono andato addirittura ad assistere alle finali e sono uscito con i ragazzi, dopo. È stato un grande momento e non ho nessun interesse a desiderare il male per nessuno nel circuito. Anche se siamo concorrenti in campo, al di fuori del circuito molti di noi sono amici, e comunque siamo sempre solidali quando qualcuno si fa male. Non vogliamo che succeda.»

Un ragazzo più grande, fermo in piedi vicino al barile, fece un passo avanti. A Rusty pareva che il giovane ce l'avesse con il mondo intero e l'atteggiamento si vedeva a un miglio di distanza. Il ragazzo sembrava arrogante e presuntuoso, una pessima combinazione per chiunque cercasse di confrontarsi con un toro impazzito. «Cosa provi riguardo al fatto che Levi è gay e se la fa con Curt Walsh? Ho sentito dire che sono amanti.»

Alcuni ragazzi ridacchiarono, altri guardarono la polvere ai loro piedi.

«Quello che c'è tra Levi e Curt sono affari loro. Io non faccio commenti sulla vita privata degli altri, proprio come non li faccio sulla mia. Quello che accade nella mia vita al di fuori del circuito sono affari miei. Ti dirò una cosa, però:

se sono felici, allora così sia.»

«Ma sono delle checche.»

«Checche è un termine usato da chi non capisce come due persone dello stesso sesso possano amarsi. Vi suggerisco di documentarvi un po', iniziate a conoscere qualche gay e scoprite cosa prova riguardo a questo termine. Ne rimarreste sorpresi. I gay sono proprio come voi e me, e chissà, magari qualcuno di voi potrebbe esserlo.» Fece un passo verso il barile. «Facciamo pratica.»

Lucas sedeva coccolando una birra, mentre guardava le repliche delle finali dei mondiali in televisione. La CBS le stava trasmettendo a ripetizione, quella settimana, ma lui non vi stava prestando molta attenzione. Conosceva ogni corsa, ogni vittoria e ogni caduta a memoria. Era stato là e le aveva guardate tutte. No, in quel momento aveva bisogno di capire come diavolo avrebbe gestito il fatto che Nick stesse lavorando per Rusty; uno era un amante del passato e l'altro il suo attuale compagno di scopate.

La sua relazione con Nick era stata tumultuosa. Si erano incontrati al Rusty Nail un sabato sera, dopo il suo rientro da un fine settimana di gare in cui era andato particolarmente male. Era stato scaraventato giù dalla schiena del toro alla prima gara e poi di nuovo al secondo giro, con il risultato che il suo fine settimana si era accorciato drasticamente. Tornare a casa significava avere a che fare con la sua famiglia. Aveva una sorella e un fratello, oltre ai genitori, e sapeva che i suoi non avrebbero capito la sua attrazione per un altro uomo, proprio come non l'avrebbe fatto la città di Albuquerque. La sua famiglia lo avrebbe disconosciuto se l'avessero saputo.

Non aveva mai rivelato a nessuno il suo rapporto con Nick. L'avevano mantenuto segreto per molto tempo, ma quando aveva detto quelle tre maledette parole, Nick l'aveva abbandonato. Aveva detto che non voleva un rapporto a lungo termine, che andavano bene come amanti, ma niente di più. Non era innamorato di Lucas.

Aveva fatto male, molto. Aveva trascorso giorni e giorni nascosto nel fondo di una bottiglia, mancando anche a una serie di eventi di bull riding in quelle settimane di tortura, dopo che Nick se n'era andato, ma alla fine era sopravvissuto. Si era anche reso conto che quello che aveva pensato fosse amore, in realtà non lo era. Non ci si può innamorare sul serio di qualcuno che non ricambia quei sentimenti.

Adesso però la sua preoccupazione era focalizzata su Rusty. Come avrebbe dovuto comportarsi con lui? E come avrebbero potuto mantenere segreta un qualsiasi tipo di relazione sessuale nel circuito? In una comunità così unita e totalmente maschile come quella del bull riding, i gay non erano visti di buon occhio.

Se quello che dicevano su Levi e Curt Walsh era vero, forse ne avrebbe parlato con loro per vedere come stavano gestendo la cosa.

Buttò giù il resto della birra in un paio di sorsi, prima di alzarsi in piedi per prenderne un'altra. Non era sicuro di quello che stava per fare. Nel suo cuore, sapeva di provare una grande attrazione per Rusty e non era nemmeno allo stesso livello di quella provata per Nick. Rusty aveva tutto quello che voleva in un amante ed erano stati insieme solo una volta. Come sarebbe stato poter trascorrere tutto il tempo insieme? Se avessero cominciato a viaggiare come compagni durante tutta la stagione, avrebbero potuto scopare ogni notte e nessuno nel circuito avrebbe sospettato nulla. I riders condividevano spesso le camere, non sarebbe stata una novità se lo avessero fatto anche loro. Avrebbero potuto mantenere segreta agli altri riders sia la loro sessualità che la loro storia. Era una cosa importante per lui, doveva mantenere l'anonimato.

Lucas prese un'altra birra dal frigorifero e tornò a sedersi sul divano. Doveva assolutamente lavorare su un programma di studio per una classe a cui avrebbe fatto una supplenza il lunedì successivo, presso il college locale, per una lezione di storia riguardante il periodo delle colonizzazioni in America, tra il diciassettesimo e il

135

diciottesimo secolo. Era un compito nuovo per lui, visto che di solito insegnava alle superiori. Il preside della scuola lo aveva chiamato la settimana precedente, informandolo che l'insegnante di storia si sarebbe assentata una settimana per un impegno con il marito, quindi aveva bisogno di un sostituto. Lucas non aveva niente in programma in quel periodo, così aveva accettato. Il suo incarico al liceo non sarebbe cominciato che la settimana successiva. Sarebbe stato interessante vedere la differenza tra gli studenti di livello universitario e quelli delle scuole superiori. Non sapeva chi gli sarebbe piaciuto di più. I ragazzi delle superiori erano una razza diversa e andavano presi con i guanti la maggior parte del tempo, per riuscire a portarli a compiere il loro dovere, soprattutto se la lezione era impartita da un supplente, ma gli studenti di livello universitario pagavano per essere lì. Erano spinti da una motivazione diversa.

L'inquadratura alla televisione si concentrò sulla chute dove l'ultimo rider si stava preparando. Lo guardò avvolgere la corda attorno alla mano, dare l'assenso, e poi il mondo esplose in un delirio di zoccoli, giravolte e sbandate. Lucas si sedette in avanti sul sedile. Era *quella* gara. Levi montava per vincere il campionato. Dipendeva tutto da quella manche. I punti in classifica erano troppo pochi tra uno e l'altro concorrente, ma se Levi non rimaneva in groppa per otto secondi sarebbe finito al secondo posto e un altro avrebbe vinto il titolo.

Lucifer's Chaos. Anche il nome del toro incuteva paura ai

riders del circuito. A ognuno era stata data la possibilità di montarlo almeno una volta, ma la maggior parte di loro non era riuscita a restargli incollata alla schiena. Levi ce l'avrebbe fatta?

Lucas guardò il toro girare, voltarsi di scatto, scalciare e fare tutto il possibile per sbalzare via Levi. Non appena il timer suonò, Levi sganciò la mano dalla bull rope, saltò giù e spinse i pugni in aria. Ce l'aveva fatta! Era rimasto sulla schiena al toro per tutti gli otto secondi.

L'eccitazione gli scivolò lungo la schiena, nonostante Lucas conoscesse l'esito della gara, il punteggio, e il fatto che Levi avesse portato a casa il titolo, la fibbia, e l'assegno. Quello era ciò per cui viveva, per la scarica di adrenalina che veniva dal montare i tori. Alcuni riders potevano sentirla anche solo guardando uno di loro montare e lui era uno di quei bastardi fortunati in grado di trovarsi con il sangue che gli pulsava nelle vene, anche solo stando seduto davanti a una televisione o in tribuna. Il fatto che conoscesse di persona la maggior parte dei riders era d'aiuto.

Lucas si appoggiò al divano per guardare gli ultimi minuti della competizione, durante i quali avevano dato a Levi l'assegno, prima di afferrare il telecomando e spegnere la televisione. Non vedeva l'ora che arrivasse il momento in cui avrebbe di nuovo montato sui tori. Odiava quei mesi in cui la pausa impediva loro di gareggiare. L'eccitazione che veniva dal bull riding era assuefacente come qualsiasi droga esistente sul mercato.

I suoi pensieri tornarono a Rusty. Cosa stava facendo quel pomeriggio? Lavorava al ranch, sistemava i libri contabili, o stava seduto in casa, desiderando di essere sulla schiena di un toro, come stava facendo lui?

Afferrò il cellulare dalla tasca dei pantaloni e cercò tra i contatti. Quando arrivò al numero di Rusty, il dito si appoggiò sul pulsante per chiamarlo. Dopo il modo in cui se n'era andato, quella mattina, probabilmente non avrebbe dovuto telefonargli. *Prenditi un paio di giorni.*

Appoggiò il telefono sul tavolino da caffè e si asciugò le mani sui jeans. Non che fossero sudate perché stava pensando a Rusty, semplicemente aveva un prurito ai palmi. Aveva bisogno di fare dell'attività fisica. Magari sarebbe andato nella sala a fare un po' di sollevamento pesi. Sì, gli sembrava una buona idea scaricare un po' di tensione, prima di mettersi a lavorare sul programma di storia per la classe. Di solito non avrebbe dovuto preparare nulla, in quanto l'altra insegnante sarebbe tornata nel giro di una settimana, ma lei gli aveva chiesto di far lavorare la classe, dal momento che non era sicura di quanto tempo sarebbe stata assente. Avrebbe potuto finire col tenere le lezioni per tutti e due i mesi di pausa. Sarebbe stato diverso, pensò, ma interessante, l'insegnamento a livello di college.

Per prima cosa però, doveva scaricare tutta quell'energia.

Si alzò in piedi e si diresse nella sua stanza per cambiarsi e indossare dei pantaloncini da ginnastica, una t-shirt e un paio di scarpe da tennis.

Quando aprì la porta della sua sala per l'allenamento, sorrise. Aveva il meglio della linea di attrezzature da palestra. I pesi liberi, una panca ellittica e tutto l'equipaggiamento con cui esercitarsi che chiunque gli avrebbe invidiato.

Dopo aver fatto circa un centinaio di sequenze di esercizi diversi, si mise sull'ellittica, lavorando con le gambe e facendo del cardiovascolare per più di un'ora. Il sudore gli si riversava dalle tempie e lungo il petto. Il respiro gli usciva in sbuffi possenti, mentre continuava a spingere con le gambe. Per i riders era obbligatorio avere le gambe in forma, poiché dovevano afferrare i fianchi del toro mentre si reggevano.

Aveva bisogno di quell'allenamento.

Quando finì, era fisicamente esausto, ma allo stesso tempo ricaricato.

Una doccia sarebbe stata meravigliosa sui muscoli sudati e accaldati.

Si sfilò la maglietta da sopra la testa, asciugandosi il sudore dal petto, collo e viso con quella, mentre si dirigeva verso la camera da letto per prendere dei vestiti puliti. Una doccia fredda sarebbe stata un paradiso.

Levandosi il resto dei vestiti, camminò nudo fino al bagno per aprire l'acqua. Uno spruzzo fresco arrivò dal soffione, grazie a una torsione del polso.

Amava il suo bagno con le piastrelle di travertino, i grandi specchi, la doccia aperta e il soffione a pioggia. L'aveva progettato lui stesso, quando era stata costruita la casa. Fece un passo indietro e guardò la sua immagine riflessa nello specchio. I capelli biondi erano appiccicati alla testa per via del sudore, e gli occhi azzurri lo fissavano dallo specchio, mentre il suo sguardo scorreva verso il basso sui pettorali, l'addome piatto, il lungo, grosso uccello e le gambe tornite. Pensava di essere un tipo abbastanza piacevole, allora perché gli era così difficile trovare qualcuno con cui passare il resto della sua vita? *Aspetta un minuto. Chi ha detto che voglio qualcuno di fisso? Non ho bisogno di quel genere di grattacapi.*

Scosse la testa, si girò verso la doccia e si infilò sotto il getto. L'acqua fredda gli fece comparire la pelle d'oca sulle braccia, ma era una bella sensazione sulla pelle surriscaldata. Afferrò lo shampoo dalla mensola e cominciò a lavarsi i capelli fino a che la schiuma non scese sul petto e sull'addome. Con un sospiro, tornò sotto il getto, lasciando che l'acqua gli cadesse sulla testa, lavando via lo shampoo fino a quando la schiuma fu sciacquata del tutto. Poi venne il bagnoschiuma. Era uno dei suoi profumi preferiti e aveva anche il dopobarba della stessa marca.

Un sorriso gli incurvò le labbra quando si ricordò di Rusty

che si era fermato ad annusarlo.

Rusty.

Cosa non avrebbe dato per averlo lì con sé, in quel momento, per condividere la doccia, scoparlo contro il muro o succhiargli l'uccello in ginocchio, con l'acqua che li colpiva da dietro.

Hmm. Il pensiero era intrigante.

Lucas chiuse gli occhi mentre si afferrava il cazzo con la mano insaponata e lo accarezzava su e giù. Poteva davvero immaginare Rusty in ginocchio di fronte a sé, che gli risucchiava l'uccello tra le labbra. Un gemito gli sfuggì di bocca quando l'immaginario Rusty lo fece diventare duro come una roccia.

Prima che avesse la possibilità di godersi il pompino, Rusty lo spinse contro il muro della doccia, gli tirò indietro i fianchi in modo da poter raggiungere la sua apertura, e lo penetrò con il sapone come lubrificante.

Mentre Rusty lo scopava da dietro, l'uccello gli si indurì dolorosamente. Aveva un bisogno folle di venire.

«Non ancora,» gli sussurrò Rusty in un orecchio.

«Ne ho bisogno.»

«Aspetta. Sarà più bello se ti trattieni.»

«Cazzo, Rusty, mi stai uccidendo.»

«Che bel modo di morire, amico mio.»

Rusty continuò a spingersi dentro di lui, costringendolo a mettersi sulle punte dei piedi, mentre il suo uccello lo allargava al massimo, come non gli era mai successo prima. Lucas continuò a masturbarsi e il respiro di Rusty divenne sempre più veloce. Il suo ritmo divenne convulso e Lucas sapeva che era vicino a venire.

«Vieni adesso, Lucas. Dipingi quel muro con il tuo sperma.»

Lucas esplose spruzzando sul lato della doccia, quando l'orgasmo lo investì.

Una volta aperti gli occhi, il suo uccello si stava ammorbidendo e aveva bisogno di lavarsi via lo sperma dall'addome e dalla mano. *Wow. È stato piuttosto intenso. Se solo fosse stato reale.* Emise un sospiro attraverso le labbra socchiuse e tornò sotto il getto.

Una volta che si fu ripulito, chiuse l'acqua, afferrò un asciugamano dalla rastrelliera e si asciugò. Con il telo avvolto intorno ai fianchi si diresse di nuovo in camera per vestirsi.

Il campanello suonò proprio mentre si stava dirigendo verso il letto. Stringendosi nelle spalle, si diresse al piano di sotto per vedere chi fosse alla porta.

Sbirciò attraverso la tenda e sorrise. Rusty era fermo in

veranda.

Dopo essersi sistemato l'asciugamano sui fianchi, aprì la porta, appoggiandosi al telaio nel modo più casuale che gli riuscì, anche se si sentiva tutt'altro che casuale, ad avere l'uomo del quale aveva appena fantasticato sotto la doccia in piedi nel suo portico. «Come va?»

«Volevo condividere con te quello che ho fatto oggi pomeriggio.» Aprì la zanzariera e abbassò lo sguardo verso l'asciugamano precario sui fianchi di Lucas. «Ti ho beccato in un brutto momento?»

«No. Sono appena uscito dalla doccia. Entra.» Andò in cucina e prese una birra dal frigorifero per tutti e due. «Birra?»

«Certo.»

«Fammi mettere addosso qualcosa. Torno subito.»

«Non vestirti solo per me.»

Lucas gli lanciò un'occhiata, con un sorriso che gli si apriva sulle labbra. «Sono certo che potremmo trovare qualcosa da fare, ma prima parliamo.»

«Va bene.» Rusty si sedette sul divano, aprì la sua birra e ne bevve un sorso.

Lucas non desiderava altro che trascinare Rusty in camera da letto con lui per lasciarsi scopare a morte e poi avrebbero anche potuto parlare, ma dopo l'incidente di quella mattina pensò che sarebbe stato meglio darsi una calmata e chiarire alcune cose, prima di fare altro.

«Torno subito.»

Arrivò qualche minuto più tardi, in jeans, maglietta e a piedi nudi. Non voleva essere troppo vestito, nel caso in cui fossero arrivati a scopare, e lui lo voleva davvero tanto. «Allora, cosa succede?» chiese, prendendo posto sul lato opposto del divano.

«Sapevi che c'è una scuola di bull riding qui a Albuquerque?»

«No.» Prese un sorso di birra. «Dove?»

«Si chiama Double L ed è oltre il mio ranch sulla 314. Gente simpatica. È di proprietà di Logan Tyler. Oggi mi ha permesso di montare il loro toro da allenamento dopo aver passato un po' di tempo sul barile.»

«Come ti senti?»

«Acciaccato, ma bene. Credo che tornerò, a gennaio. Non vedo nessun problema, per il momento.»

«Non avere fretta, Rusty. Prenditi il tempo necessario.»

«Perché? Tu non vuoi che rientri?»

«Certo che mi piacerebbe vederti ancora sul dorso di un toro, amico, ma vedi di non farti male per la fretta di tornarci prima di essere pronto, tutto qui. Potresti causarti dei danni permanenti se tenti di ricominciare troppo presto.»

Gli occhi di Rusty erano spalancati per l'eccitazione. «Scusa. È che sono solo eccitato per questa mattina.»

Lucas sorrise. «Me ne sono accorto. Credo di non averti visto così carico da molto tempo. È come se avessi riavuto indietro la tua magia.»

«È così. Sono pronto a montare di nuovo. Penso che chiamerò il signor Campbell per chiedergli di provare su alcuni dei suoi tori.»

Lucas si sporse in avanti, fissando Rusty negli occhi. «Il signor Campbell?»

«Sì. Il signor Campbell del Rocking C Bucking Bulls.»

«Non capisco.»

«Ero seduto accanto a lui in aereo, tornando a casa da Las Vegas. Mi ha dato il suo biglietto da visita, dicendomi che avrei potuto fare pratica su alcuni dei suoi tori, una volta tornato a casa.»

«Sul serio?»

«Sì. Ho intenzione di chiamarlo e vedere cosa possiamo organizzare.»

«Accidenti. Aspetta, Rusty. Montare tori in addestramento è

del tutto diverso dal salire su uno che è qualificato per il circuito. Probabilmente hai bisogno di rallentare un po'.»

«Perché ho la sensazione che tu stia tentando di dissuadermi?»

«È così. Ma sto cercando di proteggerti.»

«Non ho bisogno di protezione, Lucas, ho bisogno del tuo sostegno.»

«Rusty, tu e io siamo amici. Non ho intenzione di sparare cazzate per farti pensare che sei al cento per cento e pronto a tornare. Sai che non lo sei. Zoppichi ancora. Prendi gli antidolorifici regolarmente, vero?»

«Sì.»

«Allora non sei pronto. Prenditela con calma. Allenati. Monta alcuni tori. Non affrettare le cose, però.»

Rusty abbassò lo sguardo sul pavimento mentre si strofinava la coscia dolorante. «Lo so. Lo so, hai ragione, ma mi sentivo così bene oggi.»

«È fantastico, ma probabilmente domani sarai ancora più dolorante di quanto tu non lo sia mai stato.»

Il sospiro che uscì dalle labbra di Rusty fece sentire Lucas una merda. Non voleva disilludere il suo amico, ma non voleva nemmeno vederlo mentre si faceva del male. Se dirgli quelle cose significava riportarlo alla realtà, allora lo

146

avrebbe fatto.

Capitolo 7

Lucas si appoggiò alla ringhiera di metallo con un piede sulla sbarra in basso, mentre guardava Rusty prepararsi a montare. Per il momento era solo un barile, ma non poteva fare a meno di trattenere il respiro quando questo iniziò il movimento imbizzarrito. Una delle mani di Nick muoveva il retro del barile su e giù, per simulare l'azione di sgroppo di un toro.

Non si avvicinava nemmeno lontanamente a quello vero, però. Quella certezza gli veniva dall'esperienza. Un vero e proprio toro si contorceva, ruotava su se stesso, sgroppava, tirava calci e poi si girava, scartando di nuovo dalla parte opposta così in fretta, che la testa di chi lo stava montando sarebbe scattata a ogni movimento, e il braccio avrebbe potuto essere strappato dalla spalla, con una torsione violenta del corpo del toro.

Rusty sembrava a posto, però. Il suo corpo si adattava bene al dondolio del barile, il braccio frustava l'aria avanti e indietro con un ritmo perfetto. Le cosce afferravano con forza il lato del barile, i muscoli sporgevano ad ogni movimento. Forse era arrivato il momento di montare su dei tori veri e propri.

Lucas scosse la testa mentre abbassava gli occhi sulla polvere sotto i loro piedi. Aveva paura, in realtà era terrorizzato. Quando Rusty era caduto, aveva pensato che avrebbe vomitato mentre guardava gli infermieri portare il suo amico fuori dall'arena su una barella. Sapeva che la rottura avrebbe potuto essere di quelle che mettevano fine a una carriera, ma si era preoccupato molto di più per lo stato d'animo di Rusty, che non per il fisico. Il suo amico non era ancora pronto a ritirarsi da quel mondo che era tutta la sua vita. Lo sguardo di Lucas tornò all'uomo sul barile.

«Più forte. Spingimi. Ne ho bisogno.»

La concentrazione sul volto di Rusty svelò a Lucas che stava soffrendo a ogni movimento del barile. «Non pensi di aver bisogno di una pausa?»

Rusty non alzò la testa quando rispose: «Diavolo, no. Ho bisogno di andare avanti.»

«Ci sei stato sopra per più di un'ora.»

Quando Rusty finalmente si decise a guardarlo, Lucas poté scorgere la determinazione riflessa negli occhi dell'amico. Sarebbe stato pronto per gennaio, qualunque cosa fosse accaduta. Non si stava arrendendo e non aveva intenzione di fermarsi fino a quando non fosse stato di nuovo al massimo.

Dalle labbra di Rusty uscì un gemito, mentre perdeva l'equilibrio sul barile e scivolava giù, cadendo nella polvere con un tonfo spaventoso. «Cazzo!»

«Stai bene?»

«Sì.» Rusty si rimise in piedi prima di colpirsi i chaps per scuotere via la polvere della caduta. Ruotò la testa per allentare i muscoli del collo. «Le mie gambe non sono abbastanza forti.»

«Sì, lo sono, Rusty. Ti stavi tenendo su benissimo.»

«Non abbastanza. Adesso mi sembrano di gelatina.»

«Non hai una sala pesi, a casa?»

«Sì. Credo che farò alcuni esercizi per le gambe, quando torniamo dentro.»

Nick rifletté un momento, prima di concentrarsi di nuovo su Rusty. «Sarai pronto per gennaio, Rusty. Ci vuole solo un po' di tempo. Hai avuto una brutta frattura ed è appena guarita. Probabilmente stai esagerando.»

«Ho solo un paio di settimane per tornare in forma. Non posso fare la fighetta. Devo dimostrare che sono pronto quando ricominceremo, e allenarmi è l'unico modo. Ora preparatevi. Ricominciamo daccapo.»

«Va bene, allora. Farò quello che posso per aiutarti.»

«Anch'io. Sai che farò tutto ciò di cui hai bisogno, Rusty,» aggiunse Lucas. Voleva che l'amico sapesse che ci sarebbe sempre stato per lui, e non gli sarebbe importato del disagio che avrebbe provato con Nick attorno.

Rusty risalì sul barile, avvolse la bull rope intorno alla mano e fece cenno a Nick di iniziare il movimento rotatorio. Lucas li osservò con attenzione in modo da poter poi riferire a Rusty le sue impressioni, quando sarebbero tornati in casa. La sua opinione sul movimento della mano, la posizione del corpo e il modo in cui si teneva centrato sarebbe stata quasi indispensabile. Era il minimo che potesse fare per l'uomo che popolava i suoi pensieri a ogni ora del giorno.

Era ora che riflettesse su cosa fosse la loro relazione: erano fidanzati, amici, amanti o compagni di scopate? Qualunque cosa fossero, voleva Rusty più che mai.

Dovette sforzarsi di riportare i pensieri e l'attenzione sull'allenamento di Rusty o si sarebbe ritrovato a rivivere il loro travolgente incontro sessuale, desiderando di essere ancora impegnato in quello. *Magari oggi pomeriggio riuscirò a ottenere un po' di sesso come si deve.*

Il suo sguardo si spostò su Nick. Avere il suo ex amante lì era una situazione che lo faceva stare sulle spine. Non era più innamorato di Nick, di questo era certo, ma si sentiva comunque a disagio ad averlo intorno regolarmente.

«Questa sessione come ti sembrava, Lucas?» chiese Rusty non appena il barile si arrestò.

«Grande.»

«Ho bisogno di più, amico. Dammi un parere con alcuni dettagli.»

«Va bene. L'equilibrio è fuori centro, tendi un po' verso sinistra. La mano nella corda sembrava buona, mentre quella per l'equilibrio non si muoveva abbastanza, e sei un po' rigido nella seduta.»

Gli occhi di Rusty si strinsero mentre lo guardava. «È tutto?» chiese sarcastico.

«Ehi, l'hai chiesto tu.»

«Lo so. Scusa. Sembra che non riesca a sciogliermi.»

«Che cos'è che ti rende così teso?»

Un piccolo sorriso balenò sulle labbra di Rusty. «Scommetto che arrivi a capirlo.»

Lucas ci mise qualche secondo a capire il flirt palese di Rusty. Stava davvero interpretando quel sorriso nel modo giusto? Rusty ci stava provando con lui proprio lì, davanti a Nick?

«Ti aiuterò a sistemare quel problema più tardi. Per ora, dovrai capire come allentare i muscoli addominali, la schiena e il petto da solo.»

«Beh, diamine.»

«Quando dovresti andare al ranch di Campbell?»

«La prossima settimana. Mi lascerà provare alcuni dei suoi tori.» Rusty si mise al centro del barile prima di guardarsi alle spalle. «Ho anche un incontro con uno dei suoi amici a proposito della sponsorizzazione.»

«Sarebbe grandioso.»

«Sì, mi servirebbe un piccolo aiuto finanziario in più, con le spese e il resto. Questi viaggi per tutto il paese, tra le camere, i pasti e tutta l'altra merda, stanno diventando costosi.»

«Stavi facendo un sacco di soldi durante il campionato scorso, però.»

«Lo so, ma ne ho persi durante gli ultimi mesi della stagione. Quegli assegni arrivano a coprire solo una parte delle spese, quando hai un ranch da mantenere, gli animali da nutrire e tutta quella roba lì.»

«So cosa vuoi dire. Anche io devo ancora finire di pagare la mia casa.»

Rusty fece un cenno a Nick. «Comincia.»

Lucas tenne d'occhio Rusty mentre montava il barile. Forse era pronto per salire su alcuni tori, ma non ne era del tutto sicuro. Avrebbe dovuto vederlo montarne uno, prima di poter giungere a quella conclusione, ma restava il fatto che tutta quella faccenda lo preoccupava. Temeva che Rusty si stesse sforzando troppo e troppo in fretta.

Trascorsero tutto il pomeriggio ad allenarsi, e solo quando il sole cominciò a scendere nel cielo della sera, Rusty finalmente decise che fosse sufficiente. «Ho finito, per ora. Grazie, Nick.»

«Prego. Hai intenzione di montare ancora un po', domani? Sarò in città per l'ultima spedizione di mangime, per cui non sarò in grado di muovere il barile per te, ma probabilmente potrà farlo Lucas, visto che sembra essere diventato di casa da queste parti.»

«Ascolta, Nick. Io so di te e Lucas, ma è una cosa passata. Io e lui siamo amici, quindi sì, ha intenzione di rimanere qui. Se questo è un problema, dillo subito.»

Nick si spinse il cappello verso la nuca. «No. Nessun problema.»

«Bene.» Rusty recuperò la corda da terra e si diresse al cancello, nel punto dove era fermo Lucas.

Il lento movimento dei fianchi fece venire l'acquolina in bocca a Lucas. «Io non so te, ma sto morendo di fame. Vuoi andare in città e prendere un hamburger?»

Rusty slacciò i chaps dalle gambe in modo da poterli sfilare, prima di lanciarli oltre la ringhiera. «Mi sembra una buona idea.» Poi si girò indietro per un attimo. «Nick, ci vediamo domani mattina.»

«Certo, capo.»

Rusty si avviò verso casa con Lucas alle calcagna. Il cielo della sera si era colorato di un arancio bruciato, non appena il sole aveva iniziato la sua discesa finale dietro le colline. Diverse luci erano accese all'interno della casa, illuminando le finestre anteriori schermate da tende bianche, che ondeggiavano nella brezza. A Lucas piaceva molto quella casa. Era accogliente e ospitale. La sua, al confronto, sembrava spoglia e piatta. Rusty aveva davvero fatto del suo ranch un santuario a cui tornare, dopo le lunghe settimane di viaggio.

«Mi piace molto il tuo ranch, Rusty.»

«Grazie.»

Nell'attimo stesso in cui oltrepassarono la grande porta di legno, Lucas fu preso alla sprovvista da Rusty che si girò verso di lui, lo afferrò per il davanti della t-shirt e premette la bocca sulle sue labbra. *Porco cazzo!* Il suo uccello riprese vita in un istante, indurendosi fino a diventare doloroso. Rusty gli spinse la lingua tra le labbra, accarezzandogliela in una danza primordiale di desiderio. Lucas strinse l'erezione di Rusty con una mano, tirandosi indietro fino a quando le loro bocche non si separarono.

Rusty ansimava così forte che gli sbuffi di fiato riscaldarono le labbra di Lucas. «Cosa c'è?»

«E questo da dove diavolo viene?»

Rusty fece un passo indietro. «Ti ho guardato appoggiarti a

quel recinto tutto il giorno, i jeans stretti e tesi sul tuo uccello, le braccia che si gonfiavano sotto le maniche della maglietta, il petto che teneva tirata la stoffa sui pettorali, e sono rimasto duro come una maledetta roccia, per tutto il tempo. Hai una qualche idea di quanto sia difficile montare quando hai il cazzo in quelle condizioni, costretto dentro i jeans?»

«Sì che lo so, mi è già successo.»

«Allora ti suggerisco di toglierti quei vestiti e rimediare al problema.»

«Tu non perdi tempo, eh?»

«Non stasera.»

«Pensavo che avessi fame,» disse Lucas, lasciando scorrere lo sguardo sul viso di Rusty, soffermandosi sulle labbra. Quel primo assaggio non era stato abbastanza. Ne aveva ancora bisogno.

«Lo sono, ma penso che potremmo scopare adesso, poi andare a prendere un hamburger, e scopare di nuovo più tardi.»

A lui sembrò dannatamente giusto.

Lucas slacciò il bottone dei pantaloni di Rusty, liberando la cintura a sufficienza da poter afferrare il cursore della cerniera e tirarlo lentamente verso il basso. Voleva stuzzicare un po' Rusty, visto che prima sembrava avere così tanta fretta. Sarebbe stato bello tenere quell'uomo sotto di sé, mentre lo pregava per poter venire. Lucas sorrise al desiderio crudo riflesso negli occhi di Rusty. Le sue guance erano arrossate, il petto gli si alzava e abbassava a ogni respiro tremante e le mani erano strette a pugno nella maglietta di Lucas, mentre cercava di avvicinarsi.

Quando tirò i jeans e i boxer di Rusty verso il basso, lasciandoli ammucchiare ai suoi piedi, un sospiro sfuggì dalle labbra del suo amante. L'erezione dura come roccia rimbalzò sul suo addome. Il liquido preseminale luccicava nella fessura. «Siamo eccitati?»

«Non ne hai idea.»

Rusty si sfilò gli stivali prima di togliersi del tutto i jeans.

«Che cosa vuoi, Rusty?»

«Voglio che mi succhi.»

Con il palmo, Lucas coprì l'uccello di Rusty, facendolo scorrere su e giù in un ritmo lento e straziante. «Ti piace?» Sapeva cosa voleva l'amico, ma aveva bisogno che glielo dicesse, con il bisogno furioso a ispessirgli la voce.

«No. Voglio la tua bocca.»

«Sei sicuro di poter sopportare la mia bocca?»

«Dio, ti prego. Sto morendo.»

Lucas si chinò, facendo scorrere le labbra lungo il collo di

Rusty, mordendolo e stuzzicandolo mentre si muoveva verso il basso. I bottoni della camicia di Rusty si slacciarono quando Lucas tirò la stoffa, esponendogli il petto. Continuò a passare le labbra lungo i pettorali torniti fino a quando Rusty gemette piano. Adesso era proprio dove lui lo voleva.

Non appena si lasciò cadere in ginocchio, afferrò il cazzo di Rusty con la mano, stringendo nel pugno l'erezione gloriosa, prima di seppellire il naso nella piega tra le palle e la coscia. L'odore di pelle e desiderio gli arrivò alle narici. Un colpo rapido della lingua attorno alle palle di Rusty fece sì che il suo amante gemesse ad alta voce.

Rusty chiuse le mani a pugno nei capelli di Lucas, guidandolo verso il suo uccello.

Quando la cappella viola scomparve tra le labbra di Lucas, Rusty rabbrividì. Mentre l'amico gli prendeva tutta la lunghezza in bocca, le ginocchia di Rusty quasi cedettero. Lucas si tirò indietro, lasciando che il cazzo di Rusty gli uscisse dalla bocca. «Sul divano.»

Rusty camminò barcollando verso il divano in pelle e scivolò sopra il cuscino.

Lucas non perse tempo e lo seguì, abbassandosi, così da poter riprendere di nuovo l'uccello in bocca.

Ancora completamente vestito, Lucas si ritrovò a pasteggiare con l'uccello di Rusty, passando la lingua sulle vene che correvano tutto intorno alla carne tesa, e lavorandosi l'intera lunghezza con la bocca, mentre gli carezzava le palle con i palmi delle mani.

«Sto per venire.»

«No, non lo farai. Non fino a quando non avrò il tuo uccello nel culo.» Lucas si alzò in piedi, si tolse gli stivali, spinse i jeans a terra e si sfilò la maglietta dalla testa. Il cazzo gli faceva male per il bisogno, ma tutto quello che riusciva a pensare era Rusty sepolto in profondità dentro di lui. «Abbiamo bisogno di lubrificante.»

«In camera da letto.»

«Vuoi che ci spostiamo di là?»

«Sì, è meglio così.»

Afferrarono i vestiti dal pavimento prima di dirigersi entrambi verso la camera di Rusty, nudi come il giorno in cui erano nati. L'arredamento rustico sui toni del marrone era uno spettacolo per gli occhi stanchi, secondo Lucas. Amava avere le diverse tonalità da confrontare e mettere in contrasto. Per il momento però, non avrebbe avuto tempo di ammirare il letto, perché quello che gli interessava era starci sopra con Rusty.

«Cazzo, sono così duro che mi fa perfino male,» disse Rusty, lasciando cadere la pila di vestiti sul pavimento, mentre andava verso il comodino. «Lasciami prendere il lubrificante e un preservativo.»

Seguendo il suo esempio, Lucas gettò la sua roba verso l'angolo e si sedette nervosamente sul letto, mentre aspettava Rusty. Ora che erano lì e stavano per scopare, non era coraggioso come aveva dimostrato di essere quando erano sul divano. Voleva Rusty così tanto che le palle gli facevano male, visto che era da un po' di tempo che non stavano insieme e lui non era andato con nessun altro, nel frattempo. Guardò Rusty srotolare il preservativo sul suo membro e ungerlo con il lubrificante. La sua bocca si seccò mentre osservava quel rituale, fino a che Rusty non lo rese lucido e scivoloso. Si leccò le labbra, cercando con disperazione di aumentare un po' la salivazione.

«Girati di stomaco sul letto e lascia i piedi sul pavimento.»

Lucas fece come gli era stato detto, posizionandosi con le gambe divaricate, il culo per aria e le dita dei piedi che toccavano a malapena il pavimento.

La cosa successiva che avvertì fu il cazzo di Rusty che premeva contro il suo ano. Trattenne il respiro mentre Rusty gli spingeva lentamente l'uccello dentro, oltre l'anello di muscoli dell'apertura, per poi seppellirsi in profondità, nel giro di pochi secondi. Esalò un brusco sospiro.

«Stai bene?»

«Sì. Dio mio, sei incredibile.»

«Cazzo, sì.»

«Vai piano.»

«Non ti sto facendo male, vero?» chiese Rusty.

«No, ma è passato un po'. Voglio godermelo.»

Rusty ritrasse l'uccello fino a uscire quasi del tutto, prima di spingersi di nuovo. Il lento dondolio dei suoi fianchi guidò il membro dentro e fuori nella scopata più tormentata della vita di Lucas. La cosa sorprendente fu la sensazione che quel cazzo seppellito a fondo dentro di lui, avesse toccato qualcosa nella sua anima, come se avesse trovato il pezzo mancante del puzzle che aveva cercato per tutta la vita.

Come Rusty cominciò ad aumentare la velocità delle spinte, le palle di Lucas si contrassero, ritirandosi, in preparazione all'orgasmo e lui strinse i denti per contrastare la sensazione. Trattenersi il più a lungo possibile avrebbe reso migliore il tutto, lo sapeva, ma, nel frattempo, l'attesa avrebbe potuto ucciderlo.

Rusty si appoggiò sulla schiena di Lucas. «So che ti stai trattenendo. Posso sentirlo perché ti stringi attorno al mio cazzo e la sensazione è incredibile. Ma in questo momento ho intenzione di scoparti a morte e quando verrai esploderai così forte, sgorgando sperma dalla punta del tuo cazzo, come non ti è mai successo prima.»

Le rapide spinte dei fianchi di Rusty spinsero il suo uccello nel corpo di Lucas così forte che, per il contraccolpo, il letto prese a sbattere contro il muro in un costante ritmo di colpi.

Cazzo, sto per morire! «Rusty, per favore.»

«Per favore cosa, Lucas? Scopami più forte?» Una risata secca e divertita sfuggì di bocca a Rusty. «Va bene, posso farlo.»

Rusty spinse il bacino accaldato sbattendo contro le natiche di Lucas fino a fargli pensare che la testa gli sarebbe esplosa. L'uccello gli faceva male per la necessità di venire. Le sue palle sarebbero probabilmente avvizzite e morte se non avesse avuto presto un orgasmo, ma qualcosa lo tratteneva, qualcosa che non riusciva a comprendere. Poi successe, l'unica cosa che avrebbe reso l'intera esperienza completa, un forte morso sul punto in cui il collo e la spalla si incontrano.

Il morso fu abbastanza intenso da marchiarlo in modo possessivo tanto che, se gli fosse venuta l'idea di trovare qualcun altro in un prossimo futuro, questi avrebbe saputo che apparteneva a Rusty. Il dolore lo spedì sbandando oltre la soglia del controllo che aveva mantenuto sull'orgasmo, mentre schizzi di sperma disegnavano strisce bianche su tutta la coperta. Gettò la testa all'indietro e urlò: «Cazzo, sì!»

Lucas sentì Rusty tremare quando il piacere lo vinse, e si

accasciò sulla sua schiena.

«Porca puttana.»

«Puoi dirlo forte.»

Rusty uscì lentamente dal suo corpo, sfilò il preservativo e annodò l'estremità prima di sedersi sul letto accanto a lui. «È stato fantastico.»

«Sì, lo è stato.»

Un forte e pungente schiaffo sul culo lo fece alzare di scatto e girarsi, appoggiando le chiappe doloranti al piumino. «Perché diavolo l'hai fatto?»

«Sembra che un po' di dolore ti faccia venire. Ho pensato di vedere a cos'altro potresti essere interessato.» Il sorriso sul volto di Rusty ammorbidì il colpo... un po'.

«Che cazzo di male.»

«L'idea è quella. Il dolore porta al piacere, in alcuni ambienti.»

«Cosa cazzo ti sei messo a guardare sul computer? Porno gay?»

«Certo, ma anche qualcosa di meglio. Un po' di bondage e sottomissione. Dovresti vedere un po' della merda che si trova on-line.»

«Posso immaginare.»

Rusty scosse la testa. «No, credimi, non puoi. C'è della roba davvero folle, lì dentro.»

«Non pensare di utilizzare quelle stronzate su di me, amico.»

Rusty si alzò e lasciò cadere il preservativo usato nel cestino a lato del letto, prima di voltarsi di nuovo verso Lucas. Gli toccò dolcemente la spalla dove lo aveva morso. «Ti è piaciuto quando ti ho morso la spalla.»

«Sì, mi è piaciuto, ma questo non significa che voglio che mi frusti o qualche altra strana cosa che hai visto on-line.»

«Non ti va di sperimentare?»

Lucas dovette riflettere su quella cosa per un attimo. Si era goduto il morso nel momento esatto in cui aveva perso il controllo sul proprio piacere ed era venuto, ma non era troppo sicuro di voler avere a che fare con fruste, manette e altre cose del genere. Forse, se Rusty gli avesse permesso di sperimentare alcune cose su di lui... Quello avrebbe potuto essere figo. Riusciva a pensare a un paio di situazioni che potevano essere una specie di divertimento. «Posso farlo io a te?»

«Forse. Staremo a vedere cosa succede. Voglio provare alcune cose che ho visto. Sembrano interessanti. Niente di troppo strano però.» Rusty si mise un paio di boxer puliti e dei jeans. «Sto morendo di fame. Sei pronto per quell'hamburger?»

Lucas afferrò i suoi jeans, la camicia e la biancheria intima dal pavimento. «Ci puoi scommettere.»

Un ghigno malizioso abbellì le labbra di Rusty mentre lentamente si dirigeva verso di lui. Quando si chinò e unì le loro labbra in un bacio da rubare l'anima, Lucas non poté fare altro che tenersi stretto per quella corsa. E che corsa si stava rivelando di essere!

Capitolo 8

La luce del mattino squarciò l'orizzonte con il sole che ardeva attraverso i campi. Rusty era fuori sul portico con una tazza di caffè in mano, a guardare il panorama. Quello era ciò di cui era fatta la sua vita: la sua terra, il bestiame e la sua anima legata a quel pezzo di proprietà. Se solo avesse avuto al suo fianco la persona a cui stava cominciando a tenere più di ogni cosa...

Il sesso tra loro era stato superlativo fin da quando avevano cominciato a stare insieme, un paio di settimane prima. Lucas aveva passato sempre più tempo a casa di Rusty, dopo che la sua supplenza presso l'università era terminata. Erano diventati quasi casalinghi… quasi, ma non del tutto. Lucas mangiava a casa sua, dormiva nel suo letto, lavorava nei campi con lui quando non insegnava, ed era diventato una parte integrante della vita di Rusty, tanto che l'uomo non riusciva proprio a immaginare che non ci fosse.

Rusty prese un altro sorso di caffè prima di appoggiare la tazza sulla ringhiera del portico. Aveva lasciato Lucas profondamente addormentato nel suo letto, dopo una sessione travolgente di sesso mattutino.

Era sabato. Lucas non se ne sarebbe dovuto andare da

nessuna parte.

Il suo stomaco si serrò. Sarebbero dovuti andare a cena dalla sua famiglia, quella sera. Il timore riempiva la sua anima. Potevano continuare a mantenere segreta la loro relazione con i suoi genitori e fratelli? Non era sicuro di voler continuare con la sciarada dell'amicizia, anziché mettere a conoscenza la sua famiglia su quale fosse in realtà il loro rapporto.

Naturalmente, non era nemmeno sicuro di cosa fossero loro due. Erano solo amici? Erano amanti, sì, ma nessuno dei due aveva ammesso con l'altro eventuali sentimenti più profondi, anche se Rusty sapeva che i suoi si stavano trasformando in qualcosa di più di una mera amicizia.

Sapeva che suo padre non avrebbe mai capito, e nemmeno Russell. Forse i suoi fratelli più piccoli avrebbero potuto, e sua madre probabilmente l'avrebbe fatto. Gli era sempre sembrata così indulgente e pronta ad accettare tutto ciò che lui aveva sperimentato nel corso degli anni. Era suo padre che aveva sempre calato la cintura su di loro se combinavano un casino o qualcosa di davvero sbagliato.

Una volta aveva rubato un gioco da un negozio di video, quand'era più piccolo. Suo padre l'aveva scoperto quand'era entrato in camera sua per metterlo a letto. Rusty aveva vuotato le tasche e il gioco era caduto fuori.

La delusione nello sguardo di suo padre era stata la sua rovina. La cinghia aveva fatto male, sì, ma quella notte aveva imparato una lezione sull'amore di un padre. Il suo era subordinato al fatto di essere il bravo ragazzo. Rusty si era trasformato nell'epitome del figlio perfetto finché non aveva compiuto diciotto anni e aveva lasciato la casa per diventare un bull rider.

Suo padre non aveva mai capito il suo bisogno di stare nella polvere dell'arena, dell'adrenalina della gara e del boato della folla.

Era giunto il momento di fare chiarezza con la sua famiglia. Era stanco di fingere e di nascondere la sua sessualità. Era stanco di apparire qualcosa che non era e presto i suoi parenti avrebbero dovuto fare i conti con quella verità.

Sentì un paio di mani attorno alla vita che lo tirarono indietro contro un petto solido.

«A cosa stai pensando?»

«Alla cena con la mia famiglia di stasera.»

«E?»

«Ho intenzione di dire loro di noi.»

Le mani scomparvero.

«Riguardo a cosa?» chiese Lucas, sedendosi sull'altalena bianca dall'altra parte del portico.

Rusty si girò in modo da poter fronteggiare il suo amante e osservare la sua reazione alla notizia di ciò che voleva rivelare. «So che non ti senti a tuo agio quando la gente sa che sei gay, ma questa è una tua scelta, Lucas. La mia è quella di informare la mia famiglia sulle mie preferenze sessuali. Se non vuoi che dica loro del nostro rapporto, qualunque esso sia, allora non lo farò, ma ho bisogno di togliermi questo peso dallo stomaco. Non voglio nasconderlo più a nessuno, tanto meno ai miei parenti.»

«Come pensi che reagiranno?»

«Non ne sono sicuro. Credo che mio padre e Russell mi rinnegheranno, ma va bene, l'ho messo in conto. Crescendo, non sono rimasto il figlio perfetto che avevo cercato di essere. Mi sono reso conto che io sono io e se non mi possono accettare così come sono, allora è un problema loro, non mio. Credo che a mia mamma andrà bene e così anche ai miei fratelli più piccoli. Penso che mi sosterranno in qualunque cosa io abbia scelto di fare, perché mi vogliono bene.»

«Non pensi che te ne vogliano anche tuo padre o Russell?»

«Oh, lo fanno a modo loro, ma per mio padre sarà un duro colpo alla sua virilità. Come avrebbe potuto lui dare la vita a un bambino che ama stare con una persona dello stesso sesso? Il figliol prodigo. Il figlio più grande. Sai, questo genere di cose. Naturalmente, se ciò che Russell dice è vero, praticamente mi ha già escluso dall'eredità, visto che io non sono lì a seguire il ranch di famiglia. Russell mi odierà perché metterà in discussione la propria sessualità.

Come abbiamo potuto condividere lo stesso ventre se uno di noi è etero e l'altro è gay? A ogni modo, Russell mi odia già, quindi può pensare qualsiasi cosa, credo.»

Un cipiglio increspò la faccia di Lucas quando guardò in basso verso il pavimento in legno del portico, tra i suoi piedi nudi. «Mi dispiace, Rusty, ma penso che tu stia facendo un grosso errore. Lo sai che la gente in questa città non approva lo stile di vita gay, per niente. Ho paura che tu stia per causare un dolore troppo grande in relazione a quella che sarà l'accettazione per te stesso.»

«Hai diritto alla tua opinione, naturalmente, ma questo sono io. Non ho nessun potere su quello che pensano e provano gli altri. Posso solo vivere la mia vita come voglio.» Rusty prese posto accanto a Lucas sull'altalena. «La domanda è: quali saranno le conseguenze sul nostro rapporto?»

«Non ne sono sicuro. Non voglio che la gente sappia che sono gay.»

«Dai, Lucas. Frequenti solo il gay bar in città e hai avuto una relazione con Nick. Sono sicuro che la gente ha capito di voi, quando siete stati visti insieme.»

«Non proprio. Abbiamo mantenuto un profilo molto basso.»

«Beh, io non ho più intenzione di stare zitto. Le persone dovranno prendermi per quello che sono.» Si appoggiò con la schiena al bracciolo del dondolo e si voltò verso Lucas, in modo da poterlo guardare in viso. «Voglio anche parlare con Levi e Curt. Voglio essere chiaro, nel circuito, su chi sono.»

«Dannazione. Hai davvero intenzione di rivelarti a tutti, non è vero? Non solo vuoi raccontarlo alla tua famiglia, ma vuoi essere apertamente gay anche nel circuito dei bull riders.»

«Sembra che non abbiano problemi con il fatto che Levi e Curt stanno insieme. Perché dovrebbero averne con me?»

«Io non credo che siano così tolleranti come pensi. Levi e Curt probabilmente sopportano un mucchio di chiacchiere e cose di cui non siamo a conoscenza.»

«Forse, ma questa è la mia vita. Questo è ciò che sono.»

«E se ti costringessero a lasciare le gare?»

«Non possono farlo. È discriminazione.»

«È vero, lo è, ma possono agire in modo che sembri qualcos'altro. E se tutti i tuoi sponsor si riprendessero i loro soldi, nel momento in cui lo venissero a sapere?»

Rusty non ci aveva pensato. E se lo avessero fatto? Sarebbe stata la fine della sua carriera? Forse, ma doveva rischiare per poter essere chi aveva bisogno di essere. «Dovrò accettare la cosa, se lo faranno.»

«Non hai un appuntamento con il socio del signor

Campbell oggi, per parlare di sponsorizzazioni?»

«Sì, e domani dovremmo andare a casa del signor Campbell per montare alcuni tori.»

«Spero che tu sappia quello che stai facendo, Rusty. Penso che tu stia commettendo un errore, ma se ritieni sia la cosa giusta per te, allora va bene.»

«Allora, vuoi che dica alla mia famiglia che abbiamo una relazione?»

«Ce l'abbiamo?»

«Ce l'abbiamo cosa?»

«Una relazione?»

«Ho pensato di sì. Hai passato più tempo qui che a casa tua. Voglio dire, almeno siamo amici che scopano, no?»

«Credo che potresti dire così, sì.»

Anche se i sentimenti di Rusty diventavano ogni giorno più profondi man mano che passava del tempo con Lucas, non aveva intenzione di lasciare che il suo amante lo capisse, non ancora comunque. Voleva che Lucas ammettesse che erano più che semplici compagni di scopate. «Se non vuoi che dica niente, va bene. Non sono affari della mia famiglia, quello che succede in casa mia.»

«Vorrei che non mi tirassi in mezzo.»

«Va bene. Rispetto i tuoi desideri.»

«Grazie.»

«Hai intenzione di venire con me a parlare con lo sponsor?»

«Credo che dovresti andare da solo. Dopotutto, è interessato a te e alla tua carriera. Non ha nulla a che fare con me.»

La delusione lo attraversò. Ovviamente, i sentimenti che Lucas provava per lui non erano così forti come i suoi. Se ci fosse stata la carriera di Lucas in ballo, lui si sarebbe prodigato in ogni modo, sostenendolo e rimanendo al suo fianco qualunque cosa fosse accaduta. «Va bene.» Rusty guardò verso il cortile, e vide un pick-up che sfrecciava lungo la strada. Era troppo presto per dei visitatori. Si alzò in piedi in attesa della tempesta in arrivo, quando riconobbe il mezzo di suo padre, che si fermò slittando davanti al suo cancello.

Suo padre non fece neanche a tempo a sbattere la portiera, dopo essere uscito, che già urlava attraverso il cortile: «Sei un cazzo di frocio!»

Oh merda. Rusty fece i due passi per uscire dalla veranda e raggiungere il padre nel cortile. «Papà. Posso spiegarti.»

«Spiegare cosa, Rusty? Ho sentito da qualcuno in città che ti hanno visto in quella dannata bettola di froci. Negalo se

173

puoi.»

«Non posso. Ero lì, sì.» Guardò Lucas che era rimasto sul dondolo, con il volto bianco e le mani tremanti.

«Perché, Rusty? Perché avrebbero dovuto vederti lì? Stai cercando di farmi del male? Di farlo alla nostra famiglia?»

«Ascolta, papà. Era una cosa che volevo dirvi questa sera a cena, ma dal momento che sei qui e sai del bar, posso dirtelo anche adesso. Non ti piacerà nemmeno un po' e so cosa mi dirai, ma non posso fare a meno di essere quello che sono. Sì, papà, sono gay.»

Gli occhi del padre si spalancarono mentre il suo volto sbiancava. Le sue mani erano pugni stretti lungo i fianchi. «Sei gay nel senso che hai dei rapporti sessuali con altri uomini?» sussurrò.

«Sì.»

Il padre si guardò alle spalle, verso il portico dove Lucas era ancora seduto sull'altalena.

Prima che Rusty potesse reagire, l'uomo si rigirò verso di lui, fece roteare il pugno, colpendolo alla mascella e facendolo cadere a terra. Si avventò su suo figlio, sedendosi sopra di lui e riempiendogli il viso di pugni, mentre Rusty cercava di ripararsi dai colpi. «Mio figlio non è frocio! Se devo, te la farò passare a furia di botte. È ovvio che non ti ho picchiato abbastanza da bambino.»

Rusty si sentì liberare dal peso sul petto, quando Lucas gli tirò via il padre di dosso.

«Basta!» Lucas trattenne l'uomo per le braccia, mentre questi lottava contro la presa del giovane.

Impossibilitato a vedere bene, a causa degli occhi che gli si stavano gonfiando in fretta, Rusty cercò di mettersi in piedi e barcollò non appena ci riuscì. «Mi dispiace, papà. Essere gay non è sbagliato, e picchiarmi a sangue non cambierà chi sono.» Si asciugò un rivolo di sangue che scendeva dalle labbra. «Io sono quello che sono ed è qualcosa con cui dovrai convivere.»

«Tu non sei più mio figlio!» Il padre si liberò dalla stretta di Lucas. «Non venire a casa. Mai più. Ho chiuso con te. Noi non siamo più la tua famiglia.» Il padre gli sputò in faccia prima di girare i tacchi e andarsene con passo pesante verso il pick-up. Quando partì, fece schizzare la ghiaia mentre percorreva il vialetto.

«Stai bene?» chiese Lucas toccandogli il grosso livido che Rusty sapeva gli si stava formando sulla guancia.

«Sì.» Rise mestamente mentre si asciugava la saliva dal volto. «È andata bene, eh?»

«È più o meno quello che ti aspettavi, no?»

«Sì, ma speravo che succedesse al ranch, non qui. Volevo poter vedere mia madre, parlare con lei, parlare con i ragazzi, e spiegarmi. Dovrò chiamarla e incontrarmi con lei da qualche parte che non sia casa loro.»

«Sei sicuro di voler continuare con questa storia del dichiararti orgogliosamente gay? Questo scontro dovrebbe averti insegnato qualcosa, Rusty. Se la tua famiglia non ti accetta, cosa ti fa pensare che lo faranno quelli del circuito?»

«Non lo so, Lucas, ma non posso rinnegare chi sono.»

Rusty si diresse verso casa per lavarsi la faccia. La delusione per la reazione del padre gli dava sui nervi. *Sapevo che avrebbe reagito in quel modo. Perché io ne sia così devastato, proprio non lo so.* Quando raggiunse il corridoio, girò a sinistra ed entrò nella camera da letto per prendere una camicia pulita, visto che quella che aveva addosso era macchiata di sangue.

Riusciva a malapena a vedere attraverso le palpebre tumefatte, in quel momento, ma sperò che un po' di ghiaccio avrebbe tolto la maggior parte del gonfiore, prima di dover incontrare l'eventuale nuovo sponsor. Spiegare i lividi sarebbe stato interessante. Poteva sempre dire di aver preso un brutto colpo da un toro, ma non pensava che se la sarebbero bevuta. A meno che non dicesse di essere stato colpito direttamente in faccia dalla testa di un toro.

Aveva quasi paura di guardarsi allo specchio quando accese

la luce in bagno.

Rilasciò un sospiro prima di muoversi verso la grande specchiera sulla parete.

Porco cazzo!

Entrambi gli occhi erano lividi e gonfi. Il labbro era tagliato e sanguinava leggermente. La guancia destra aveva un enorme livido che stava diventando violaceo, e quando girò la testa verso sinistra, notò una grande strisciata rossa sul collo.

Suo padre aveva fatto un ottimo lavoro per risistemargli la faccia.

Stupido testardo.

Non sapeva se si stava riferendo al padre o a se stesso, mentre pensava quelle parole. Prese una salvietta accanto al lavandino e la bagnò per tamponare il taglio sul labbro. Probabilmente doveva considerarsi fortunato di non aver perso nessun dente nella rissa.

Dopo che si fu ripulito ed ebbe indossato una camicia, si diresse lungo il corridoio e trovò Lucas seduto al tavolo da pranzo con un bicchiere in mano.

«Un po' presto per bere, non credi?»

«Non quando hai appena visto qualcuno a cui tieni venire pestato a sangue dal suo stesso padre, e tutto perché ha

177

ammesso di essere diverso da tutti gli altri uomini dotati di pene e un paio di palle.» Lucas si scolò il liquore in un sorso, prima di asciugarsi il liquido rimastogli sulle labbra. Tossì un paio di volte, e Rusty lo vide risucchiare l'aria attraverso le labbra, per contrastare il bruciore che il liquido gli stava causando mentre scendeva nello stomaco.

«Whisky?»

«Sì.» Lucas alzò lo sguardo per incontrare quello di Rusty. «Hai un aspetto di merda.»

«Grazie amico.»

«Ti conviene mettere un po' di ghiaccio su quegli occhi.»

Rusty si diresse verso il frigorifero e aprì la parte del freezer in cui teneva il gelato, le verdure surgelate, la carne e il ghiaccio. Prese uno dei sacchetti di plastica di media grandezza che teneva nel cassetto accanto al frigorifero e ci mise dentro del ghiaccio. Dopo che ebbe chiuso la zip, andò verso il soggiorno per sdraiarsi sul divano. Una volta sistematosi bene tra i cuscini, appoggiò il ghiaccio sugli occhi con un sospiro. Il raschiare di una sedia sul pavimento lo avvisò del movimento di Lucas.

«Avresti dovuto difenderti e rispondere.»

«Non posso colpire mio padre.»

«Ti stava picchiando a sangue, Rusty. Avresti potuto difenderti. Nessuno te l'avrebbe rinfacciato.»

«Lo so, ma non posso.»

«Lo sai che questa notizia si sarà sparsa per tutta la città prima di sera.»

«È probabile.»

«Non t'importa?»

«Non proprio. Mi sorprende che nessuno abbia detto nulla prima d'ora. È passata più di una settimana da quando siamo stati al Rusty Nail, Lucas, e si sa che è un gay bar.»

«Vero.»

«Non ha importanza. Alla fine sarebbe venuto fuori e a dire il vero mi sento meglio, ora che mio padre lo sa.» Il telefono sul tavolo accanto alla testa di Rusty squillò. «Puoi rispondere tu?»

«Pronto?» Ci fu una pausa nella voce di Lucas. «Sì, signora, è qui. È sul divano con un po' di ghiaccio sugli occhi.» Un'altra pausa. «Va bene, glielo passo.»

Rusty sentì il ricevitore del telefono accanto alla guancia, quindi lo afferrò e lo tenne accanto all'orecchio. «Pronto?»

«Rusty? Tesoro, stai bene?»

«Ciao mamma. Sì, sto bene. Ho solo qualche livido. Come sta papà?»

«Ma sentitelo, si preoccupa per quello stronzo di suo

padre.»

«Mamma!»

«Beh, lo è. Non c'è alcun motivo che può scusare per quello che ti ha fatto, Rusty, e, per la cronaca, a me non importa se ami una donna o un uomo. Sei ancora mio figlio e lo sarai sempre.»

«Grazie, mamma. L'ha detto ai miei fratelli?»

«Certo che l'ha fatto. Russell se n'è andato infuriato diretto verso la stalla. L'ultima volta che l'ho visto, cavalcava a pelo verso il pascolo a est. John è sconvolto, non ha detto molto, ma Junior e Thomas sono solidali con te. A loro non importa chi ami.»

«Apprezzo il sostegno.»

«È Lucas il tuo amante?»

«Sì, ma non vuole che la gente sappia di lui, quindi tieni questa informazione per te, ti prego.»

«Certo, tesoro, anche se è piuttosto evidente quando voi due siete insieme. È difficile tenere nascosto quel genere di sentimenti. Riesco a vedere l'amore tra voi quando siete vicini l'uno all'altro.»

«Ehm...»

«Che cosa c'è?»

«Non lo chiamerei in quel modo, mamma.»

«Tesoro, è palese quando lo guardi.»

«Beh, è una cosa di cui non abbiamo ancora discusso. Mettiamola in questo modo.»

«Oh.»

«Dovrei andare adesso, mamma. Ho bisogno di prepararmi per l'appuntamento con lo sponsor che il signor Campbell vuole farmi incontrare.»

«Va bene, figliolo. Ti auguro buona fortuna e spero che le cose funzionino al meglio tra te e Lucas. Penso che siate carini insieme, voi due.»

«Grazie. Apprezzo il supporto.»

«Ti voglio bene, Rusty. Fai ciò che è meglio per te e non preoccuparti di tuo padre. Se ne farà una ragione.»

«Ciao, mamma.»

«Arrivederci tesoro.»

Rusty riconsegnò il ricevitore a Lucas e lo sentì riappenderlo sul gancio.

«Tua madre è una gran donna.»

«Come se non lo sapessi.» Rusty si mise a sedere e gettò le gambe oltre il bordo del divano. La borsa del ghiaccio gli cadde in grembo. «Che ore sono?»

«Circa le sette. Perché?»

«Ho bisogno di mangiare qualcosa e di bere altro caffè. Ci sono alcuni lavori che devono essere fatti, prima che vada dal signor Campbell. L'appuntamento con lo sponsor è alle dieci.»

«Ti aiuterò con gli animali, darò loro da mangiare, da bere e li sistemerò. Probabilmente non ci vedi troppo bene con quegli occhi chiusi e gonfi. Dovresti riposare sul divano con il ghiaccio sul viso. Posso occuparmi io delle faccende nella stalla.»

«Lo faresti?»

«Ovvio. È il minimo che possa fare, Rusty. Mi hai parato il culo in diverse occasioni, perciò ora tocca a me. Inoltre, ti ho dato una mano, nelle ultime settimane. Penso di potermela cavare per una mattina.»

«Va bene. Assicurati solo di lasciare Missy con il suo puledro nel recinto grande, appena fuori dalla stalla. Lei ha bisogno di correre un po' e questo aiuterà il puledro a tenersi in piedi da solo.»

«È un bellissimo cavallino.»

«Sì, lo è.»

«Hai pensato a che nome dargli?»

«Non ancora, ma scommetto che farà dei bellissimi puledri quando sarà il momento.»

«Lo credo anch'io.»

Lucas lo fece distendere di nuovo sul divano, gli mise il ghiaccio sugli occhi e poi si allontanò. Quando sentì sbattere la porta esterna, Rusty sorrise tra sé e sé. Era bello avere Lucas lì intorno. Gli piaceva la sua compagnia sia fuori che dentro al letto, ma quest'ultima era di certo la migliore. Erano sulla stessa lunghezza d'onda, quando si trattava di fare l'amore, non era più solo sesso ed era il modo in cui Rusty considerava i loro incontri, a quel punto.

Sospirò quando gli tornarono in mente le visioni turbolente della notte precedente.

Si stava lavando i capelli quando aveva sentito il rumore della porta della doccia che si apriva. Insicuro su cosa aspettarsi, aveva trattenuto il fiato mentre continuava lentamente a far schiumare lo shampoo.

Una lingua calda scivolò attorno alle palle risvegliandogli in fretta l'uccello.

Quando il calore gli circondò la cappella, un secondo più tardi, il respiro gli si bloccò in gola, prima che gli uscisse dalla bocca come un profondo sospiro. Dio, la sensazione della bocca di Lucas su di lui lo aveva portato ad avere un'erezione dura e dolorante in pochi secondi.

Il suo ano si contrasse al pensiero dell'uccello di Lucas che si immergeva dentro di lui in profondità.

Lo desiderava più di ogni altra cosa al mondo, in quel momento, e non vedeva l'ora che succedesse.

«Oh Dio.»

Lucas gli passò la lingua intorno alla cappella ancora e ancora, prima di prenderlo a fondo in tutta la lunghezza, finché non urtò con la punta la parte posteriore della gola. Quando Lucas deglutì, Rusty quasi venne senza bisogno di altro.

L'acqua calda si stava riversando sopra la sua testa, risciacquando lo shampoo dai capelli, facendolo scendere in rivoli lungo il petto e le gambe per poi scomparire giù per lo scarico. Rusty afferrò la nuca di Lucas mentre lui continuava a succhiargli il cazzo con un entusiasmo che non si poteva mettere in discussione.

Appena il suo orgasmo si avvicinò, si lamentò nel tentativo di trattenerlo. Lucas sapeva esattamente come fare per portarlo al punto di rottura in pochi secondi, e trattenersi ancora per molto non gli sarebbe stato possibile.

I piccoli suoni provenienti dalla sua bocca sembrarono primordiali. I gemiti e i lamenti che echeggiarono nel vapore della doccia, gli uscirono come suoni che non riconobbe come propri.

Le sue palle salirono e si contrassero, in preparazione dell'orgasmo. Non sarebbe stato in grado di trattenersi ancora per molto, ma quando Lucas gli spinse due dita nel culo, perse totalmente il controllo di quell'onda cresciuta a dismisura dentro di lui.

Quando il piacere gli avvolse i sensi, tutto il suo corpo tremò e rabbrividì, mentre un forte calore gli si propagò dai piedi e risalì lungo le gambe, scoppiandogli nell'inguine come un'onda che si schianta sulla costa dell'oceano. «Oh mio Dio.»

Un piccolo sorriso da Stregatto si diffuse sul viso di Lucas, mentre si sedeva sui talloni per guardare Rusty. «Sai di buono, amore. Hai un sapore eccezionale, stasera.»

Rusty si lasciò cadere sul piccolo sedile che sporgeva dalla parete della doccia, incapace di formulare un pensiero razionale, a parte quello sulla straordinaria scarica di piacere che aveva provato. «Dammi un minuto. Ho bisogno di raccattare i miei pensieri dispersi.»

«Nessun problema, ma non metterci troppo. Sono duro come una roccia e voglio il tuo culo proprio qui, sotto la doccia.» Lucas sollevò la bottiglia di lubrificante che teneva in mano. «Ho portato persino il lubrificante e un preservativo.»

«Sei preparato, eh?»

«Ci puoi scommettere, ma quando ho visto il tuo corpo

185

stupendo tutto bagnato e scivoloso, non sono stato capace di resistere e ho dovuto assaggiarlo.» Sorrise malizioso di nuovo. «Te ne lamenti?»

«Cazzo, no. È stato fantastico.»

«Bene, allora alzati, piegati, e apri quelle chiappe per me.» Lucas si srotolò il preservativo sull'uccello, prima di ungerlo con il lubrificante. «Voglio sentire il tuo splendido culo che stringe il mio cazzo.»

Rusty si alzò, girandosi verso il muro e si chinò, appoggiandosi al muro. Lucas si sistemò dietro di lui, con l'uccello posizionato davanti al suo ingresso, e poi lentamente lo spinse attraverso l'anello di muscoli.

La sensazione di pienezza che provò quando si sentì penetrare, risvegliò il suo uccello e, prima di rendersene conto, Rusty si ritrovò di nuovo duro e desideroso di raggiungere l'orgasmo, anche se era appena venuto così forte che aveva visto le stelle. «Cazzo, Lucas.»

«Oh, lo so. Credimi, so quello che senti. È così bello e sei così stretto. Cazzo, il tuo culo è la cosa migliore che mi sia capitata da lungo tempo.»

«Più forte, ti prego, di più.»

Lucas cominciò a scoparlo sul serio, penetrandolo con forza e velocità. Rusty prese ad accarezzarsi, massaggiandosi l'uccello con la mano su e giù, *sincronizzandosi con il ritmo che Lucas stava tenendo, mentre se lo scopava a morte.*

«Ecco, Rusty, così, toccati quello splendido cazzo per me. Voglio vederti venire, e schizzare il muro con il tuo sperma.»

Il respiro gli uscì come uno sbuffo potente, mentre Lucas continuava a spingersi dentro di lui con tutta la forza che aveva. Quella non era una scopata lenta e sensuale, ma una violenta e primordiale, che avrebbe lasciato entrambi senza fiato quando tutto fosse finito, ed era proprio quello di cui Rusty aveva necessità.

Appena il sogno svanì dalla sua mente, Rusty realizzò che il suo cazzo era duro e bisognoso. Poteva quasi sentire ancora l'uccello di Lucas che gli si piantava dentro, sotto la doccia, come aveva fatto la sera prima, e ora lo voleva di nuovo. Avrebbe voluto che Lucas fosse lì per spingerglielo nel culo abbastanza forte da farlo slittare sul divano.

Avrebbe dovuto aspettare però. Aveva un appuntamento di lì a poco con un potenziale sponsor, uno che avrebbe potuto far decollare o precipitare la sua carriera con una sola parola: sì o no.

Capitolo 9

Lucas e Rusty attraversarono i cancelli del Rocking C con il pick-up di Rusty, giusto in tempo per incontrare il potenziale sponsor che il signor Campbell aveva trovato. Era stato entusiasta quando Lucas si era offerto di accompagnarlo; il suo sostegno era un'aggiunta gradita. Aveva i nervi a fior di pelle, il cuore che batteva forte, il respiro rapido e superficiale e le mani sudate. Quell'incontro avrebbe potuto significare la fine della sua carriera o l'inizio di qualcosa di promettente nella sua vita, ed era spaventato a morte.

Il Rocking C era un ranch enorme che ricopriva diverse migliaia di acri, nella periferia di Albuquerque. La casa bianca stagliata in lontananza lo fece vergognare del suo piccolo possedimento, con quella bella veranda che si snodava lungo tutta la parte anteriore, i giardini curati sulla sinistra, gli ettari di pascoli recintati sul davanti, e il grande fienile in lontananza. Rusty si sentì in soggezione di fronte alla grandezza che lo circondava. Era ciò che avrebbe voluto per sé, un giorno.

Quando arrivarono davanti alla casa, il signor Campbell scese i gradini del portico per salutarli.

«Rusty. È un piacere rivederti. Come stai? Come va la gamba?» gli chiese, finché lui scendeva dal pick-up.

«Salve, signor Campbell. Va molto meglio, grazie. La gamba è guarita del tutto e io sono pronto a gareggiare quando inizierà la stagione, la prossima settimana.»

«Cosa diavolo ti è successo alla faccia?»

«Sono finito in mezzo a una rissa in un bar. Sto bene, comunque.»

«Felice di sentirlo. Sembri piuttosto malconcio. So che questa lunga pausa forzata è stata dura, per te, ma è sorprendente come tu sia guarito del tutto.» Il signor Campbell si voltò verso Lucas. «Tu devi essere Lucas Jacks. Ho sentito molto parlare anche di te, nel circuito. Sei un rider molto promettente. Qualche anno di esperienza in più sotto la cintura, e sarai alla stessa stregua di Rusty.»

Lucas aggrottò la fronte mentre stringeva la mano del signor Campbell. «È un piacere conoscerla, signore.»

Rusty era sicuro che Lucas si fosse trattenuto dal dire quello che avrebbe voluto. L'osservazione del signor Campbell era una frecciatina vera e propria, visto che Lucas faceva il bull rider da quasi altrettanto tempo di Rusty.

Il signor Campbell diede una pacca sulla schiena di Rusty e lo guidò su per le scale, verso la porta d'ingresso della casa.

«Devi esserti allenato di recente, Rusty. Sembra che tu sia finito dal lato sbagliato di una monta, figliolo.»

«Sì, l'ho fatto. Sono stato presso una scuola di bull riders appena fuori città e ho fatto qualche monta di allenamento.»

«Sono sicuro che non sono così accreditati come i miei tori, ma scommetto che hai avuto l'occasione di fare un po' di buona pratica.»

«Sì, signore, è così. Sono stati molto gentili, e mi hanno dato la possibilità di usare i loro tori.»

«Molto bene, ma scommetto che sei pronto a montare alcuni dei miei.»

«Oh, sì, signore, certo che lo sono.»

«Bene, bene.»

Entrarono dalla porta d'ingresso e Rusty si sentì in soggezione. L'ingresso era lastricato di marmo bianco, con una complessa incisione nera raffigurante il marchio del Rocking C, proprio davanti alla porta. Dei lampadari preziosi pendevano dal soffitto e accenni di oro abbellivano ogni angolo e spigolo. Rusty aveva paura di toccare qualcosa, per timore di rovinare quella bella mobilia.

«Da questa parte, Rusty. Il signor Coleman ci sta aspettando sul patio posteriore, accanto alla piscina.»

Rusty si girò indietro per assicurarsi che Lucas li stesse seguendo. Sembrava che non fosse affatto felice di trovarsi lì. Rusty conosceva quella sensazione. Si sentiva completamente fuori posto anche lui, là dentro.

Mentre oltrepassavano le doppie porte scorrevoli in vetro, Rusty poté vedere una piscina interrata alla sua sinistra, con una parete rocciosa sullo sfondo, da dove l'acqua scendeva per tuffarsi dentro la piscina, formando una gorgogliante cascata. Una parte della piscina era fiancheggiata da rocce e erbe spontanee che ondeggiavano al vento. Ovunque guardasse c'erano mobili e complementi costosi.

Quando guardò alla sua destra, incrociò gli occhi marroni di Dirk Coleman, proprietario della Coleman Enterprises e uno dei maggiori sponsor del circuito. Rusty non aveva idea che lo sponsor esperto a cui il signor Campbell aveva accennato fosse proprio quel Coleman.

Seduta accanto a lui c'era una bella ragazza dai capelli scuri, con lo stesso sguardo cioccolato del signor Coleman. Rusty pensò che fosse la figlia. Era abbastanza carina con i lunghi capelli raccolti in una coda di cavallo e lo sguardo luminoso concentrato su di lui.

«Dirk Coleman, questo è Rusty Arnold. Rusty, questi sono Dirk Coleman e sua figlia, Jessica.»

«Salve.» Rusty accennò a Lucas. «E questo è il mio amico e collega, Lucas Jacks.»

Il signor Coleman si alzò e tese loro la mano. «È un piacere conoscervi, Rusty e Lucas.»

«Lo stesso per me, signor Coleman.» Rusty rivolse la sua attenzione alla ragazza. «Jessica.»

«Sono una tua grande fan, Rusty,» rispose lei, alzandosi in piedi e tendendo la mano. «Seguo la tua carriera da un po' di tempo. Ero devastata quando ho sentito del tuo infortunio.»

«Lo apprezzo. È stata dura dover stare fermo per il resto della stagione, ma ora sono pronto a salire su quei tori di nuovo quando si ricomincerà, a New York.»

«Sono certa che tu lo sia.»

«Prego, sedetevi. Prendo da bere per tutti. Cosa preferite?» chiese il signor Campbell guardandoli tutti.

«Prenderò un po' d'acqua, se non le spiace,» rispose Rusty facendo cenno a Lucas di sedersi accanto a lui. «Lucas?»

«Va bene acqua anche per me.»

Dopo che il signor Campbell ebbe raccolto gli ordini e rientrò in casa per preparare il tutto, Rusty si rivolse subito al signor Coleman, desideroso si chiudere quell'incontro in fretta. Non che gli dispiacesse essere in loro compagnia, ma si sentiva davvero fuori posto. «Signor Coleman, mi sembra di aver capito che le interessa diventare un mio sponsor nel circuito.»

«Sì, Rusty, è così. Ti ho visto l'anno scorso, prima del tuo incidente, e penso che potresti facilmente vincere il campionato, l'anno prossimo. Naturalmente, non ti ho visto montare da quando ti sei rotto la gamba, ma ho piena fiducia in te e penso che lo stemma della Coleman Enterprises sarebbe fantastico sulla manica della tua camicia.»

«Ne sarei onorato, signore.»

«Solo per curiosità, cosa ti è successo alla faccia?»

«Sono rimasto coinvolto in una piccola rissa da bar, la scorsa notte. Un tizio ha fatto un commento su qualcuno che era in mia compagnia e quando gli ho detto di andarsene a fare un giro, non gli è piaciuto molto. Mi ha rifilato un pugno dritto in faccia, e mi ha sbattuto a terra. Poi si è avventato su di me e mi ha colpito più volte, prima che potessi riprendermi.»

«Beh, questo è un problema, e mi dà l'occasione di discutere di qualcosa che io ritengo molto rilevante, se la Coleman Enterprises dovesse essere il tuo sponsor. Ci sono alcune condizioni per la nostra sponsorizzazione.»

«Condizioni?»

«Sì.»

«Che genere di condizioni?»

«Non dovrebbe essere un grosso problema per te, Rusty.

193

Sei una persona a modo, un giovane alla mano. La cosa su cui non transigiamo è che non vogliamo alcuna pubblicità negativa.» Il signor Coleman rise. «Sai, non ubriacarsi, non uscire con prostitute, tenere il naso pulito. Questo genere di cose.»

Una cosa da niente, come buttarmi nella tana del Bianconiglio. Se gli giunge voce che sono gay, tutta questa situazione potrebbe scoppiarmi in faccia. «Capisco.»

«Inoltre, c'è un'altra cosa. Mi piacerebbe vederti uscire con Jessica. Potrebbe essere una bella aggiunta al tuo braccio, sai? Ogni giovane ha bisogno di una bella donna con cui uscire.»

Il signor Coleman strizzò l'occhio nella sua direzione e lo stomaco di Rusty sprofondò in un pozzo senza fine. Sapeva esattamente cosa volesse dire. Sperava di giocare a fare il sensale con la figlia e Rusty.

'Fanculo. Questa cosa potrebbe ritorcersi contro di me. Ora che cosa diavolo faccio?

Rusty guardò Lucas, sperando di vedere qualcosa nel suo sguardo che lo avrebbe aiutato a tirarsi fuori da quel casino. Il sopracciglio sinistro di Lucas si inarcò sopra l'occhio, mentre una smorfia gli fece abbassare gli angoli della bocca. *Okay, non arriverà nessun aiuto da lì.*

«Senta, signor Coleman. Non sono sicuro di poter soddisfare tutte le sue condizioni.»

«Perché, figliolo?»

«Non ho la tendenza a ubriacarmi dopo le gare né le causerei alcun imbarazzo all'interno del circuito, ma la mia vita personale è mia. Non vedo come potrebbe influenzare il fatto che lei sia il mio sponsor.»

Il signor Coleman incrociò le mani sulla pancia prominente, che era tutt'uno con lo stomaco. Quell'uomo era abbastanza massiccio da avere bisogno di due sedie, visto che quella sotto di lui gemette in segno di protesta. Aveva una stempiatura incipiente, occhi marroni che assomigliavano alla pozza di fango nel cortile sul retro della casa di Rusty, guance che pendevano verso il basso e ondeggiavano mentre si muoveva e due gambe paffute che sembravano non essere in grado di reggere il suo peso.

Rusty sorrise tra sé, mentre immaginava l'uomo cercare di sistemare la figlia con qualcuno dei bull riders in carriera. Non che Jessica fosse brutta, anzi, ma visto che non avrebbe mai potuto innamorarsi di una donna, avrebbe fatto meglio a stare alla larga da sponsor combina-incontri e dalle loro figlie.

Jessica gli fece l'occhiolino, inclinando la testa da un lato e lanciandogli uno sguardo seducente. Rusty era certo di non sbagliare a pensare che la ragazza probabilmente era già andata a letto con metà dei ragazzi del circuito.

All'improvviso si ricordò di una cosa. Sapeva di averla già vista prima, e ora sapeva anche dove: dietro a una delle chute in compagnia di C.B. Parker. Fece mente locale sulla scena e ricordò i jeans della ragazza attorcigliati e penzolanti da una caviglia, mentre lei se ne stava con i piedi per aria, le cosce strette ai fianchi di C.B., che martellava senza pietà dentro di lei. Era accaduto in un angolo un po' nascosto nella stanza dei riders, dove abitualmente si cambiavano e tenevano le loro attrezzature durante le gare. Pensandoci bene, l'aveva vista bazzicare per le chute più volte durante l'anno precedente, e ora sapeva il perché. Lei era la Buckle Bunny facile, quella con cui erano stati tutti, nel circuito, con l'eccezione di pochi eletti.

«La cosa importante, Rusty, è che non ho bisogno di alcuna cattiva pubblicità sul nome Coleman. Se dovessimo sponsorizzarti, dovresti stare lontano dalla cocaina e fuori dai giornali scandalistici. Capisci questo Rusty?»

«Certo signore, lo capisco. Tutto quello che posso dire è che farò del mio meglio.»

«Va bene, allora.» Il signor Coleman gli tese la mano. «Benvenuto nella famiglia Coleman, Rusty. Spero che avremo un rapporto lungo e proficuo e, con un po' di fortuna, una cintura del campionato con un bel assegno corposo attaccato, alla fine della stagione.»

Lucas si sentì come se dovesse vomitare. L'espressione sul viso di Rusty quando aveva stretto l'accordo con il signor Coleman era qualcosa da film dell'orrore, secondo lui. Il suo stomaco si strinse e temette che il pranzo gli sarebbe tornato su, una volta che fossero tornati a casa.

Sapeva esattamente ciò che il signor Coleman voleva dal suo amico ed era contro tutto ciò che Rusty voleva per sé. Fino a qualche ora prima voleva dichiarare a tutti le sue preferenze sessuali, ma adesso non sarebbe più stato in grado di farlo. Avrebbe dovuto tenere tutto sotto silenzio. Era una cosa che a Lucas andava bene, ma sapeva che Rusty non sarebbe stato troppo felice per quel cambio di programma.

«Stai bene?»

«Sì, perché?»

«Sono solo curioso, visto che so che non ti sono piaciute le condizioni che il signor Coleman ha posto sull'accordo.»

«No, non le ho gradite, ma ho bisogno della

sponsorizzazione soprattutto per il prossimo anno, dal momento che è un ritorno per me.» Rusty gli lanciò uno sguardo attraverso la cabina del pick-up, prima di guardare di nuovo la strada. «Hai riconosciuto Jessica?»

«Vuoi dire Jessica Apri-Le-Gambe Coleman? Sì, ricordo di averla vista in giro per le chute e nei bar in cui andiamo dopo le gare. È stata con la metà, se non di più, dei riders del circuito. Mi sorprende che suo padre non lo sappia.»

«Non ne ho idea se lo sappia o meno, ma mi chiedo se non stia cercando di sistemarla con qualcuno così da ripulirla un po'.»

«Chi lo sa, ma ho pensato che fosse piuttosto divertente che stesse cercando di appioppartela, visto che sei gay.»

«Lui non ne ha idea e non ho intenzione di dirglielo.»

«E se trapela sui giornali? Ti toglierà la sponsorizzazione in un baleno.»

«Lo so.»

«Allora cos'hai intenzione di fare?»

Rusty si strinse nelle spalle mentre continuava a considerare la sua situazione. Ora che suo padre sapeva di lui, non era sicuro su cosa fare. Per ora avrebbe dovuto continuare a far sì che il suo sponsor fosse felice, anche se significava tenere segreta la loro relazione. «Tacere, immagino. Ho bisogno del suo denaro e del suo nome.»

«So che questo ti rimane sullo stomaco, Rusty, ma penso che sia la cosa migliore.»

«Sapevo che l'avresti detto. Tu non vuoi comunque dichiararti.»

«Non è più esattamente così. È più come se fossero affari miei e di nessun altro, quello che faccio nel mio tempo libero, ma essendo sotto gli occhi del pubblico come siamo, è difficile mantenere privata la nostra vita personale.» Lucas si accarezzò pensieroso il mento ispido. Sapeva quello che voleva lui e sapeva quello che voleva Rusty, ma tutto era andato a puttane in un battibaleno nelle ultime dodici ore. Anche in questo caso, avrebbero dovuto mantenere per sé quello che facevano a casa loro e sperare fino alla morte che la famiglia di Rusty non spiattellasse tutto ai media.

«Hai intenzione di dirlo ai tuoi genitori?»

«Diavolo, no. Reagirebbero molto peggio dei tuoi. Nessuno dei miei capirebbe. Mia sorella Sheryl mi supporta, ma mio fratello, Ethan, non lo accetterebbe mai.»

«Mi dispiace.»

«Non importa. È qualcosa con cui devo convivere, ma almeno so in anticipo che sono omofobi. Non ho nessuna illusione sul fatto che mi sosterrebbero.»

«Tutta questa faccenda è una cazzata.»

«Come se non lo sapessi.»

Arrivarono a casa di Rusty pochi minuti più tardi. Lucas vide la faccia di Rusty impallidire quando riconobbe il pick-up di Russell nel suo vialetto. Una volta scesi entrambi, Russell li attese vicino al cofano anteriore del mezzo.

«Perché sei qui, Russell?»

«Sono venuto a vedere il mio fratello maggiore.» Russell ondeggiò sui piedi.

Grande. Il figlio di puttana era ubriaco.

«Tu vieni qui solo quando hai bisogno di qualcosa, quindi cos'è?»

«Papà mi ha detto che sei un frocio. Voglio sapere la verità.»

«Se vuoi dire gay, sì, lo sono.»

«Beh, è proprio fantastico, cazzo. Il mio grande fratello macho che monta i tori è un maledetto frocio.»

«Puoi andartene quando vuoi, Russell.»

«Me ne vado quando sarò pronto, finocchio. Ho un paio di cose da dirti.»

«Cosa potrebbero mai essere?»

«Mi hai sempre sbattuto in faccia di essere nato quindici minuti prima di me e che eri tu il favorito, tra noi ragazzi. Beh, non lo sei più. Papà ti odia. Questa mattina ti ha maledetto per ore, te ne ha dette di tutti i colori e io sono qui per dirti che non sei più il benvenuto nella nostra famiglia. Faresti meglio a cambiare anche il nome, perché Arnold non ti appartiene più. Papà e mamma ti hanno rinnegato.»

Rusty si piantò proprio davanti a Russell, avvicinando la faccia al punto che i loro nasi quasi si toccarono. Guardandoli in quella posizione, Lucas si rese conto che anche se avevano condiviso il grembo materno, erano due individui molto diversi.

«Puoi andare dritto all'inferno, Russell. Ho parlato con la mamma e lei mi sostiene, e così anche i ragazzi. Capisco che papà non sia in grado di affrontare questa situazione, ma alla fine lo farà. E no, non metterò piede nella sua proprietà fino a che non si sarà calmato, ma ti dico questo: il mio nome è ancora Arnold e io lo porterò con orgoglio fino al mio letto di morte. Sono ancora tuo fratello e sono ancora suo figlio, che vi piaccia o no. Quello che faccio a porte chiuse in casa mia non sono affari di nessuno, se non miei e del mio compagno.»

«Sarà meglio che il tuo agente si prepari a mettere tutto a tacere, perché ho intenzione di sputtanarti su tutti i mezzi di comunicazione.»

«Fai pure del tuo peggio, Russell. Non ho paura di te.»

«Dovresti averla invece, perché ho intenzione di schiacciarti per terra e pisciare su di te mentre finisci nella polvere.»

«Vattene dalla mia proprietà prima che faccia qualcosa di cui potrei pentirmi, visto che sei mio fratello.»

Russell non rispose. Fece un passo indietro, fissò il gemello un'ultima volta, e poi si diresse verso il suo pick-up. Lucas si rese conto che, anche se Russell era un uomo attivo, visto che lavorava con il bestiame per vivere, Rusty lo superava in massa muscolare. Il suo amico non era affatto goffo e Lucas non era così sicuro su chi avrebbe vinto una rissa, tra i due fratelli.

La ghiaia colpì entrambi, quando Russell partì sgommando lungo il vialetto più veloce che poté evitando per un pelo di finire nel fosso.

Rusty rimase a fissare il fratello con le mani strette a pugno, il respiro che gli usciva in ansiti rapidi e il corpo tremante di rabbia.

«Stai bene?» chiese Lucas, fermandosi al suo fianco.

«No.»

«Cosa posso fare per aiutarti?»

«Trovami un toro da montare. Ho bisogno di sfogare la

rabbia che sento in questo momento.»

«Che ne dici di chiamare la scuola di bull riding e vedere se possiamo andare là per un paio d'ore?»

Rusty annuì e Lucas tirò fuori il telefono per chiamare.

In pochi minuti, erano di nuovo sulla strada. Disse a Rusty che avrebbe guidato lui, mentre lo spingeva sul sedile del passeggero del pick-up, e si diresse verso il Double L. Non pensava che fosse una buona idea per Rusty guidare quando era così arrabbiato.

Non parlarono per l'intero tragitto, ma era sicuro che l'amico fosse ancora pieno di rabbia, a giudicare dalle striature rosse sulle guance, dalle mani chiuse a pugno e dal battere incessante dello stivale sul pavimento del mezzo. Lucas sperò che quella scuola avesse un paio di tori di prima categoria, perché Rusty aveva assoluta necessità di sfogarsi e l'unica cosa che gli sarebbe servita era un toro che sgroppasse con forza.

Non appena attraversarono le doppie porte in ferro battuto del Double L, Lucas fu sorpreso di vedere come fosse ben tenuto il posto. Il ranch era di discrete dimensioni, aveva una bella arena e un fienile piuttosto grande. Logan Tyler era fermo nei pressi della recinzione, in attesa che parcheggiassero.

«Salve.»

«Signor Tyler,» rispose Rusty.

«Pensavo che fossimo amici, Rusty. È Logan per te.» Tese la mano a Lucas. «Tu devi essere Lucas Jacks. Ho sentito parlare molto di te.»

«È un piacere conoscerla, signore.»

«Per favore, chiamami Logan.»

«Va bene, Logan.» Lucas sospirò. «Ascolta, Logan, Rusty ha avuto una giornata piuttosto dura e gli servirebbe proprio una monta difficile per sfogare un bel po' di rabbia.»

«Tutto bene, Rusty?»

«Sì. Ho avuto un brutto scontro con mio padre e con il mio gemello, oggi.»

«Posso dire dai lividi sul viso che probabilmente hai avuto la peggio.»

«Non mi sono tirato indietro, se è quello che intendi.»

«Tuo padre?»

«Sì.»

«Allora, andiamo a vedere chi c'è nella stalla che potrebbe andare bene per te. Ho un paio di giovani tori che sgroppano piuttosto bene. Penso che potrebbero essere una bella sfida.» Si voltò per dirigersi verso la stalla.

«Seguitemi, ragazzi, e vedremo cosa possiamo fare.»

Mentre si addentravano nell'interno fresco della grande costruzione bianca, Lucas notò la fila di recinti ai lati del passaggio pedonale. La maggior parte aveva delle targhette per indicare a chi appartenessero gli animali. Non sapeva se Logan Tyler allevasse solo tori o anche altro bestiame.

«Non sei mai venuto qui, Lucas, quindi permettimi di mostrarti un po' il posto.» Continuarono a camminare mentre Logan indicava le varie stalle. «Qui è dove tengo i miei cavalli. Allevo puledri da sgroppo per i rodeo e tori per il circuito professionale del bull riding. Mio figlio è addetto ai cavalli per la maggior parte dei rodei, io invece mi occupo dei tori.»

«Wow.» Lucas era impressionato da tutta la struttura. La sistemazione delle stalle era notevole e Lucas pensò che gli affari sarebbero andati presto molto bene per Logan.

«È una grande attività di cui sono molto orgoglioso, anche se spero che alcuni dei miei tori mi facciano entrare nel livello professionista al più presto. Al momento stiamo lavorando solo in alcune delle sedi minori del circuito. Sai, i semi-professionisti, per così dire.»

«Sì, signore.»

«Avete mai partecipato ai rodei con i cavalli?»

«Sì, li abbiamo fatti,» rispose Rusty. «Siamo stati entrambi riders giovani alle superiori, sia su cavalli sia su tori.»

«Allora rimarrete colpiti dalla nostra arena. Rusty, tu l'hai già vista da vicino e di persona, ma Lucas no.» Il signor Taylor fece strada verso la passerella che portava all'esterno, nell'arena recintata.

Lucas fischiò piano. La recinzione era massiccia, con delle staccionate che correvano tutto intorno. Aveva anche delle gradinate per gli spettatori su due lati, così che avrebbe potuto ospitare una gara di equitazione o un rodeo junior, proprio lì nella sua proprietà. «Bello.»

«Vorrei chiedere un favore a tutti e due, se posso. So che siete entrambi riders attivi nel circuito professionale, ma, come sapete, ho qui un gruppo di giovani e potenziali riders a cui potrebbe essere utile ricevere alcune indicazioni dai professionisti. Oggi non ci sono, ma sarei molto onorato se voi due poteste trovare il tempo di venire qui un giorno e aiutarli. Sono stato un rider di rodeo per tutta la vita, ma i tori non sono la mia specialità. Li allevo, sì, ma montarli, no. Sarebbe fantastico se potessero avere alcune indicazioni da voi che siete dei veri professionisti.»

«Ne sarei onorato,» rispose Rusty. «Dopotutto, ci stai facendo un enorme favore lasciandoci esercitare con i tuoi tori.»

Logan diede un calcio a una zolla di terra sotto il suo stivale. «Ammetto che c'è un ulteriore motivo, se vi consento di montarli. Spero che mi possiate aiutare, raccomandandomi come fornitore per il prossimo anno, almeno per alcune delle gare.»

«Se i tuoi tori sono buoni come dici, sarei più che felice di raccomandarti,» rispose Lucas, togliendo un po' dell'attenzione da Rusty. Non che il suo amico non se la meritasse, ma anche lui era un rider, e uno dannatamente buono. Rusty guardò verso di lui, e si limitò a sorridere.

«Fantastico. Rusty?»

«Anch'io sarei felice di raccomandarti. So che i tuoi tori hanno il potenziale per essere una sfida per i riders del circuito.»

«Perfetto. Lasciate che i miei ragazzi ne preparino alcuni nelle chutes, laggiù. Avete portato le vostre bull ropes, vero?»

«Non usciamo mai di casa senza.» Lucas fece un passo verso il punto in cui si trovavano le chutes e si guardò intorno. La sistemazione era dannatamente vicina a quella che approntavano nel circuito durante la sosta delle gare. Dei grandi cancelli di ferro circondavano l'intera scena e un paio di chutes erano allestite lì vicino, in modo da convogliare i tori per una gara. Sembrava un impianto di prim'ordine e non vedeva l'ora di provarlo. «Hai un paio di ragazzi che radunino i tori?»

«Sì. Prendete le vostre corde, intanto, sistematele e vestitevi, nel frattempo porteremo due dei nostri migliori tori nelle chute e vedremo quello che saprete fare.»

Lucas sorrise e diede una pacca sulla spalla di Rusty. «Andiamo a prendere la nostra roba.» Mentre si dirigevano verso il pick-up, vide Rusty aggrottare la fronte. «Come va?» gli chiese.

«Sono in uno stato d'animo veramente di merda, direi. Spero di riuscire a montare come si deve, perché ho bisogno di mandare via parte di questa rabbia, altrimenti mi farò venire un'ulcera o qualcosa del genere.»

«Andrà tutto bene, Rusty.»

«Spero che il signor Tyler abbia più di due tori per noi. Non vorrei stancarli troppo e non mi basterà montare un paio di volte.»

«So quello che vuoi dire, ma sono sicuro che ci può soddisfare, soprattutto se vuole che approviamo i suoi animali per il circuito.»

«Questa è un'altra cosa. Sei sicuro che ti vada bene?»

«Perché no? Se sono buoni tori, non vedo perché dovrebbe essere un problema.» Lucas aprì lo sportello del pick-up, afferrò la sua corda e quella di Rusty prima di chiuderlo di nuovo. «Anche se penso che nel circuito non ci ascolteranno davvero, giusto?»

«Io non voglio dargli speranza, se non c'è la possibilità di essergli d'aiuto.»

«Vediamo come vanno le prove. Poi ci preoccuperemo se raccomandarlo o meno.»

Rusty annuì mentre tornavano verso la stalla.

Lucas pensò che per loro sarebbe stato un buon affare sia che avessero approvato i tori, sia se avessero fatto pubblicità al maneggio, in quanto avrebbero potuto ricavarne una sponsorizzazione a loro nome. Di certo non gli sarebbe dispiaciuto se fosse successo, e Rusty avesse ottenuto un altro sponsor a cui non importava del loro orientamento sessuale. Avrebbe potuto dire al signor Coleman di ficcarsi le sue condizioni su per il culo.

Capitolo 10

Rusty montò sulla schiena del toro non appena Lucas avvolse la corda intorno al ventre dell'animale, tirandola fino a legarla stretta intorno alla vita del toro. Dopo che ebbe assicurato la mano alla corda, si spostò in modo da centrarsi sul dorso dell'animale e annuì rapidamente allo spotman perché aprisse il cancello.

Il tempo si fermò mentre il toro scartava verso sinistra, saltava verso l'alto e poi girava a destra, con le zampe posteriori che scalciavano a ogni torsione del corpo o cambiamento di posizione. Rusty si aggrappò con la mano destra tenendo la sinistra sopra la testa. Le sue cosce gridavano per la pressione a cui erano sottoposte e la schiena gli doleva per gli strappi violenti causati dai movimenti del toro. Tutto il suo corpo bruciava a causa della forte tensione.

Non si era mai sentito più vivo come in quel momento, otto secondi di adrenalina pura. Viveva per quegli attimi, per quei pochi secondi sulla schiena di migliaia di chili di muscoli che potevano spezzare un uomo a metà.

Quando il timer suonò, si chinò, liberò la mano e si lasciò scivolare sul fianco dell'animale, prima di scattare verso la recinzione di metallo che circondava l'arena.

Lucas sollevò un pugno in aria per celebrare quella che probabilmente sarebbe stata una prova da novanta punti. «È stato fantastico, Rusty!»

«Grazie. Mi sembrava buono.»

«Come va la gamba?»

«Bene, non è nemmeno dolorante, per ora, ma mi aspetto che mi faccia male domani, quando calerà l'adrenalina.»

«È vero, amico, è proprio vero.»

«A te com'è sembrato?»

«È stata una grande prova. Eri centrato bene, in direzione delle zampe anteriori del toro, hai mantenuto l'equilibrio e il braccio era in ottima posizione, ben al di sopra la testa, lontano da ogni possibilità di tocco accidentale sul corpo del toro. Mi è sembrato grandioso.»

Rusty si spazzolò la polvere dai chaps dopo essere saltato oltre la ringhiera sul lato opposto. Si sentiva bene, addirittura in gran forma. Sarebbe stato pronto a montare, a gennaio. Adesso lo sapeva. Era tornato tutto a posto, come se niente si fosse mai interrotto.

«Wow.» Logan si fermò accanto a lui e gli diede una pacca sulla schiena. «Posso capire perché eri il campione in carica, lo scorso anno. Questa è una delle migliori prove che abbia mai visto.»

«Grazie. Mi è sembrata buona.»

«Mi ricordi Lane Frost, sai? Era uno dei migliori riders del circuito, quando è stato ucciso in arena. Ho avuto modo di vederlo una volta, quando ero un adolescente. Faceva sembrare tutto così facile, proprio come fai tu.»

«Apprezzo il sostegno, Logan.» Poi guardò Lucas. «Sei pronto per il tuo turno?»

«Diavolo, sì. Non vado su un toro da settimane e ne sento la mancanza.»

Rusty scosse la testa e rise mentre aiutava Lucas a posizionare la corda.

Quando l'amico si fu sistemato, con la corda a posto, Rusty lo osservò dal bordo dell'arena: Lucas fece un cenno e il cancello si spalancò.

Il toro non era così attivo come quello di Rusty, ma era un buon toro, uno che sarebbe di certo andato bene per il circuito professionale, se fossero riusciti a introdurre gli animali della Double L.

Gli balenò in mente un'idea. E se fosse diventato lui uno sponsor dei tori da sgroppo della Double L, mentre la Double L diveniva uno dei suoi sponsor? Logan ci sarebbe stato? Non ne era sicuro, ma sembrava cosa vantaggiosa per entrambi.

L'idea era buona, ma per il momento ne avrebbe discusso solo con Lucas, per capire cosa ne pensasse. Dal momento che erano entrambi riders del circuito, avrebbero potuto mettere una pulce nell'orecchio al capo dei contractors per far entrare nel giro i tori del ranch di Logan. C'era però di base un conflitto di interessi che riguardava sia lui che Lucas: se fosse capitato di dover montare uno dei tori di Logan, e i giudici avessero scoperto che lui era uno degli sponsor di quei tori, avrebbero potuto squalificarlo. Lui e Lucas avrebbero dovuto assicurarsi doppiamente che nessuno degli animali della Double L fosse in competizione, quando avessero disputato le loro gare. *Hmm. È una cosa su cui devo riflettere seriamente, prima di parlarne con Logan.*

Dopo otto secondi il timer suonò e Lucas balzò giù dalla parte posteriore del toro in modo pulito e senza intoppi, prima di correre verso la ringhiera. Non appena saltò oltre la staccionata, atterrando in piedi dall'altra parte, sorrise come un gatto che aveva mangiato il canarino.

«È stato perfetto, Lucas. Di sicuro una manche da ottantotto punti, se non di più.»

«Il toro non ha sgroppato tanto quanto il tuo. Quello che avevi tu era uno che filava forte e mi avrebbe dato un punteggio migliore, ma questo lo sentivo bene sotto la mano. Mi ha fatto sembrare che fosse facile ottenere un buon punteggio.»

«Prenderai il punteggio che meriti.»

Logan apparve vicino al lato della chute con un grande sorriso sul viso. «Siete stati entrambi fantastici. Posso di certo capire perché siate tra i migliori riders del circuito.»

L'eccitazione aveva lasciato delle striature rosse sul viso di Lucas. Il suo respiro era veloce e Rusty poteva vedere il battito cardiaco nella vena sul collo. «Ne hai altri su cui possiamo montare?»

«Sì, certo. Mi piacerebbe che voi due valutaste tutti i tori che ho attualmente in lista per la posizione di fornitore. Mi aiutereste enormemente se li montaste, in modo da poter vedere se ciò che fanno va bene e cosa potrei fare perché guadagnino punti.»

Rusty annuì in comprensione. «Certo, Logan. Ci piacerebbe e questo aiuta molto anche noi. Abbiamo rallentato un po' durante questa pausa e, con i tour che partono di nuovo tra una settimana, abbiamo bisogno di tornare in forma.»

«Bene. Prepariamone altri due nella chute.» Logan si mosse verso sinistra per parlare con i suoi ragazzi e Rusty e Lucas prepararono le loro corde.

«Sei sicuro di stare bene? Non vorrei che ti facessi male prima ancora dell'inizio della stagione.»

«Sto bene, Lucas. Mi sento veramente a posto e sono pronto a montare.»

«D'accordo. Ero preoccupato, tutto qui.»

«Lo so e lo apprezzo, ma starò bene. Ho bisogno di tutto questo.»

Annuendo, Lucas mise una mano sulla spalla di Rusty e la strinse un po', per fargli capire che gli importava di lui, senza però dare troppo nell'occhio, visto che c'era Logan lì intorno. Avrebbero festeggiato meglio una volta finito, ma per ora dovevano tenere un basso profilo.

Per il resto del pomeriggio, Lucas e Rusty montarono ogni toro che Logan riuscì a portare alla loro attenzione. Su alcuni resistettero otto secondi, su altri no, ma quando ebbero finito si resero conto di che pomeriggio fantastico fosse stato. Rusty non l'avrebbe dimenticato tanto presto. «Logan, non hai idea di quanto apprezziamo che tu ci abbia lasciato montare i tuoi tori.»

«Mi avete fatto un favore più grande di quello che ho fatto a voi. Questi tori avevano bisogno di allenamento e mi ha aiutato moltissimo vedere dei professionisti montarli. Ora ho capito su cosa devo lavorare per prepararli. Apprezzo che abbiate passato tutto questo tempo qui.»

«È stato un piacere.»

«Posso invitarvi a rimanere a cena? Mia moglie fa un polpettone squisito.»

«Se non fosse troppo disturbo, ci farebbe piacere.»

«Nessun disturbo. Ne fa sempre un po' troppo in ogni caso, quindi due bocche in più non sarebbero un problema, ma solo un piacere, per lei, credetemi.»

Logan li accompagnò lungo il corridoio che attraversava il grande fienile, verso l'ingresso principale, chiacchierando e ridendo. I suoi ragazzi avevano sistemato i tori, li avevano nutriti e abbeverati, e ogni animale ruminava felice nella propria stalla, mentre i tre uomini tornavano verso le grandi porte che davano sull'esterno. Quando le raggiunsero, Logan spense le luci prima di voltarsi verso la casa in lontananza.

Mentre si avvicinavano all'edificio, la moglie di Logan uscì sul portico. Indossava un bel vestito floreale coperto in parte da un grembiule legato intorno alla vita, portava i capelli raccolti in un piccolo chignon stretto nella parte posteriore della testa e li accolse con un sorriso sul volto. «Spero che vi unirete a noi per cena.»

«Ne saremmo molto felici, signora Tyler.»

«Vi prego, chiamatemi Marie. Quando qualcuno mi chiama signora Tyler mi viene in mente la mia matrigna.»

«Sarà un piacere, signora.»

La seguirono in casa e Rusty rimase colpito dall'atmosfera familiare che la signora Logan aveva utilizzato per arredare la loro casa. Un grande divano in pelle si trovava a sinistra, e di fronte c'era un bel tavolo di legno. Due poltrone in pelle erano sistemate dall'altra parte della stanza e tutte le sedute fronteggiavano un grande televisore a parete. Dei tappeti indiani con motivo a formelle coprivano il pavimento in legno che, da quello che Rusty poteva vedere, era di uno splendido noce.

«Da questa parte, signori. Il tavolo da pranzo ha un sacco di spazio per tutti. Devo solo prendere un altro paio di piatti e bicchieri dalla credenza.»

Quando girò l'angolo, Rusty si trovò in soggezione a causa del grande tavolo con diverse sedie su ogni lato, che occupava la maggior parte della stanza. Era ovvio che ai Tyler piacesse intrattenere gli ospiti, oppure avevano un sacco di familiari da nutrire. «Wow. Che bella tavola.»

«Apparteneva al nonno di Logan. Possedeva un grande ranch nel Texas e aveva questo tavolo nel dormitorio degli aiutanti, che mangiavano lì. Noi abbiamo una grande famiglia, quindi per noi è stata una cosa fantastica poterla mettere nella nostra casa. Facciamo sempre grandi riunioni.» Fece loro cenno che prendessero posto a sedere ad un'estremità. «Voi ragazzi prendete posto dove volete. Vi servirò io.»

«Posso fare qualcosa per aiutarla?» chiese Rusty, ricordando le riunioni a casa, quando sua mamma doveva dare da mangiare a tutti gli ospiti contemporaneamente. Era un lavoro di routine per lui, a dir poco.

«Sei un invitato, siediti.»

«Sì, signora.»

Presero tutti posto sulle sedie poste a una delle estremità del tavolo e aspettarono in silenzio fino a quando Marie tornò per apparecchiare la tavola e servire a tutti una birra.

«Sono sicura che voi ragazzi avete bisogno di qualcosa di fresco da bere, visto che avete montato tutto il giorno. Godetevi la vostra birra mentre porto il cibo in tavola.»

Rusty portò la bottiglia alle labbra, godendo il sorso di liquido maltato che gli scendeva fresco giù per la gola. Sospirò quando gli arrivò nello stomaco vuoto. *Accidenti, ci voleva.* Guardò Lucas che si stava godendo la sua birra. Una se la potevano anche godere, ma nessuno dei due avrebbe dovuto berne di più, prima di andarsene, visto che avevano un po' di strada da fare per tornare a casa.

Marie tornò qualche minuto più tardi con dei piatti colmi di polpettone, purè di patate, pannocchie, e panini per tutti. «Mangiate. Siete ragazzi in crescita. Avete bisogno di forza per contrastare quei tori.»

Il cibo aveva un sapore fantastico. Il polpettone era perfetto, con un aroma affumicato che le sue papille gustative apprezzarono enormemente, le patate erano ottime, cremose e con la giusta quantità di sugo, e le pannocchie dovevano essere state colte dall'orto che aveva visto sul retro della casa. «È squisito, Marie. Sei una cuoca eccellente.»

«Beh, grazie, Rusty. Ho fatto un po' di pratica nel corso degli ultimi trent'anni, da quando Logan e io ci siamo sposati e abbiamo cresciuto i nostri figli.» La donna bevve un sorso di vino. «Tu hai una grande famiglia?»

«Sì, signora. Ho un fratello gemello e altri tre fratelli più piccoli.»

«Molto bene. Mi piacciono le grandi famiglie. E tu, Lucas?»

«Solo un fratello e una sorella.»

«Anche tre non è un brutto numero. Logan e io abbiamo sei figli. La maggior parte di loro vive da sola, adesso, ma il più giovane ci aiuta qui con i cavalli.»

«Credo di aver incontrato tua figlia, la prima volta che sono venuto, e Logan mi ha accennato al fatto che tuo figlio alleva cavalli da rodeo.»

«Sì, infatti. Spero che si sistemerà con qualcuno, molto presto.» Guardò Logan e poi di nuovo Rusty. «È gay, e questo gli rende ancora più difficile trovare la persona con cui è destinato a stare.»

Rusty si strozzò con un sorso di birra.

«Per alcune persone, questo non fa una grande differenza, ma altre non sono così indulgenti con chi è diverso.»

«È vero.» Rusty prese un altro boccone di cibo. Sapere che

il figlio più giovane di Logan era gay fece deviare i suoi pensieri. Evidentemente a loro andava bene e sostenevano il figlio nel suo stile di vita. *Che differenza tra Logan e Marie e la reazione di mio padre alle mie novità.*

«Dal momento che tu e Lucas potreste contribuire a promuovere la Double L Bucking Bulls nel circuito, ho pensato che avrei dovuto parlarvi di Aiden.»

«Va tutto bene, Logan. Non abbiamo alcun problema con questa cosa.»

Logan sospirò di sollievo. «Grazie. Significa molto per me sapere che voi due non date di matto perché mio figlio è gay. Sua madre e io lo sosteniamo totalmente. Per noi, è e sarà sempre nostro figlio, a prescindere da chi sceglie di innamorarsi.»

«Lucas e io abbiamo amici gay nel circuito, e sono impegnati in una relazione seria. La cosa non ci disturba affatto.»

«È un sollievo saperlo.»

Durante il resto della cena la conversazione si fece vivace e riguardò i tori che Logan voleva cercare di inserire nel circuito e su ciò che Lucas e Rusty avrebbero potuto fare per dargli una mano. Man mano che la discussione andava avanti, Rusty si rese conto che il loro futuro avrebbe avuto molto a che fare con il Double L, e anche per molto tempo.

Quando più tardi lui e Lucas si diressero verso casa, considerò tra sé come affrontare l'argomento con l'amico senza farlo sentire escluso da tutto il suo corso di pensieri.

«Sei molto tranquillo.»

«Sto pensando.»

«A cosa?»

«A oggi pomeriggio.»

«E?»

«Cosa ne diresti di entrare in affari con Logan?»

«In che modo?»

«Pensavo alla parte della sua impresa che riguarda i tori. Sto pensando che potremmo essere dei partner silenti, investendo nel programma di allevamento che ha già in corso, e aiutandolo a ottenere un contratto con il circuito professionale, così da portare i suoi tori alle gare.»

«Lo sai che essere coinvolti in tutto questo potrebbe causare un conflitto di interessi?»

«Lo so. Non ho idea di cosa pensi riguardo alla tua carriera e come vedi il tuo futuro, in questo momento, ma io sto considerando la questione a lungo termine. Non saremo in grado di montare tori per sempre. La maggior parte dei riders va in pensione a trentacinque anni o anche meno.»

«Già, ma lo sai il perché. La maggior parte di loro è distrutta da cadute, fratture e lesioni che gli impediscono di continuare.»

«È vero, ma non ti piacerebbe avere qualcosa su cui ripiegare, quando sarà il momento? Sarebbe bello continuare a far parte del circuito anche dopo che smetteremo di montare.»

Lucas si accarezzò il mento pensieroso, prima di rispondere: «Capisco cosa intendi e sono pienamente d'accordo con te. Una cosa, però: dovremmo parlare con i commissari del circuito per sapere cosa pensano di un nostro eventuale coinvolgimento nell'attività di Logan e come questo potrebbe influenzare la nostra partecipazione alle gare.»

«I tori di Logan non saranno pronti per il circuito per un altro paio d'anni, se quello che ho visto oggi era di qualche indicazione. Sgroppano bene, ma sono ancora un po' giovani.»

«Concordo.»

«Bene, allora possiamo parlare con Logan domani per vedere cosa ne pensa di quest'idea.»

«Per me va bene.»

Quando arrivò al cancello di casa, Rusty si chiese come sarebbe andato il resto della serata. Avrebbe voluto che

Lucas rimanesse da lui, quella sera, ma non ci sperava troppo. Sapeva che l'amico avrebbe avuto una lezione, il mattino dopo, e quando insegnava di solito non si fermava a dormire. Quella sera, il suo letto sarebbe stato freddo e solitario.

Le luci della casa erano come un faro che dava loro il benvenuto, fino a quando non si avvicinarono abbastanza da rendersi conto che era successo un disastro mentre erano via.

I vetri delle finestre anteriori erano rotti, la porta divelta dei cardini e nel cortile sembrava che qualcuno avesse sgommato con una quattro ruote scavando nel terreno e strappando l'erba. «Che cazzo è successo?»

«Porca puttana!»

Rusty parcheggiò in fretta, spense il motore e saltò fuori. «Oh mio Dio. Chi farebbe mai una cosa del genere?»

La scritta "frocio" era a caratteri cubitali rossi e prendeva tutta la porta.

«Cazzo, lo uccido!»

«Chi pensi che sia stato?»

«Russell, chi altri? È abbastanza stronzo da fare una cosa simile, pensando di essere un grand'uomo e di farmi del male.» Rusty si lasciò cadere sui gradini. «Perché mi odia così tanto, Lucas? Sono suo fratello, il suo gemello.»

«Lo so, Rusty, ma probabilmente ha paura, in questo momento; ha il terrore che qualcuno scopra di te e che questo si rifletta su di lui. Lui non è gay e non riesce a capire come puoi esserlo tu, visto che avete condiviso lo stesso utero.»

«Noi non siamo uguali, però.»

«No, non lo siete e, credimi, sono in grado di vedere tutte le differenze tra voi, nella personalità e in tutto il resto. È sempre stato un po' un coglione, anche al liceo.»

«Sì, mi ricordo che se la prendeva con le persone più piccole di lui. È sempre stato un po' un bullo.»

«Esatto, e adesso se la sta prendendo con te.»

Rusty si alzò e salì sulla veranda, in modo da poter vedere il danno all'interno della casa.

Quando entrò, non fu sorpreso di vedere i mobili rovesciati, le lampade rotte, e le foto di famiglia che teneva sulla mensola del camino distrutte. Se Russell aveva combinato tutto quello, l'aveva di certo inteso come un modo per fargli del male.

Lucas afferrò una scopa dalla cucina e cominciò a raccogliere i vetri rotti.

Nick entrò slittando attraverso la porta d'ingresso, con lo shock dipinto sul viso. «Cos'è successo qua? Sembra che sia esplosa una bomba.»

«Qualcuno è entrato mentre io e Lucas eravamo fuori, ha distrutto e rotto tutto quello che ha potuto.»

«Avete idea di chi possa essere?»

«Rusty pensa che sia stato Russell.»

«Perché proprio lui?»

«Perché oggi mio padre e il resto della mia famiglia hanno scoperto che sono gay.»

«Gliel'hai detto?»

«Sì.»

«È per questo che anche la tua faccia è massacrata?»

Rusty annuì. «Per gentile concessione di mio padre.»

«Porca merda.»

«Puoi prendere delle tavole di compensato dalla stalla, Nick, e aiutarmi a inchiodarlo alle finestre? Domani andrò in città a prendere dei vetri nuovi.»

«Avrai anche bisogno di una porta nuova. Questa è stata strappata via dai cardini.»

«Lo so. La maggior parte sono danni minori, però.»

«Cos'hai intenzione di fare per questa faccenda? Non puoi lasciar correre e farti intimidire in questo modo, Rusty. È una stronzata.» La ferocia sul volto di Nick lo sorprese.

Sapeva che Nick era fedele a lui come dipendente, ma averlo dalla sua parte in un brutto momento era una cosa diversa. Naturalmente, siccome anche Nick era omosessuale, il motivo avrebbe potuto essere quello. Forse lo sentiva come un marchio anche su se stesso e su Lucas.

«Non ho intenzione di lasciar perdere, Nick. Domani affronterò mio fratello, dopo che avrò avuto la possibilità di calmarmi.»

«Bene.» Nick fece un passo indietro verso la porta. «Vado a prendere il compensato.»

«Grazie.»

Lucas continuò a spazzare i detriti sul pavimento facendone un mucchio per poi raccoglierlo con la paletta che aveva trovato in cucina. Rusty raccolse le fotografie da terra, mettendole di nuovo sulla mensola del caminetto, al loro posto, anche se il vetro era rotto.

I volti sorridenti dei suoi genitori lo fissavano da una foto; in un'altra, lui e Russell da ragazzi tenevano ciascuno una canna da pesca in una mano, mentre una grande trota pendeva dalla lenza. Erano stati così vicini, un tempo, ma ora sembrava tutto così lontano.

Suo padre lo odiava. Suo fratello lo odiava. Sua madre era combattuta per la spaccatura che si andava ormai allargando sempre di più tra loro. Chissà come si sentivano i suoi fratelli minori. Aveva bisogno di parlare con i ragazzi, e presto.

Tutto a causa della persona con cui aveva scelto di fare sesso.

Quando guardò dall'altra parte della stanza, dove Lucas continuava a sistemare i mobili, si rese conto che non aveva importanza quello che sarebbe accaduto: Lucas sarebbe stato al suo fianco, almeno come amico.

Poteva convincere il suo amante che avrebbero potuto costruirsi un futuro assieme, come una famiglia?

L'amore avrebbe potuto vincere, alla fine, solo se fosse stato attento a giocare bene le sue carte.

Calma e sangue freddo.

Capitolo 11

New York, nel mese di gennaio, era un bel posto, con alti cumuli di neve a lato delle strade, ma a Rusty non importava. Per fortuna, sarebbero stati lì solo per pochi giorni.

Lui e Lucas erano già stati nella Grande Mela, ma il rumore, le luci e la folla sembravano sempre schiaccianti per uno cresciuto come un ragazzo di campagna.

Il taxi si fermò di fronte all'hotel dove avrebbero alloggiato in vista delle gare di quel fine settimana, con i paparazzi già davanti all'entrata, in attesa che arrivassero i riders. Quello era il fine settimana di apertura per il circuito del bull riding professionista per la stagione 2016.

Quel Natale era stato interessante, a casa sua. Lucas aveva vissuto praticamente lì, in quei giorni, ma Rusty non era ancora stato capace di definire quello che stava succedendo tra di loro. Avevano condiviso la cena di Natale nel suo ranch, si erano scambiati piccoli doni che non avevano nulla di personale, e aveva fatto dell'ottimo sesso. Rusty non sapeva come comportarsi di fronte ai piccoli ma costanti cambiamenti nel loro rapporto. Sembrava che tutti e due prendessero le cose come venivano senza rimuginarci troppo sopra.

Suo padre e Russell non avevano detto una sola parola su di lui in tutta Albuquerque, e di quello ne era grato. Fino a quel momento, non c'erano stati altri attacchi alla sua proprietà. Quando aveva contattato la polizia a proposito degli atti di vandalismo, non c'era molto che potessero fare se non prendere la denuncia, in quanto nessuno aveva visto Russell agire. Anche se qualcuno lo avesse visto sulla proprietà di Rusty, non sarebbe risultato strano per nessuno che si trovasse lì.

Il signor Coleman li aveva sponsorizzati, ma tentava ancora di spingere Jessica verso Rusty, suggerendo che si facessero vedere insieme. Fino a quel momento, Rusty era stato in grado di evitarlo, ma con il circuito in pieno svolgimento, però, avrebbe potuto non essere così facile.

Logan Tyler aveva offerto una sponsorizzazione sia per Rusty sia per Lucas. Era più ridotta rispetto a quella che avrebbe ricevuto lui dalla Coleman Enterprises, ma Rusty si sentiva molto più a suo agio con la Double L che con l'altra società.

Per il momento, lui e Lucas avrebbero mantenuto sotto silenzio il loro sostegno al Double L. Logan non aveva ancora nessun toro nel circuito professionale, quindi il problema del conflitto d'interessi per il momento non sussisteva. Quando e se fosse arrivato il tempo di far gareggiare i suoi animali, avrebbe parlato con il commissario del circuito per chiarire la questione.

Quando la portiera della cabina si aprì, Rusty uscì tra i flash delle macchine fotografiche, i giornalisti urlanti e fan a bizzeffe. Ci dovevano essere oltre un centinaio di persone in attesa che arrivasse.

«Rusty, sei pronto per il 2016?»

«Sì, lo sono. Mi sento alla grande.»

«Come hai passato il periodo fuori dal circuito dallo scorso ottobre?»

«Ho avuto modo di lavorare su alcuni barili e ho anche montato alcuni ottimi tori emergenti. Dovete aspettarvi alcuni animali di grande talento in uscita dalla Double L Bucking Bulls.»

«Tu e Lucas Jacks siete buoni amici. Ti ha aiutato quando eri a casa in pausa?»

«Sì. Lucas e io siamo amici dai tempi del liceo. I suoi consigli sulla mia postura durante i nostri allenamenti di prova mi hanno aiutato moltissimo.»

«Ho sentito che ti sei portato a casa una succosa sponsorizzazione con la Coleman Enterprises e che ti stai vedendo con la figlia del signor Coleman, Jessica.»

«In effetti ho una nuova sponsorizzazione dalla Coleman Enterprises, sì, ma la mia vita personale non è affare di nessuno.» Rusty fece un cenno alla folla e si diresse verso la porta che conduceva all'interno dell'albergo. Il fattorino tenne fuori tutti quelli che non erano autorizzati a entrare. Lucas lo seguì. «Mi dispiace. So che probabilmente tutte quelle domande ti hanno dato parecchio fastidio.»

«Perché?»

«Non ho sentito una sola persona chiedere di te o di quello che hai fatto nel periodo di bassa stagione.»

«No, ma va bene. Sei tu l'eroe del ritorno del 2016, quindi sì, saranno tutti interessati a quello che hai fatto tu e a come ti stai preparando per questa stagione. Sei tu il ragazzo d'oro di quest'anno. Sarà una situazione difficile da affrontare.»

Camminarono attraverso l'atrio fino al check-in alla loro destra. Dopo aver dato il nome di Rusty, vennero loro consegnate le chiavi elettroniche per la stanza, afferrarono le loro borse, dove le avevano appoggiate quando si erano fermati al banco, e si diressero verso l'ascensore, dietro al bar.

Rusty guardò a sinistra, notando diversi riders che aspettavano nell'area lounge, sui divanetti in pelle. Sollevò la mano in segno di saluto e notò alcuni dei ragazzi rispondere e chiamarlo per nome. Era bello essere tornato!

Le porte dell'ascensore si aprirono all'ottavo piano in un ingresso di vetro. Quando uscirono, vennero presi alla sprovvista dalla magnificenza della struttura. Non erano mai stati in quell'albergo, prima di allora, ed era nuovo per loro. Quello era uno dei vantaggi di avere la Coleman Enterprises in qualità di sponsor.

Si diressero verso sinistra dopo aver controllato i numeri sulla parete che indicavano dove fosse la loro camera. Coleman aveva sistemato Rusty in una suite e lui aveva pensato che la cosa migliore fosse condividerla, dato che nessuno di loro due l'aveva dovuta pagare.

Dopo aver fatto scivolare la carta nella serratura della porta, Rusty l'aprì e rimase sorpreso dal lusso della stanza. «Wow. Bellissima!» Lasciò cadere la borsa sul pavimento vicino al divano e procedette a controllare il posto. Vide un bar completo sulla destra, mentre si dirigeva verso quella che sembrava essere una camera da letto. Lo spazio abitativo era più grande della sua casa. Dei divani in pelle erano sistemati davanti ad un camino a gas, tavoli neri enfatizzavano il mobilio, il tutto illuminato da ampie vetrate che si affacciavano sulle luci della città, alle loro spalle. Rusty si diresse verso la camera da letto e aprì la porta. Un enorme letto king-size occupava gran parte della stanza. Riusciva assolutamente a immaginarsi mentre scopava Lucas su quel letto.

Alla sua destra c'era un'altra porta. L'aprì e si trovò in un enorme bagno con box doccia in vetro, grande abbastanza per contenere almeno due persone, se non di più. Aveva un grande soffione centrale a pioggia e diversi altri getti d'acqua sulle pareti per offrire un ottimo massaggio durante la doccia.

Lucas gli si avvicinò alle spalle, facendogli scivolare le mani attorno alla vita. «Ci stai immaginando lì dentro?»

«Sì.»

«Bene. Anch'io.»

Lucas lo baciò sul collo, dietro l'orecchio. Era una delle sue zone sensibili e Lucas lo sapeva. Bastava un tocco per farlo diventare duro come una roccia.

Rusty si girò tra le braccia dell'amante per guardare dritto negli ardenti occhi azzurri. Il desiderio infuriava nello sguardo dell'uomo mentre osservava ogni centimetro del volto di Rusty.

«Ho bisogno di te.»

«Adesso?»

«Sì. Da matti. Voglio così tanto sprofondare nel tuo culo, e sbatterti così forte da farti slittare sul letto con ogni spinta.»

«Uhm. È interessante…»

«Bene, allora spogliati.»

Rusty gettò il cappello sul comò accanto al muro prima di slacciarsi i pantaloni. Lucas si sedette sul letto, con l'uccello duro bene in vista sotto i jeans. Rusty sentì la saliva raccogliersi nella bocca mentre si toglieva i vestiti con Lucas che lo guardava, lo sguardo concentrato sul movimento delle sue mani.

Mentre faceva scorrere molto lentamente la cerniera verso il basso, Lucas si leccò le labbra. Amava stuzzicarlo con piccoli scorci della sua pelle mentre si spogliava. Li rendeva entrambi eccitati in modo esplosivo l'uno per l'altro, quando alla fine arrivavano alla parte che riguardava il sesso vero e proprio.

Rusty spinse i jeans e i boxer lungo le gambe un centimetro alla volta, rivelando il suo cazzo eretto all'amante. Si tolse gli stivali prima di sfilarsi i denim morbidi per quanto erano usati.

Lucas si allungò per toccarlo, ma lui fece un passo indietro con un sorriso. Non gli avrebbe ancora permesso di farlo. L'aspettativa poteva essere feroce quando si era così eccitati, ma la ricompensa sarebbe stata quella di essere consumato da un incendio furioso. Il liquido preseminale brillò sulla punta del suo cazzo. Il desiderio gli ribollì nel sangue, facendolo rabbrividire in attesa di quello che sarebbe arrivato.

Quando si sfilò la maglietta da sopra la testa, si diresse verso Lucas un piccolo passo alla volta. «Vuoi questo in bocca?» chiese tenendosi l'uccello e accarezzandolo lentamente con fare provocante.

«Porco cazzo, sì.»

«In ginocchio.»

Lucas scivolò giù dal letto dove si era posizionato e si mise in ginocchio davanti a Rusty. Diamine, adorava vedere Lucas in quella posizione. «Metti le mani dietro la schiena e tienile lì. Non mi toccare con nient'altro, a parte la bocca e la lingua.» Rusty si spostò in avanti di pochi passi in modo da poter posizionare il suo cazzo sulle labbra di Lucas.

Quando Lucas lo leccò dalle palle fino alla punta, Rusty gemette piano e chiuse gli occhi. Il calore inghiottì il suo uccello quando l'amante lo prese tutto tra le labbra, fino alla base. Lucas rimase immobile, lasciando che Rusty gli scopasse la bocca, fino a quando non fu quasi sul punto di gridargli di togliere la bocca. Però non lo fece, si limitò a cavalcare le sensazioni che lo stavano bombardando. Era assolutamente favoloso avere Lucas che gli succhiava il cazzo.

Lucas lasciò uscire il membro dalla sua bocca e tracciò con la lingua le vene che correvano lungo tutta l'erezione. Poi si mosse più in basso, prendendogli le palle tra le labbra e succhiandole a turno fino a che Rusty credette che la testa gli sarebbe esplosa.

Pensò che avrebbe perso quella minuscola quantità di controllo che aveva sul suo orgasmo, quando Lucas si bagnò un dito e lo spinse a fondo fino alla nocca nel suo corpo, mentre, allo stesso tempo, gli prendeva in bocca tutto l'uccello.

Rusty cedette. Lo sperma gli risalì dalle palle, dritto nella gola di Lucas, che mugolò il suo apprezzamento. Le gambe gli tremavano mentre perdeva il controllo del suo corpo per quella frazione di secondo che durava la soddisfazione in arrivo sempre dopo un buon orgasmo. Divenne oltremodo sensibile e ritirò l'uccello che si andava ammorbidendo dalla bocca di Lucas, che si sedette di nuovo con un sorriso compiaciuto sul viso.

«Adoro quando mi vieni in bocca.»

«Lo vedo. È stato fantastico.»

«Uhm, sì, lo è stato, ma ora sono così duro che mi fa persino male.» Lucas si alzò in piedi e cominciò a togliersi i vestiti con rapidità. «Sto per saccheggiarti il culo, Rusty.»

«Bene. Ho bisogno che mi scopi forte.»

Rusty si posizionò sul bordo del letto, i piedi divaricati e il sedere per aria. Quando il liquido fresco del lubrificante colpì il suo ano, sobbalzò, per poi concentrarsi di nuovo sulle sensazioni che sapeva stavano per arrivare. Avere Lucas come amante lo faceva sentire amato e accettato, anche se non avevano dichiarato alcun sentimento profondo l'uno per l'altro, ma lui sapeva che era solo una questione di tempo, prima che quel discorso venisse fuori.

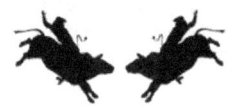

Lucas posizionò l'uccello sull'ano di Rusty, spingendolo dentro il suo amante. L'ingresso scivoloso lo avvolse di calore umido, portando il suo desiderio alle stelle. «Sei fottutamente fantastico.»

«Spingi più forte.»

«No, voglio che duri.»

«Possiamo scopare di nuovo più tardi. Fallo.»

Lucas si spinse dentro del tutto finché non toccò con le palle le natiche di Rusty. Quando si tirò fuori lentamente, dovette imporsi di smorzare il suo orgasmo imminente, prima di perdere il controllo. Non era ancora pronto a venire. Voleva far durare quell'amplesso per più di pochi minuti.

«Scopami più forte, Lucas.»

No, non sarebbe riuscito a trattenersi molto a lungo. Spinta dopo spinta guidò il suo uccello in profondità, dentro quel canale setoso e scivoloso che stringeva la sua erezione. Il desiderio gli artigliò le viscere mentre le palle gli si contrassero contro l'inguine, in preparazione dell'orgasmo. «Non riesco a trattenermi.»

«Vienimi nel culo, Lucas. Spingimi dentro quel cazzo.»

Lucas aumentò il ritmo delle spinte, scopandolo con ferocia, e facendo del suo meglio perché anche Rusty ne godesse.

Quando l'orgasmo lo colpì, tutto il suo mondo si restrinse alle sensazioni che stava sperimentando nell'inguine. «Oh cazzo!» Continuò a spingere fino a quando non si sentì più le gambe e crollò sulla schiena dell'amante. I respiri gli uscirono in ansimi frementi, il cuore gli martellava nel petto, e le gambe gli tremavano per la fatica, mentre aspettava che il suo corpo tornasse alla normalità.

Rusty giaceva come un mucchietto informe sotto di lui, così si spostò di lato, stendendosi, e si coprì gli occhi con un braccio. «Stai bene?»

«Sì. È stato fantastico.»

«Non hai goduto, però.»

«No, ma è stato comunque eccezionale. Sono venuto così forte prima, che sapevo che non sarei stato in grado di riuscirci di nuovo. Ho assolutamente apprezzato la scopata, però.»

«Rusty?»

«Sì?»

«Penso che mi sto innamorando di te.» *Che cazzo sto dicendo? Porca puttana!*

«Tu cosa?»

«No, niente, lascia stare. Non importa.»

«Non puoi uscirtene con una cosa del genere e poi dire non importa, Lucas.»

«È stato il sesso a parlare. Non significava nulla.»

Rusty si chinò su di lui e con uno schiaffo gli spostò il braccio lontano dal suo viso. «Dimmelo in faccia.»

Lucas distolse lo sguardo, poiché non era in grado di sostenere quello di Rusty. In cuor suo sapeva che quella era la verità. Rusty avrebbe mai potuto contraccambiarlo? Potevano costruire la loro vita insieme oppure rimanere in disaccordo, circa la loro sessualità, per il resto della loro esistenza? Avevano opinioni troppo distanti per ciò che riguardava il fatto di essere dichiarati e orgogliosi o di nascondere i loro sentimenti dietro a porte chiuse. Avrebbero mai raggiunto un accordo su come poter vivere insieme?

Lucas sospirò mentre si girava verso Rusty. Era arrivato ad amarlo come un uomo dovrebbe amare qualcuno con cui voleva trascorrere il resto della sua vita. Nel corso degli ultimi mesi, il loro rapporto si era trasformato in una sorta di routine domestica, e a lui piaceva. Aveva trascorso più tempo a casa di Rusty di quanto non ne avesse passato a casa sua, durante la pausa dalle gare, e ora che il circuito era ricominciato ne avrebbero passato assieme ancora di più, condividendo la stanza e viaggiando insieme.

Quando guardò negli occhi verdi di Rusty, poté scorgere qualcosa a cui non aveva voluto dare un nome, nelle ultime settimane. Ora sapeva cosa fosse: era l'amore che lo fissava.

«Credo di starmi innamorando di te, Rusty, e penso che tu provi lo stesso per me, ma ho bisogno di sentirtelo dire, perché questa follia che sento non può più essere ignorata.»

Rusty rise, si mise a cavalcioni dei fianchi di Lucas e si sedette su di lui. «Tu, stupido stronzo!»

«Non capisco.»

«Sono innamorato di te da tanto di quel tempo che non ricordo un periodo in cui non lo sono stato. Sapevo che non eri pronto a considerare un rapporto con me, così me ne sono rimasto tranquillo ad aspettare, ma ora che so che anche tu provi lo stesso per me, possiamo iniziare ad andare avanti e costruire una vita insieme.»

«Accidenti, Rusty, rallenta.» Spinse la spalla del suo ragazzo e lo fece sloggiare dalla sua pancia. «Abbiamo bisogno di considerare il tutto. Non possiamo imbarcarci in una cosa del genere senza parlarne.»

«Cosa c'è da parlare, Lucas? Io ti amo, tu mi ami. Puoi trasferirti a casa mia quando torniamo.»

«Rallenta, cazzone.»

«Perché? Hai ancora dei problemi con il fatto che la gente sappia che siamo gay?»

«Sì. Cosa accadrà alla tua sponsorizzazione di Coleman? Non possiamo ignorare la quantità di denaro che ti sta dando.» Agitò una mano, indicando la stanza in cui si trovavano. «Guarda questa camera. Non saremmo mai in grado di permetterci questo genere di cose con quello che guadagniamo con le gare.»

Rusty si alzò dal letto e si avvicinò al mucchio di vestiti che aveva lasciato sul pavimento. Afferrò i jeans, li infilò senza biancheria intima, e li abbottonò. *Grazie a Dio. Era abbastanza difficile pensare chiaramente con quell'uccello che sfregava sul mio.*

«Capisco quello che vuoi dire, Lucas, e so che un rapporto tra di noi non sarà facile, ma non è neanche giusto mantenerlo segreto.» Rusty sedette sulla poltrona dall'altra parte della stanza. «Non voglio che rimaniamo un segreto. Voglio gridarlo al mondo.»

«Capisco, Rusty, davvero.» Si mise a sedere e si allungò per recuperare i suoi vestiti. Parlare andava bene, essere nudo mentre lo si faceva, no. «Sono contento che abbiamo dichiarato i nostri sentimenti e ora stiamo insieme, preoccupandoci l'uno dell'altro in questo modo, ma abbiamo anche delle carriere a cui pensare. Tu e io sappiamo che Coleman non sarà felice della pubblicità. A Logan Tyler non importerà, non credo. A tuo padre non piace l'idea e nemmeno a Russell, quindi hai anche loro con cui vedertela. I miei genitori non lo sanno, almeno non ancora, ma posso già dirti che non ci daranno alcun supporto.»

Rusty infilò le dita tra i capelli, la frustrazione era evidente nei suoi movimenti. Lucas non voleva far altro che attirarlo in un abbraccio, tuffarsi sotto le coperte e far l'amore con lui tutta la notte. Solo che non potevano. Dovevano comparire in pubblico.

Guardò l'orologio sul comodino. Erano già le diciassette e trenta e avevano a malapena il tempo per mangiare qualcosa, prima di doversi recare nell'atrio e presenziare alla conferenza stampa per i riders.

Sapeva che avrebbero partecipato anche Levi e Curt, e sarebbe stato interessante vedere come i media avrebbero reagito nei confronti loro e del loro rapporto. Lucas sapeva che alcuni riders del circuito erano gay, ma di certo non erano la maggioranza e non erano granché tollerati.

«Andiamo a prendere qualcosa da mangiare, sto morendo di fame dopo quella scopata. Poi possiamo prepararci per la conferenza.»

«Va bene.» Rusty si alzò in piedi e si diresse verso la porta.

«Vado a prendere la borsa del cambio e la valigia.»

Lucas afferrò un bicchiere d'acqua dal bagno mentre aspettava che Rusty portasse le loro sacche in camera da letto. Ce n'erano due nella suite, ma sapeva che avrebbero utilizzato un solo letto.

Quando Rusty tornò, Lucas prese la sua valigia dalla mano dell'amante, si chinò per baciarlo sulla bocca e poi si diresse verso il letto per aprire la borsa.

«Per cos'era, quello?» chiese Rusty.

«Perché ti amo.»

Rusty sorrise. «Ti amo anch'io.»

«Risolveremo le cose, Rusty. Non preoccuparti.»

«So che lo faremo. Andrà tutto bene.»

Dio, lo spero.

Due ore più tardi, si trovarono circondati da altri riders, mentre aspettavano in sala stampa che iniziasse l'incontro. Lucas vide Levi e Curt parlare in un angolo. Se non l'avesse saputo, non avrebbe mai immaginato che fossero amanti e che si stessero costruendo una vita insieme. Non si toccavano eccessivamente, non si baciavano in pubblico e in realtà non sembravano nemmeno troppo affettuosi l'uno con l'altro. Curt si avvicinò a Levi per dirgli qualcosa all'orecchio. Non era una cosa che potesse apparire evidente a chiunque, notò, ma Curt sembrò indugiare un po' di più, rispetto a chi non aveva intimità con l'altra persona. Se non aveva visto male, Curt aveva sfiorato con le labbra l'orecchio di Levi, prima di tirarsi indietro.

Il commissario del circuito aveva girovagato per la stanza per l'ultima ora, parlando con i riders e lavorandosi la folla. In quel momento si fermò nella parte anteriore della stanza e si rivolse ai presenti in generale, mentre cercava di radunare i bull riders, per far prendere loro posizione. «Va bene, signori. Stiamo per far entrare la stampa. C'è un tavolo nella parte anteriore della sala così che possiate sedervi tutti lì mentre vi intervisteranno e perché possiate firmare gli autografi per i fan che saranno ammessi dopo che la stampa avrà terminato. Se vi venisse rivolta una domanda con la quale non vi sentiste a vostro agio, siete pregati di essere cordiali in ogni caso. Sapete come sono i giornalisti, a loro piace scavare nella vita personale.»

Lucas fece segno a Rusty, indicandogli che avrebbero dovuto prendere posto a sedere, e questi gli rispose con un cenno del mento, prima di portarsi verso la parte anteriore della sala. Il nome di ogni rider era indicato in un segnaposto sul tavolo. Lucas notò che il nome di Rusty era davanti e al centro, accanto a quello di Levi, mentre il suo era a sinistra, verso la fine della fila. Non rimase sorpreso per la disposizione dei posti a sedere, visto che Levi era il campione del mondo in carica e Rusty il ragazzo che tornava alla ribalta per quell'anno.

Dopo che tutti i riders ebbero preso posto, gli organizzatori aprirono le porte e la stampa sciamò nella sala come un'onda che avanzava per spingersi il più avanti possibile. Il vociare divenne assordante, non appena i giornalisti cominciarono a gridare le domande, cercando di prendere il sopravvento sul collega accanto a loro.

Uno degli organizzatori rimase in piedi davanti a tutti per tenere a bada quel caos. «Miss Perez, la sua domanda?»

«Rusty, come ti senti? Sei pronto a strappare il titolo a Levi, quest'anno?»

«Ci può scommettere. Non mi sono mai sentito meglio, anche se Levi sarà un concorrente difficile da battere perché vorrà di certo vincere di nuovo il campionato del mondo, ne sono sicuro.»

«Hai ragione, Rusty,» commentò Levi, dandogli una pacca sulla spalla. «Ho davvero in mente di replicare la mia corsa per il titolo.»

«Signor Johnson, la sua domanda?»

«Rusty, sei uscito con una frattura piuttosto brutta, l'anno scorso. Sei completamente guarito?»

«Sì, signore. I medici mi hanno dato il via libera e ho avuto la possibilità di montare alcuni ottimi tori, durante la pausa.»

«Signor Marting, la sua domanda?»

«Levi, come ci si sente ad essere un bull rider gay in un ambiente molto macho e pieno di testosterone? Ti prendi mai del tempo da solo con Curt, in modo da poter avere dei momenti per voi stessi?»

Il viso di Levi divenne rosso mentre si alzava dietro il tavolo. «La mia vita personale non è affare di nessuno. Non sbandiero il fatto di essere gay né che ho una relazione con un altro bull rider, inoltre, non ostentiamo la nostra storia con i nostri colleghi, quindi le sarei grato se evitasse questo tipo di domande, in questa sede.» Si sedette di nuovo.

«Curt?» Quel tipo non avrebbe mollato l'osso.

«Sono d'accordo con Levi. Non sono affari di nessuno quello che facciamo nel nostro tempo libero, per cui questa domanda è accademica. Possiamo andare avanti?»

Lucas rimase stupito di come i due ragazzi si fossero mantenuti freddi e controllati e di come avessero gestito quella domanda personale, posta da qualcuno che non aveva alcun titolo per sapere nulla di quello che facevano al di fuori delle gare. Voleva davvero mettersi a sedere con loro due e parlare a quattrocchi. Erano molto chiari e onesti, riguardo al loro stile di vita, e su come non dovesse fare un accidenti di differenza per nessuno, la persona con cui stavano.

Con le mani ora rilassate sul tavolo, Lucas ascoltò il resto delle domande che volavano nella sala, fiducioso che lui e Rusty avrebbero potuto senz'altro lavorare sulla loro situazione e ottenere la felicità che anche lui voleva con tutta l'anima.

Capitolo 12

Le luci dell'arena erano state spente e solo i riflettori erano rimasti accesi. I riders circondavano la pista, in attesa che la musica iniziasse. Ognuno di loro sarebbe stato presentato mentre percorreva la passerella di legno, per fermarsi poi al centro dell'arena con i riflettori puntati addosso per un breve attimo. Era il loro momento di gloria.

Quando fu il suo turno, Rusty si incamminò sulla passerella, si fermò al centro e si tolse il cappello. La folla andò in delirio con applausi, fischi e battimani. Sorrise, era bello essere tornato.

Mentre scendeva dall'altra parte, riprese di nuovo il suo posto nella zona al di fuori dell'arena e aspettò che Levi si godesse il suo momento di fama. Rusty aveva sfilato come penultimo e poi era stato presentato Levi come Campione del Mondo in carica.

Le luci si spensero di nuovo mentre tutti loro si dirigevano dietro le chutes per prepararsi a montare.

Rusty andò nello spogliatoio per prendere la sua corda e la pece greca. Lucas era già lì che raccattava la sua roba. «Ehi.»

«Ciao.»

«Sei pronto?»

«Sono pronto da mesi. È dura non montare tori durante le pause. Mi viene l'orticaria.»

«So cosa vuoi dire. Prova ad avere una gamba rotta e a stare fuori per mesi.»

«Mi dispiace, Rusty. So che è stata dura per te, ma non vedo l'ora di vedere come andrai stasera. La gamba ti dà qualche fastidio?»

«No. Me la sento bene. Farò un po' di stretching mentre aspettiamo le gare degli altri.»

«Vuoi assistermi con la corda?» domandò Lucas.

«Ma certo. Non c'è bisogno di chiederlo.»

«Beh, ho pensato che fosse la cosa più carina da fare.» Lucas sorrise mentre dava una pacca sulla spalla a Rusty e poi gli si avvicinò. «Non voglio dare niente per scontato, solo perché prima hai lasciato che seppellissi l'uccello nel tuo culo.»

«Non dirlo a voce troppo alta. Il signor Coleman potrebbe essere in giro.» Rusty si guardò alle spalle. «Si parla del diavolo.»

«Ehi, Rusty. Lucas. Siete pronti?» Coleman si fermò di fianco a Rusty.

«Sì, signore.»

L'uomo toccò lo stemma sul giubbotto di Rusty. «Sta proprio bene su di te.»

«Grazie. Farò del mio meglio per renderla orgoglioso.»

«Lo spero.» Coleman abbassò la voce e si avvicinò. «Ascolta, Rusty. Spero che non ti dispiaccia, ma ho bisogno che tu porti fuori Jessica, stasera dopo la gara. Sai, in un bar o qualcosa del genere. Che vi vedano insieme.» Diede una manata sulla schiena di Rusty, sorrise e poi girò sui tacchi dirigendosi alla porta. «Montate bene, ragazzi!»

«Beh, cazzo!» esplose Lucas.

«In qualche modo, penso che tutta questa sponsorizzazione con Coleman ci si rivolterà contro e non credo che sarà un'esperienza piacevole.»

Lucas annuì con aria solenne mentre entrambi camminavano lentamente verso l'arena, per prepararsi per il primo giro.

Tutto ciò che Rusty voleva fare era montare i tori. Quando quella cosa era diventata così maledettamente complicata?

Arrivato il suo turno, Rusty afferrò la corda e salì sulla piattaforma dietro alla chute numero tre. Consegnò la corda a Lucas che aiutò gli spotter ad avvolgerla alla parte inferiore del toro, mentre lui saliva oltre la recinzione per mettersi a cavalcioni del corpulento animale.

Quel particolare toro tendeva a girare verso destra, cioè dalla parte della sua mano di guida. Sperò di essere in grado di ottenere un buon punteggio, se fosse riuscito a rimanere su per otto secondi. Il toro, circa settecento chili di muscoli, aveva un ampio palco di corna che sbatteva con furia contro la chute di metallo, per far sapere a tutti che non era felice di essere lì. Si chiamava Mischief Maker ed era all'altezza del suo nome, da quel che sapeva Rusty circa le sue gare dell'anno passato. La quantità di volte che aveva disarcionato un rider lo eleggeva tra i migliori.

Rusty si sistemò sulla schiena del toro, con le cosce aperte, gli speroni verso il basso, il corpo teso, ed espirò lentamente. Conosceva la procedura, non era il suo primo rodeo, ma il flusso di adrenalina nella sua testa lo destabilizzò per un attimo.

Quando gli spotter ebbero avvolto la corda attorno al toro passando l'estremità a Rusty che se la girò sulla mano, si sentì pronto. Per lui, tutto sarebbe dipeso da quel giro. Sarebbe stato in grado di rimanere su? Poteva ottenere un buon punteggio, abbastanza per finire nella parte alta della classifica?

Rusty alzò gli occhi e intercettò lo sguardo di Lucas su di sé. Il suo amore. Il suo amico. Il suo tutto.

Lucas sorrise e con le labbra mimò *puoi farcela*.

La trepidazione gli fece venire i crampi alla pancia. Era giunto il momento, era il suo turno per il coraggio e la gloria.

Con un cenno da parte sua, la porta si spalancò e il mondo girò sul suo asse. Il toro si comportò esattamente come Rusty aveva immaginato: scartò dalla parte della mano di guida, il che gli rese molto più facile rimanergli in groppa, ma non era preparato quando il toro abbassò di colpo la parte anteriore del corpo, scartò a sinistra e ruotò il corpo in un giro quasi completo.

La presa sulla corda si strinse in maniera quasi dolorosa, le gambe urlarono, la testa scattò all'indietro e si sentì scivolare di lato. Merda!

Colpì il terreno con un tonfo impressionante. Non riusciva a muoversi. Gli doleva anche solo respirare.

Un silenzio attonito si addensò attorno a lui.

Alzò la testa, la scosse, e poi strisciò per parecchi metri nella polvere, nel tentativo di evitare il toro.

Quando respirare divenne più facile, si mise in piedi. La folla esplose in un ruggito.

Rusty guardò il punteggio, certo di non aver completato gli otto secondi.

Ottantanove punto zero.

Sospirò a fondo mentre ricontrollava il tabellone per assicurarsi di non averlo immaginato. *No.* Quando gli speaker proiettarono la classifica, il suo nome era al secondo posto.

Scosse la testa per allontanare il ronzio nelle orecchie e si diresse verso il cancello dei riders.

Doc Milburn lo incrociò mentre lo attraversava e si dirigeva verso lo spogliatoio. «Tutto bene, Rusty?»

«Sì. Mi sento solo un po' intontito, tutto qui.»

«Come va la gamba?»

«La sento bene, anche se credo di aver stretto troppo. È un po' dolorante, in questo momento.»

«Se vuoi che ti dia un'occhiata, lo farò.»

«Nah. Penso che sia a posto. Ho solo bisogno di un altro paio di giri sulla schiena di un toro e poi sarò come nuovo.»

Rusty sapeva che il medico gli avrebbe creduto, ma questi rispose: «Va bene.»

Incontrò Levi alla fine della fila di chutes di metallo che trattenevano i tori ancora da montare. «Sei stato grande, Rusty.»

«Grazie, amico.» Ruotò la spalla e si piegò sulle gambe un paio di volte. «Sono ancora un po' rigido ed ero sicuro di non aver completato gli otto secondi, in quel giro.»

«Li hai fatti, a malapena, ma li hai fatti.» Levi gli diede una pacca sulla schiena.

Rusty si guardò intorno per assicurarsi che nessuno fosse abbastanza vicino per sentire. «Levi, posso parlare con te da solo per qualche minuto? Possiamo farlo dopo che abbiamo finito qui o quando vuoi. Non voglio deconcentrarti.»

«Certo, Rusty.»

«Grazie.» Rusty annuì e si avviò lungo il tunnel, verso lo spogliatoio, per riporre la sua roba. Tunnel non era una descrizione appropriata, in quanto in realtà consisteva solo in qualche metro di parete rocciosa, ma in quella zona il suono echeggiava come quando si parlava in una grotta. L'unico punto delle gradinate da cui si poteva guardare in quell'area erano i posti a sedere degli sponsor e anche quelli avevano una visuale molto limitata. Si doveva essere seduti nel posto giusto.

Ci sarebbe voluto un po' prima di dover tornare in pista, così pensò che sarebbe andato a pisciare, mettere giù la corda e fare stretching per tenere i muscoli caldi. In più doveva andare là fuori per Lucas.

C.B. Parker lo incrociò all'ingresso dello spogliatoio, le mani sui fianchi e un bagliore negli occhi. «Rusty.»

«Sì?»

«Bel giro.»

«Grazie.» Rusty cercò di aggirarlo, ma l'altro bloccò l'ingresso. «Posso aiutarti?»

«Beh, forse. Ho sentito delle voci.»

«Delle voci?»

«Sì. Tu e Lucas siete amanti?»

«Non sono affari tuoi.»

«Hai appena risposto alla mia domanda.»

«Senti, amico. Lucas e io siamo amici. Lo siamo da molto tempo. Diamine, siamo cresciuti nella stessa città, abbiamo fatto i rodei juniores e tutte quelle cose che si fanno crescendo.»

«Non intendo impicciarmi, Rusty, ma sai come sono i ragazzi del circuito.»

«Lo so. Non fate altro che vantarvi di continuo di tutte le vostre conquiste, a ogni settimana di gara. Io non sono quel tipo di persona. Con chi faccio sesso è una cosa che riguarda me e basta.»

«Mi va bene in ogni caso, Rusty. Anche se io non sono gay, non mi importa se ci sono ragazzi del circuito che lo sono.» C.B. gli posò la mano sulla spalla per un momento. «Fai attenzione, però. Ce ne sono alcuni a cui piacerebbe rovinarti.» Lasciò cadere la mano e fece un cenno con il mento. «Vedo che hai un nuovo sponsor.»

«Sì. La Coleman Enterprises mi ha contattato durante la pausa.»

«È un buono sponsor.»

«Sì, lo è, ma ci sono delle condizioni per la mia sponsorizzazione con loro che non mi piacciono.»

«Alcuni di questi sponsor se la tirano un po' troppo, se capisci cosa voglio dire. Ne ho avuto uno che era così pressante che non potevo fare un cazzo senza che loro lo venissero a sapere.»

Rusty annuì, concordando. Dal momento in cui era partita la sponsorizzazione, era stato a più conferenze stampa, feste, eventi e di fronte a una telecamera, di quanto non avesse fatto da quando aveva iniziato a gareggiare. Il che la diceva lunga, visto che i bull riders facevano incontri e apparizioni per tutto il paese, una volta finito di gareggiare.

Una rapida occhiata verso la zona in cui sedevano gli sponsor gli rivelò che il signor Coleman e Jessica erano seduti fianco a fianco, nei pressi della prima fila. Sembrava che ciascuno dei due avesse un qualche tipo di bevanda in mano mentre chiacchieravano. Il signor Coleman guardò dalla parte di Rusty, ma lui sapeva che non poteva davvero vederlo nel punto in cui si trovava, dietro a tutti i cancelli e le chutes.

Doveva prestare molta attenzione a tutto quello che faceva e a come si comportava. Tutta quella faccenda era una gran rottura di palle.

«Ehi, ci vediamo dopo, devo prepararmi per il mio giro.»

«Grazie, C.B., apprezzo il tuo supporto.»

«Nessun problema, amico.» C.B. si toccò il cappello prima di aggirare Rusty e scendere lungo il tunnel verso le chutes.

Mentre Rusty si dirigeva verso l'angolo in cui aveva appoggiato la borsa, i pensieri tornarono di nuovo alla gara e al suo futuro. Non era andata benissimo, ma aveva portato a termine il suo compito. Adesso però, aveva bisogno di capire come montare meglio, se aveva intenzione di partecipare all'evento di campionato in ottobre. In quel momento lo spogliatoio era vuoto, dato che si stavano preparando tutti per il loro turno. Lui aveva montato per primo nel girone iniziale e mancava ancora un po' per il turno di Lucas, così aveva del tempo a disposizione.

Mise una mano nella sacca per cercare una bottiglia d'acqua e qualcosa si scricchiolò sotto le sue dita, mentre rovistava all'interno. Incuriosito, lo tirò fuori e vide una busta con il suo nome scarabocchiato sul davanti. *Che diavolo?* La girò prima di far scivolare l'indice sotto il lembo per aprirla. La scrittura non gli era familiare, per cui si chiese chi gliel'avesse scritta, visto che non aveva lasciato in giro la borsa incustodita, a parte i pochi momenti della gara.

Rusty,

non volevo darti questa notizia perché so che ti stavi preparando

per l'inizio della stagione.

Ho lasciato tuo padre e inoltrerò le carte per il divorzio tra un paio di mesi.

Sarà dura per i tuoi fratelli più piccoli, lo so, ma dopo il suo arrivo a

Casa, quella mattina, quando gli hai detto che eri gay, e dopo aver visto quello

che ti aveva fatto, non potevo stare più con lui. Non è l'uomo di cui mi sono

innamorata tanti anni fa, se ha potuto fare una cosa simile al suo stesso figlio.

La fattoria andrà bene. Può tenerla tuo padre. Ho un piccolo appartamento in

città, per ora, e lascerò che i tuoi fratelli decidano se vogliono vivere con me o

con lui. Ha davvero bisogno di aiuto al ranch.

Non voglio che questa cosa ti rovini la giornata, quindi sappi solo che ti voglio bene *e sarò dalla tua parte, con il cuore.*

Ti voglio bene e saluta Lucas per me. Penso che voi due siate carini insieme.

Con amore, mamma.

Wow. Non riusciva a credere che sua madre avesse lasciato suo padre a causa della sua dichiarazione. Sapeva che non era d'accordo con l'atteggiamento del marito, sull'intera faccenda, ma non avrebbe mai voluto che il loro matrimonio andasse a rotoli a causa della sua sessualità.

Rusty ripiegò la lettera e la rimise nella busta prima di riporla di nuovo nella borsa. La notizia era stata un completo shock. Non avrebbe mai pensato che i suoi genitori potessero separarsi o divorziare. Erano sempre stati la sua roccia, il suo esempio di una relazione d'amore. Adesso l'illusione era andata in frantumi e quello gli fece rivalutare il proprio pensiero.

«Ehi, Rusty?»

«Sì?»

«Vieni fuori ad aiutare Lucas? È tra due turni.»

«Sì, arrivo subito.» Spedì la sacca nell'angolo con un calcio, afferrò la bottiglia d'acqua e si rimise in piedi. Il suo mondo era appena stato scosso dalle fondamenta e ora aveva un sacco di cose su cui ragionare. Avrebbe dovuto fare qualche ricerca sulle leggi che regolavano le relazioni omosessuali nel New Mexico, prima di dire qualcosa a Lucas. Dopotutto, voleva sposarsi, avere dei figli, e formare una famiglia che fosse durata per il resto della sua vita. Ora non aveva più la certezza del "per sempre". E se per qualche motivo si fossero lasciati? Cosa avrebbe dovuto fare in quel caso? «Accidenti. Non ho davvero tempo per questa cosa, adesso.»

Si passò le dita tra i capelli e si risistemò il cappello in testa, prima di uscire dallo spogliatoio. Poteva farsi di nuovo male se non teneva la mente concentrata sulle gare in corso. L'ultima cosa di cui aveva bisogno era un altro infortunio.

Quando arrivò alle chutes, guardò a sinistra per vedere verso quale Lucas si stesse dirigendo e poi lo seguì. Molti degli altri riders stavano sfregando la pece greca sulle loro corde per aiutare la presa con la mano guantata e altri stavano facendo stretching per riscaldarsi. Ognuno di loro si fermò un attimo per salutarlo, mentre passava. I riders del circuito erano un gruppo molto unito, almeno per la maggior parte del tempo, e si aiutavano e incoraggiavano a vicenda, prima delle gare. Era una cosa che gli piaceva veramente molto dei suoi colleghi.

Rusty salì sulla piattaforma posteriore collegata alla chute in cui Lucas si stava preparando per salire sul toro.

«Pensavo di averti perso.»

«No, sono andato negli spogliatoi per un minuto.»

«Mi farai da assistente?»

«Certo.»

Lucas si calò sulla schiena del toro mentre uno dei ragazzi assicurava la sua corda, prima che lui la avvolgesse attorno alla mano guantata nel modo standard che usavano i riders. C'era anche un altro modo per legare la corda alla mano e si chiamava nodo da suicidio, ma solo pochi avevano il coraggio o la stupidità di utilizzarlo.

Rusty si mise in posizione, vicino alla spalla di Lucas, con la mano sul giubbotto di sicurezza, pronto a tirarlo fuori se il toro fosse diventato troppo turbolento. L'animale fece un piccolo salto, sbattendo le corna sulla ringhiera di metallo, e il clangore riverberò attraverso le suole degli stivali di Rusty.

Quell'animale era una buona scelta per Lucas, Rusty lo sapeva, perché aveva la reputazione di essere molto attivo, ma sgroppava e si girava verso l'esterno rispetto alla mano guida. Finché Lucas fosse rimasto concentrato e in equilibrio, avrebbe potuto fare un buon turno.

Un attimo dopo, il toro si imbizzarrì e si drizzò sulle zampe posteriori, buttando quasi Lucas all'indietro nella chute. Rusty lo afferrò per il giubbotto e lo tirò su e fuori portata.

«Grazie.»

«Nessun problema,» rispose, cercando di tenere sotto controllo il suo cuore galoppante.

I riders conoscevano tutti i rischi che correvano, ma facevano anche del loro meglio per limitarli.

Rusty sapeva bene che se non avesse tirato Lucas per il giubbotto, tutto il suo mondo sarebbe potuto cambiare in un istante. Lucas avrebbe potuto rimanere schiacciato sotto il peso dell'animale, il suo corpo contorto in una qualche forma grottesca che nessuno avrebbe riconosciuto. Gli si sarebbe potuta spezzare la schiena, lasciandolo completamente paralizzato per il resto della vita.

Sì, cose come quelle potevano accadere ogni giorno, ma non erano per niente facili da accettare, tanto più se si trattava di qualcuno che si amava.

Lucas alzò lo sguardo, incatenandolo a quello di Rusty per un attimo. Sorrise e gli fece l'occhiolino, poi tornò a concentrarsi su quello che lo aspettava. Annuì un attimo prima che la porta si spalancasse e la gara iniziò.

Il toro si torse verso sinistra, poi verso destra, scalciando con le zampe posteriori in una sgroppata quasi verticale, che catapultò Lucas dal dorso dell'animale diritto nella polvere. Il suo tempo fu di due secondi punto sette.

La folla gemette mentre Lucas si dirigeva verso la chute dei riders. Uno dei bull fighters afferrò la sua corda da terra e gliela porse con una pacca sulla spalla. Avrebbe avuto solo un'altra possibilità per completare gli otto secondi, o sarebbe finito fuori dalla fase finale.

Rusty saltò giù dalla sua postazione, in modo da poter incontrare Lucas al cancello.

«Vaffanculo!» Lucas gettò la bull rope a terra. «Figlio di puttana!»

«Calmati.»

«No, non mi calmo, Rusty. Questo è stato il turno più merdoso che abbia mai fatto. Quello era un toro normale. Avrei dovuto essere in grado di sbrigarmela senza nessun problema.»

«E invece cos'è successo?»

«Ha girato a sinistra, il mio corpo è andato a destra. Ho perso l'equilibrio e invece di correggere la postura, sono scivolato dal suo fianco, dritto in mezzo alla polvere.» Lucas si tolse il guanto e lo gettò sulla pila di roba che si stava togliendo e che stava crescendo rapidamente.

«Ti rifarai al prossimo giro.»

«Avrei dovuto farcela in questo! Avrei dovuto fare un giro da novanta punti, invece ho fatto un casino e ora sono in fondo alla classifica, e devo solo sperare di farcela ad arrivare alla finale di questa settimana.»

Rusty si rese conto che era meglio tenere la bocca chiusa e lasciare che Lucas si sfogasse, ma non poteva lasciare le cose così. Voleva aiutare il suo amico. «Prendi la tua roba e vieni con me.»

Lucas sembrò dubbioso, ma lo seguì con la sua attrezzatura in mano.

Dopo che ebbe scaricato tutto nello spogliatoio accanto all'attrezzatura dell'amico, i due si diressero fuori dal tunnel, lungo le altre aree che portavano alla parte non utilizzata dell'arena. Rusty non pensava con chiarezza, in quel momento. Tutto quello che sapeva era che aveva bisogno di aiutare il suo amante a mantenere la concentrazione, in modo da poter superare il prossimo turno.

Quando raggiunsero la porta che conduceva a una serie isolata di bagni, quasi a metà strada dall'altra parte dell'arena, rispetto a dov'erano i riders, Rusty spinse Lucas oltre la porta, lo sbatté contro il muro e lo baciò con tutta la passione e il desiderio che si sentiva in corpo.

Lucas riprese finalmente il controllo di sé e spinse Rusty all'indietro.

Lui cadde in ginocchio davanti all'amante, gli tolse i chaps di pelle, aprì la fibbia della cintura e iniziò a mettere mano al bottone sulla vita dei pantaloni.

«Che diavolo stai facendo? Potrebbero beccarci.» L'uccello

di Lucas rispose, arrivando in pochi istanti a un'erezione completa dura come una roccia.

«Nessuno usa questi bagni. I riders sono sull'altro lato dell'arena. Nessuno sa che siamo qui, e immagino che un buon orgasmo ti aiuterà a concentrarti.» Rusty gli prese la cappella fra le labbra e succhiò forte. Sentiva Lucas indurirsi secondo dopo secondo, mentre si lavorava il suo cazzo con la bocca. Farlo venire con un pompino, proprio lì, dove avrebbero potuto essere trovati in qualsiasi momento, gli diede un piccolo brivido. Stava cominciando a pensare che potessero piacergli alcune perversioni sessuali, che avrebbe avuto modo di sperimentarle con il suo amante.

«Cazzo, sì.» Lucas gemette, addossandosi al muro dietro di lui, e poi seppellì le mani nei capelli di Rusty, facendogli cadere il cappello.

Il ritmo costante con cui Rusty lo succhiava lo avrebbe portato a raggiungere l'orgasmo in fretta. Rusty strinse tra le mani le palle di Lucas, facendole roteare tra le dita mentre continuava a far scorrere la lingua attorno alla cappella di Lucas. Dopo un momento, rilasciò l'uccello prima di passare la lingua di piatto su e giù per tutta la lunghezza.

Il respiro di Lucas venne fuori in rapidi ansimi e i suoi fianchi presero a scattare in avanti con movimenti veloci. Anche se stavano insieme solo da qualche mese, Rusty conosceva quelle reazioni e sapeva che Lucas era vicino a esplodere.

Quando si bagnò un dito con la saliva, spingendolo poi tra le natiche, forzando i muscoli, Lucas gli si riversò in gola, mugolando il suo nome.

Rusty ripulì con la lingua l'uccello del suo amante con leccate lente e languide, fino a quando non si ammorbidì.

«Interessante spettacolo, signori, ve lo concedo, non ho mai visto niente di così sexy in vita mia. Posso unirmi a voi?»

Capitolo 13

Lucas aprì gli occhi quando Rusty si voltò. Ferma sulla porta del bagno c'era Jessica Coleman.

Figlia di puttana.

«Jessica.» Rusty si alzò in piedi. «Posso spiegarti.»

Jessica sollevò la mano mentre camminava verso di loro. «Non ce n'è bisogno, Rusty. Sapevo che eri gay fin da quando ti ho incontrato, qualche anno fa. Ho pensato che fosse un po' strano che mio padre insistesse perché ci vedessero insieme, visto che non hai alcun interesse per me.»

Lucas si tirò su i boxer e i pantaloni, chiudendoli prima di allacciare la cintura. Non sapeva come comportarsi. Coleman era lo sponsor di Rusty, non il suo, ma se a Jessica veniva in mente di far saltare la loro copertura, il suo compagno avrebbe perso un lucroso accordo di sponsorizzazione. Jessica si avvicinò a entrambi, allungò la mano e cominciò a sbottonare la camicia di Rusty. «Non ho mai visto due ragazzi fare sesso, prima. È stato davvero eccitante.»

«Jessica.»

Alzò lo sguardo verso Rusty con un ghigno sadico diffuso sul viso. «Sì?»

«Non possiamo farlo.»

«Fare che cosa, Rusty? Io non sto facendo altro che aprirti la camicia. Mi piace il tuo petto e penso che il pelo che va dai capezzoli a quello che si nasconde sotto la cerniera sia davvero sexy.» Fece scorrere un'unghia lungo il torace di Rusty, fino a raggiungere la cintura dei pantaloni.

Lucas rimase immobile nel punto in cui Rusty l'aveva spinto addosso al muro, incapace di reagire a quello che la ragazza stava suggerendo.

«Che cosa vuoi per tacere su questa cosa?» chiese Rusty, spingendo via la mano di lei dal davanti dei pantaloni.

«Voglio vedere Lucas mentre ti fotte e poi voglio che mi scopi.»

A Lucas sfuggì un rantolo. Si sarebbe davvero accontentata di quello per poi tacere? Lucas scosse la testa. Non sembrava una cosa da lei.

«No, Rusty,» intervenne Lucas alla fine, esprimendo la sua preoccupazione per il ricatto fatto al compagno. «Sai che non sarà l'unica volta che accadrà, con lei. Ti ricatterà ancora e ancora, trascinandoci entrambi all'inferno. In questo momento ci tiene per le palle, ma io dico di lasciarle spifferare tutto. Se Coleman ritirerà la sua sponsorizzazione, allora che vada così. Ne abbiamo già parlato.»

Rusty non distolse mai gli occhi da Jessica. «Lo so, Lucas. Non preoccuparti. Non ho intenzione di cedere alle sue richieste.»

«Non lo farai?» chiese lei sbigottita.

«No, perché quello che faccio nel mio tempo libero sono affari miei e il tuo vecchio può prendere questa cazzo di informazione e ficcarsela su per il culo. Non mi importa se gli andrai a dire di me e Lucas. Ci amiamo e questo è più importante di qualsiasi sponsorizzazione o ricatto che tu o tuo padre potrete mai propormi.»

«Vedremo!» La ragazza si precipitò fuori dal bagno, facendo sbattere la porta dietro di sé.

«Ne sei sicuro, Rusty?»

«Sì. Non avrei mai accettato le sue condizioni. Quell'uomo non dirigerà la mia vita e io non sono una specie di burattino in attesa della sua approvazione. Staremo bene anche senza il suo denaro.»

«Ti amo.»

«Anch'io ti amo, Lucas. Per me significhi più di qualsiasi altra cosa. Anche di una sponsorizzazione che potrebbe farmi vincere il titolo.» Rusty lo raggiunse, attirandolo in un abbraccio veloce, prima di farsi indietro e baciarlo in modo brusco. «Ora andiamo a prepararci per il prossimo turno.»

«Grazie per il pompino.»

Rusty sorrise. «Prego.»

Mentre ripercorrevano il tunnel deserto verso le chutes, dei dubbi si insinuarono nella mente di Lucas. Come avrebbero fatto ad andare avanti senza la sponsorizzazione di Coleman? Si chiese se Rusty ci avesse riflettuto bene, prima di fare qualcosa che avrebbe potuto fargli perdere l'uomo che in quel momento stava mantenendo le sue gare. Non ne era così sicuro.

Quando arrivarono di nuovo alla zona dell'arena, Lucas non fu sorpreso di vedere il signor Coleman in piedi alla fine dei cancelli metallici che guardava nella loro direzione. «Rusty, ho bisogno di parlarti.»

«Certo, signore, ma in questo momento proprio non posso. Il secondo turno sta per iniziare e io sono il primo a montare.» Rusty continuò a camminare, senza voltarsi mai indietro, e Lucas lo seguì, impressionato e orgoglioso dal comportamento del suo amante. Lui, invece, si guardò alle spalle. Il signor Coleman era rimasto nello stesso punto con la bocca spalancata. Dopo un secondo o due la chiuse di scatto, girò sui tacchi e scomparve, salendo le gradinate nella zona sponsor.

«Sei sicuro che sia stata una buona idea?»

Rusty si fermò e si voltò verso Lucas. «A questo punto non importa, Lucas. Se ha intenzione di toglierci la sponsorizzazione, lo farà, e qualsiasi cosa io gli dica non farà alcuna differenza.» Rusty gli toccò il braccio. «Prendiamo la nostra roba dallo spogliatoio e teniamoci pronti a montare.»

«Certo. Perfetto.»

Afferrarono le bull ropes, la pece greca e un altro paio di bottiglie di acqua, prima di dirigersi verso le chutes. Il secondo turno sarebbe iniziato presto e Lucas aveva bisogno di qualificarsi, o quello si sarebbe trasformato in un breve e deludente fine settimana, per lui. Era entusiasta del fatto che Rusty avesse superato la prova, ma essere caduto in quel modo lo faceva sentire un dilettante, più di quanto non gli fosse già capitato, a confronto del suo ragazzo.

Rusty aveva una buona posizione in classifica, mentre Lucas non si era qualificato in quel giro, pertanto avrebbe *dovuto* far sì che il prossimo fosse a livello di campionato.

Quando raggiunsero le chutes, Lucas bloccò Rusty con una mano sul braccio. «Perché hai detto al signor Coleman che avresti montato per primo? Sarai il penultimo, visto che sei il secondo in classifica.»

«Lo so, ma non ero pronto a discutere con lui, in quel momento, qualunque fosse l'argomento. Per quanto mi riguarda, può aspettare fino a dopo che la gara sarà finita, prima di farmi il culo nuovo.»

Lucas scosse la testa. Di certo Rusty aveva le palle, se stava per scontrarsi con il più importante sponsor del circuito. Da qualunque parte la si guardasse, avrebbe finito per perdere, ma Lucas sarebbe stato lì, a raccogliere i pezzi. Era il minimo che potesse fare, per l'uomo di cui era innamorato.

Si fermarono entrambi sul ponte superiore della piattaforma, a guardare i vari riders che affrontavano ognuno il proprio giro in quel lungo turno di monte. Qualcuno avrebbe ancora potuto scalzare Rusty e scavalcarlo in classifica, se avesse ottenuto un punteggio migliore del suo, ma Lucas non pensava che sarebbe successo. Rusty era stato bravo e adesso stava agli altri dimostrare di esserlo di più.

Alcuni dei riders che non erano riusciti a superare la prova nel primo turno, ci riuscirono nel secondo, modificando leggermente la classifica. Rusty ora era in quarta posizione, ma doveva ancora gareggiare.

Poi venne il turno di Lucas per cercare di qualificarsi.

Dopo essersi calato sulla schiena del toro, avvolse la mano con la bull rope, batté con forza sulle dita chiuse a pugno per cercare di stringere la presa un po' di più, capovolse i chaps perché non lo intralciassero e diede il segnale con un cenno rapido, per far aprire il cancello.

La polvere turbinò quando il toro caricò fuori dal cancello, scartando a sinistra e scalciando con le zampe posteriori all'infuori e in alto. Si inarcò poi con un salto da spaccare le ossa e, atterrando sulle quattro zampe, virò di nuovo verso sinistra, torcendo il corpo in quella direzione e poi verso destra, determinato a togliersi quel fastidio dalla schiena. Lucas però era altrettanto determinato a restare su. L'eternità degli otto secondi svanì con il suono del timer. Lucas afferrò la corda per liberare la mano e saltare giù, ma questa gli rimase attaccata.

Le luci dell'arena gli turbinarono davanti agli occhi, mentre il toro continuava a sgroppare, facendolo roteare come una bambola di pezza, fino a quando i bull fighters non lo liberarono.

Si issò sulle mani e sulle ginocchia, con il viso nella polvere, per quelle che sembrarono ore.

«Tutto bene, Lucas?» gli chiese Marcus toccandogli una spalla. «Riesci ad alzarti?»

«Sì. Dammi un secondo.» Lucas conosceva Marcus fin da quando frequentava il circuito. Era uno dei migliori bull fighters in circolazione e se voleva qualcuno di preparato e svelto, che gli guardasse le spalle, quello era Marcus.

Lucas si alzò in piedi e si diresse verso i cancelli su gambe tremanti. Riuscì ad alzare lo sguardo verso il tabellone e fu sorpreso di vedere un punteggio decente. Ottantacinque. Per il momento poteva bastare. Il braccio gli bruciava per essere stato strattonato, ma non pensava che si fosse slogato. Poteva ancora muovere le dita, piegare il gomito e sollevare l'arto.

Rusty si precipitò al suo fianco. «Lucas, stai bene?»

«Sì. Mi ha solo tolto il respiro e strattonato un po' il braccio.»

«Dovresti farti controllare dal dottor Milburn.»

«Sto bene, ho detto.»

«Okay, allora. Sono preoccupato, tutto qui. Ti sentiresti allo stesso modo se si trattasse di me.»

Lucas sospirò guardando il compagno. Sapeva che si sarebbe sentito allo stesso modo se Rusty fosse stato sballottato come un fantoccio di pezza. In realtà, si era già trovato in quella posizione quando, l'anno precedente, il toro aveva calpestato il suo compagno e, anche se all'epoca non era innamorato come lo era adesso, si era comunque preoccupato per quell'infortunio, più che se fosse successo a un altro rider. «Lo so. Mi dispiace. Sto bene, sono solo dolorante.»

«Così va meglio. Non mi escludere, va bene?»

«Scusa.»

«In ogni caso dovresti metterci del ghiaccio, se non altro. Ti sei qualificato per le finali, così per stasera hai finito.»

«Bene, è già qualcosa.»

«Già, riposati.»

«Hai bisogno di me, non è vero?»

«Sì, ma posso trovare qualcun altro. Tu fai riposare quella spalla.»

Lucas si avvicinò per evitare che qualcuno lo udisse. «Ti amo.»

«Lo so.» Rusty sorrise mentre si allontanava.

Non avrebbe gareggiato che di lì a qualche minuto, quindi Lucas ebbe il tempo di andare alla postazione medica a farsi dare del ghiaccio.

Quando aggirò la parte posteriore delle chutes e attraversò la porta verso il punto medico, venne fermato da Jessica.

«Voglio parlare con te, Lucas.»

«Sono un po' occupato, in questo momento. Ho bisogno di ghiaccio per la spalla.»

«Ci vorrà solo un minuto.»

«Va bene. Cosa c'è?»

«Tu e Rusty sembrate essere piuttosto intimi, se capisci cosa intendo.»

«Sì, e quindi?»

«Tu convincilo a fare una cosa a tre, tu, io e lui, e io

convincerò mio padre a non levargli la sponsorizzazione.»

«Cazzo, ma sei seria?» Lo sguardo che lei gli scoccò gli confermò che lo era. Del tutto. «Ti eccita vedere due uomini qualsiasi che fanno sesso o cosa? Voglio dire, ti rendi conto che a me e Rusty non piacciono le donne, vero?»

Lei si allungò per afferrargli l'uccello con il palmo della mano, prima di stringere abbastanza da fargli davvero male. «Sono sicura che voi due potete farvelo venire duro se vi date da fare l'uno con l'altro e poi potete scoparmi prima di farvi venire a vicenda. In ogni caso, mi piace l'idea di vedervi scopare come conigli.»

«Cosa diavolo c'è di sbagliato, in te?»

Lucas guardò oltre le spalle della ragazza e incrociò lo sguardo del padre di Jessica, che si era avvicinato a sufficienza dietro di lei per sentire tutto quello che stava dicendo.

Quando tornò a guardarla, il viso di Jessica aveva perso un po' del compiacimento che aveva sfoggiato quando l'aveva incrociato, poiché si era resa conto che non stava ottenendo da lui la reazione che voleva. «Mi piace avere nuove avventure nella mia vita sessuale. Perché pensi che mi sia fatta scopare dalla metà dei riders del circuito? Mi piacciono le sfide e mi piace il sesso. Guardare voi due, prima, è stata la cosa più sexy che abbia visto da molto tempo a questa parte e, a dire il vero, è da un po' che non mi capita una doppia penetrazione. Adesso è il momento giusto, visto che sono eccitata come non mai. E voglio voi due.»

«Jessica Ann Coleman!»

La ragazza si girò così velocemente che perse quasi l'equilibrio. «Papà?»

«Cosa c'è di sbagliato in te, signorina? Non riesco a credere a quello che ho sentito uscire dalla tua bocca.»

«Papà, non è come sembra. Ho scoperto Rusty e Lucas in uno dei bagni in fondo che facevano sesso. Beh, Rusty stava facendo un pompino a Lucas.» Si avvicinò al padre. «Papà, sono gay. Sono amanti. Non vuoi che questo genere di cose sia legato alla Coleman Enterprises, vero? Penso che dovresti proprio cancellare la sponsorizzazione di Rusty, adesso. Se la stampa scopre che è gay e ha un altro rider come amante, potrebbe rovinarci la reputazione.»

Lucas aspettò che il signor Coleman reagisse a quello che Jessica aveva rivelato. Rusty avrebbe dovuto essere lì, a gestire quella faccenda, ma si stava preparando per il suo giro. «Posso spiegarle, signor Coleman.»

«Va bene, Lucas, vai avanti.»

«Sì, Rusty e io siamo gay, e siamo amanti da alcuni mesi. Ci amiamo, signor Coleman, e non c'è niente di sbagliato in questo. Se non desidera che la Coleman Enterprises venga

277

associata a un bull rider gay, allora così sia. Rusty e io ne abbiamo discusso e va bene a entrambi se lei ritira la sua sponsorizzazione, se è quello che davvero vuole. Ma deve capire una cosa: quello che succede nella nostra camera da letto sono affari nostri e di nessun altro. Non ostentiamo noi stessi in pubblico, non ci scambiamo baci, carezze o niente del genere. Se sceglie di mantenere la sponsorizzazione di Rusty, allora può stare certo che nessuno di noi due farà nulla per infangare il nome dei Coleman. Detto questo, non ci faremo ricattare né vogliamo essere costretti a nascondere il nostro amore, nemmeno se ci venisse richiesto.» Lucas si avvicinò all'uomo. «Se ha paura della pubblicità negativa, dovrebbe guardare dentro casa sua e far pulizia di alcune delle cose che vengono dette riguardo a sua figlia. Sono sicuro che l'ha sentita, visto che si trovava molto vicino. Tutto quello che deve fare è parlare con alcuni riders e otterrà la storia completa, se la vuole.» Lucas si voltò per dirigersi verso la postazione medica, ma prima di incamminarsi si voltò di nuovo verso Coleman e concluse: «Rusty è in dirittura per il Campionato del mondo di quest'anno e penso davvero che lo vincerà. A lei potrebbe convenire, avere lui che la rappresenta.»

Lucas si tolse il cappello, si voltò di nuovo verso la tenda medica e continuò a camminare. La spalla gli pulsava, aveva mal di testa e il cuore in subbuglio. Pregò Dio che Rusty non lo odiasse per quello che aveva fatto. Erano cose che dovevano essere dette e se significava perdere la sponsorizzazione, allora doveva accadere così.

Raggiunta la tenda medica, entrò. «Hai bisogno di un po' di ghiaccio per quella spalla, Lucas?»

«Sì, dottore, grazie. Mi fa piuttosto male, in questo momento.»

«Ne sono certo. Sei fortunato che non si sia lussata.» Il dottor Milburn tastò tutto attorno all'articolazione e gli alzò il braccio un paio di volte, prima di rimetterglielo giù lungo il fianco. «Probabilmente è slogata, ma il ghiaccio e i medicinali la sistemeranno.»

«La ringrazio.»

Non appena gli venne fissata una borsa del ghiaccio sulla spalla, Lucas tornò dietro le chutes. Se era stato fortunato, non aveva mancato il giro di Rusty.

«E ora, il ragazzo che ritorna sul circuito, Rusty Arnold. Rusty ha montato il toro al primo giro con un bel punteggio. Visto che solo alcuni dei riders sono rimasti in groppa a entrambi i tori in questi lunghi turni, Rusty ha la possibilità di andare in testa alla classifica e fare di questo un gran fine settimana.»

Lucas si issò sulla piattaforma dietro le chutes in modo da poter vedere Rusty e guardare la corsa da un ottimo punto di osservazione.

Rusty si era sistemato sul dorso del toro e stava avvolgendo la corda alla mano, prima di dare l'assenso. Lucas lo vide spingersi avanti per centrarsi sull'animale.

Fece cenno di partire, il cancello si aprì di colpo e il toro impazzì. La mano di Rusty frustava l'aria avanti e indietro, stabilizzandolo in posizione, mentre l'animale sgroppava e scalciava, cercando disperatamente di togliersi l'uomo dalla schiena, ma Rusty si tenne lì. Il timer suonò indicando che gli otto secondi erano finiti.

Rusty lasciò andare la mano e saltò giù dal toro. Quando guardò il punteggio, spinse i pugni in aria per gli ottantasette punti e mezzo. Con quel giro, ora era al primo posto e in una buona posizione per portare a casa il premio del fine settimana.

Lucas si fece strada fino al cancello per aspettarlo. Aveva bisogno di dirgli quello che era successo con il signor Coleman, prima che qualcun altro lo informasse.

Non appena Rusty girò l'angolo e Lucas fece per avvicinarsi, il signor Coleman uscì dall'ombra di fronte a lui.

«Dobbiamo parlare, Rusty.» Coleman girò sui tacchi in attesa che lo seguisse.

Rusty non si accorse di lui e si avviò dietro al suo sponsorizzatore.

Lucas non sapeva se seguirli o meno, anche se sapeva di esserci già dentro fino al collo. Il minimo che potesse fare era essere là con loro, a sostegno dell'uomo più importante della sua vita. Nel momento in cui Lucas girò l'angolo, riuscì a sentire il signor Coleman.

«Rusty, so di te e Lucas Jacks.»

«Me l'ero immaginato, signor Coleman.»

«Ho anche scoperto alcune cose su mia figlia, oggi, di cui non sono affatto fiero.»

Rusty non rispose.

«Lucas, vuoi unirti a noi?» L'uomo gli indicò di farsi avanti non appena si accorse della sua presenza. «Sei parte di questo anche tu.»

«Lucas, cosa sta succedendo?»

«Jessica si è avvicinata a me quando stavo andando a prendere del ghiaccio per la spalla. Ha detto alcune cose non molto belle, e il signor Coleman l'ha sentita, ma ha anche scoperto di noi.»

«Signor Coleman, voglio che lei...»

«Rusty, ti prego, lasciami finire, prima di provare a spiegare qualcosa che ho già capito. Lucas mi ha parlato del fatto che siete gay e state insieme. Voglio che tu sappia che questa cosa mi va bene. Ho un figlio da un altro matrimonio e anche lui è gay. Me l'ha detto lo scorso Natale. È stato un po' uno shock per la famiglia, ma è qualcosa che, mi sono reso conto, non definisce l'uomo che sei. Significa solo che sei innamorato di qualcuno del tuo stesso sesso, e non che ci sia qualcosa di sbagliato in te. Quando ho parlato di negatività per questa sponsorizzazione, ero più preoccupato che ti trovassero con una prostituta o che potessi fare qualcosa che ti avrebbe messo in cattiva luce. Non avevo idea che fosse questo di cui eri preoccupato.»

«Per lei non è un problema se noi siamo gay?»

«No, figliolo, non lo è. Però vi sarei grato se non lo sbandieraste troppo in giro, ma solo perché so che alcuni degli altri riders non sono a loro agio con questo genere di cose.»

«Non sta ritirando la sua sponsorizzazione?»

«No. Spero che possiamo avere una bella, sana, redditizia relazione commerciale, Rusty. Penso che tu stia diventando il riders con cui fare i conti, quest'anno, e voglio che la Coleman Enterprises sia il tuo principale sponsor.»

Rusty tese la mano. «Grazie, signor Coleman. Sono sorpreso, ma molto contento.»

«Mi fido del fatto che voi due vi dimostrerete professionali, riguardo a questa faccenda.»

«Sì, signore. Ovviamente.»

«È il minimo che mi aspetto.» Si toccò il cappello mentre li aggirava. «Ci vediamo alla prossima sosta.»

Rusty sorrise mentre si avvicinava a Lucas. «Wow. Non mi aspettavo per niente una cosa simile.»

«Nemmeno io.»

«Abbiamo sicuramente alcune cose da festeggiare stasera. Sei pronto per una birra?» chiese Rusty mentre svoltavano verso il tunnel che portava agli spogliatoi.

«Oh sì. Me ne servirebbero un paio di belle fredde, per levarmi la polvere e la sabbia dalla bocca.»

«Anche a me. Prendiamo la nostra roba e andiamo in quella taverna che ho visto arrivando.»

«Sei sicuro di non voler trovare un gay bar?»

«Nah. Mi basta la birreria. Oltretutto, non sarai in grado di muoverti granché stasera in ogni caso, cowboy.»

«Col cavolo!»

«Vedremo più tardi, allora, ma non ci scommetto che faremo sesso, stasera.»

Dopo aver recuperato la loro roba, si avviarono verso la parte posteriore delle chutes. L'arena si stava svuotando, ora che la gara era finita, ma alcuni fan erano lì in giro per gli autografi. Tutti i riders rimanevano là per quel rituale, dato che era un ottimo modo per incontrare gli ammiratori.

Rusty e Lucas uscirono insieme, oltrepassando la linea di persone in attesa per le firme. Lucas venne fermato da una bambina bionda e carina di circa dodici anni. «Ciao.»

«Ciao.» Lei arrossì in maniera esagerata. «Puoi firmare il mio libro?»

«Certo, tesoro. A chi vuoi che intesti l'autografo?»

«Angela.»

«Un bel nome per una bella ragazza.»

Scrisse *Ad Angela. Possano tutti i tuoi sogni avverarsi. Con affetto, Lucas Jacks.* Quando le restituì il blocco, lei se lo strinse al petto e lo guardò con gli occhi da cerbiatta. Non poté farne a meno, si chinò e la baciò sulla guancia. «Sii felice, piccola. Trova un bravo ragazzo.»

Dopo un fugace sorriso verso la bimba, si voltò e continuò a muoversi. Firmò alcuni altri autografi prima di arrivare alla fine della coda e si diresse verso i taxi in attesa per le persone che uscivano dell'arena, e che avevano bisogno di un passaggio a casa dopo aver bevuto troppo. La spalla che si era ferito gli doleva da matti e lui era pronto per quella birra.

Salirono su un taxi, sbattendo le portiere una volta dentro.

«Ho parlato con Levi, prima, e gli ho detto che volevamo, o solo io, parlare con lui.»

«Ah sì?»

«Già. Voglio scoprire come fa a gestire il rapporto con Curt nell'ambiente del circuito dopo essersi dichiarati.»

«Ottimo.»

«Vuoi venirci?»

«Sì. Anche a me piacerebbe sentire come la stanno gestendo.»

«Forse, dopo che ci saremmo fatti una birra, potremmo andare in un posto tranquillo.»

«Certo.»

Arrivarono al bar un paio di minuti più tardi. Il parcheggio affollato era un'indicazione del fatto che, con molta probabilità, ci sarebbe stata un sacco di gente all'interno. Non gli importava, però. La scarica di adrenalina ci metteva un po' di tempo a scemare e una grande folla rumorosa aiutava.

Mentre entravano nel locale, vennero accolti da numerosi fan e da altri riders. Ci furono strette di mano, pacche sulla schiena e domande generiche su come andassero le cose. Molti di loro non avevano avuto la possibilità di parlare con Rusty del suo ritorno, quindi trascorsero la prima ora a chiacchierare con i vecchi amici, davanti a una birra. Lucas rimase per lo più in disparte, felice di lasciare al compagno le luci della ribalta che si meritava, dopo le prove impressionanti della giornata.

Notò Levi e Curt seduti in un separé d'angolo, con le teste vicine. Li guardò mentre sorseggiava la sua birra. Ovviamente, non avevano paura di mostrare il loro impegno l'uno per l'altro, anche in un bar come quello. Si sfioravano, si tenevano per mano, si baciarono un paio di volte e condivisero un drink. Era una bella cosa da vedere, e nessuno sembrava avere alcun problema con il fatto che dimostrassero il loro affetto in maniera plateale. Non si comportavano in modo volgare o altro, agivano semplicemente come due persone innamorate.

Lucas notò una fascetta d'oro sul dito di Curt, che ammiccava sotto le luci del locale. Interessante. Non aveva sentito parlare di alcun matrimonio tra i due, ma dal momento che sembravano indossare due identiche fedi nuziali, ce ne doveva essere stato uno, durante la bassa stagione.

Si chiese se lui e Rusty avrebbero mai potuto sposarsi agli occhi di Dio, dello Stato e di chiunque desiderasse andare al loro matrimonio. Ci pensò per un momento, e decise che sì, gli sarebbe piaciuto sposarlo, un giorno, magari dopo che la scoperta della loro relazione avesse smesso di essere il pettegolezzo della città. Avrebbe costituito un sigillo ancora più permanente del 'ti amo' che si erano già scambiati.

Rusty si avvicinò e si accostò al suo orecchio. «Sei pronto

per parlare con Levi e Curt?»

«Sei sicuro di volerli disturbare? Sembrano piuttosto rilassati e tranquilli, in questo momento.»

«È vero,» rispose Rusty, lanciando un'occhiata nella loro direzione. «Possiamo sempre aspettare fino a domani, prima di dover recarci in arena.»

«Perfetto.» Lucas appoggiò la bottiglia di birra vuota sul bancone. «Sono esausto.»

«Vuoi tornare in albergo?»

«Sì.»

«Lasciami pagare il conto e andiamo.» Rusty fece un cenno al barista per poter pagare le bevande.

Lucas si appoggiò pesantemente sullo sgabello mentre aspettava il compagno. La spalla lo stava uccidendo ed era del tutto esausto per la giornata. Quella sarebbe potuta essere solo una nottata di coccole, a letto, e si chiese se Rusty ne sarebbe rimasto dispiaciuto. Pensò a quanto sarebbe stato bello rannicchiarsi contro il suo uomo, posare il capo sulla sua spalla e addormentarsi in quel modo.

Un attimo dopo, sentì un putiferio vicino all'ingresso. Quando guardò sopra le teste degli avventori, verso le doppie porte, sperò che non fosse vero quello che stava vedendo. Jessica Coleman stava facendo una scenata all'entrata del locale. «Perfetto. Proprio perfetto, cazzo.»

«Che cosa?»

«Jessica Coleman è appena arrivata e sembra già ubriaca fradicia.»

«Sai chi è mio padre? È il più grande sponsor dei bull riders. Possiede la Coleman Enterprises e se non mi lasci entrare in questo cazzo di posto, lui verrà qui e lo chiuderà.»

«Oh, meraviglioso,» commentò Rusty in un sussurro.

Il buttafuori rimase in piedi vicino alla ragazza. «Signora, ha già bevuto troppo. Vuole che le chiami un taxi?»

«No! Voglio che uno di questi stalloni mi porti nella sua stanza e mi scopi.»

«Wow,» commentò Lucas. «È su di giri. Se suo padre la vedesse adesso, gli verrebbe un colpo.»

«Non ti sbagli.»

Jessica si liberò del buttafuori e si diresse proprio verso di loro. Lucas e Rusty provarono a girarle le spalle in modo che non li vedesse. Troppo tardi.

«Tu! Rusty Arnold.»

Rusty si voltò verso di lei quando sentì il proprio nome. «Jessica, devi tornare in camera tua e farti passare la sbronza.»

Lei rise, un suono vuoto e solitario. Puntò un dito contro Carl Whistler e gli si avvicinò. «Scommetto che molti di voi ragazzi non sanno cosa succede in privato, vero?»

«Oh, merda.» Lucas voleva afferrarla, tapparle la bocca con una mano e buttarla fuori.

«Già. Sto parlando di due dei vostri riders di fiducia che, in aggiunta, scopano.»

«Cosa stai dicendo?»

Carl si avvicinò a Jessica che continuava a blaterare. Lucas e Rusty sapevano che era un omofobo e sarebbe stato difficile farlo tacere, una volta che avesse scoperto certi segreti.

«Sì.» La ragazza si voltò di scatto. «Rusty Arnold e Lucas Jacks sono compagni di scopate. Ho visto Rusty fare a Lucas un pompino, all'arena. L'ha fatto venire e tutto il resto.»

Gli occhi di Carl si strinsero, mentre guardava oltre la spalla di lei dritto in quelli di Lucas. «È vero?»

«È ubriaca, amico. Non sa di cosa sta parlando.» A parlare fu C.B. Parker, che stava in piedi accanto a Carl da quando era iniziato tutto il casino.

«Sì che lo so. Li ho visti.»

«Sei un fottuto frocio, Jacks?»

Lucas fece un passo avanti. Ne aveva avuto abbastanza di quella merda. Quello che facevano in camera da letto erano affari loro e di nessun altro, ma il casino si stava gonfiando sempre di più e doveva stroncarlo sul nascere. «Non sono per un cazzo affari tuoi, Carl.»

«Cosa diavolo è diventato, questo circuito? Levi e Curt sono tutti appiccicati uno all'altro, là nell'angolo e adesso voi? Ho chiuso con voi finocchi del cazzo.» Carl si fece strada verso la porta e scomparve.

C.B. fece un passo avanti. «Siamo qui per rilassarci, gente. Prendete una birra e divertitevi. Lo spettacolo è finito.»

«No, non lo è! A voi ragazzi non importa se Lucas e Rusty scopano tra loro quando tutti voi non guardate?»

«Jessica, parli proprio tu che ti sei scopata la metà del circuito almeno una volta.» J.M. Moneymaker si accostò a C.B. «Lucas ha ragione. Quello che fanno nella privacy della loro camera non sono affari di nessuno.»

Lucas era scioccato. Avere il sostegno di due dei più grandi nomi del circuito professionista significava molto. Se a quei due non importava, lo stesso sarebbe stato anche per la maggior parte degli altri o, al limite, non avrebbero commentato.

La folla che si era radunata tornò a occuparsi di quello che stava facendo, prima che cominciasse il tutto, lasciando Jessica senza il pubblico per il quale era andata lì.

«Jessica, torna in camera tua,» ripeté Rusty. «Qui nessuno vuole sentire la merda che stai smerciando.»

«Ti pentirai di non aver accettato la mia offerta, Rusty. I tuoi giorni in questo circuito sono contati.» Girò sui tacchi e scomparve tra le poche persone che erano ancora in piedi, in attesa che accadesse qualcosa che avrebbe ravvivato la loro nottata.

Rusty emise un sospiro mentre si girava verso Lucas. «Andiamocene da qui.»

«Aspetta un secondo. Voglio ringraziare un paio di persone.» Lucas si fermò vicino a C.B. e J.M.. «Grazie per averci difesi.»

«Nessun problema, Lucas,» rispose J.M.. «Io non ficco il naso in quello che fate quando non sto guardando. Basta che non ci proviate con me, d'accordo, amico?» J.M. rise e gli diede una pacca sulla schiena. «Non pendo da quella parte.»

Anche C.B. annuì, prima di tornare alla sua birra e alla graziosa ragazza bruna in piedi accanto a lui.

Lucas raggiunse Rusty e poi inclinò la testa verso sinistra per indicare che era pronto ad andarsene. Rusty lo seguì fuori in modo da poter fermare un taxi.

Aveva cominciato a cadere la neve, coprendo le strade con una lucentezza bianca. Diverse impronte di passi erano visibili dove si era già accumulata, dimostrandogli che quella era una città che non dormiva mai. C'erano sempre persone che andavano e venivano, per le strade. Era una caratteristica unica di New York, che rendeva il luogo affascinante per chi arrivava da fuori.

I taxi sfrecciavano veloci e le luci delle insegne si accendevano e spegnevano. La neve scricchiolò sotto i loro stivali, quando si fermarono vicino al marciapiede per cercare di fermarne uno.

Lucas provò ad alzare il braccio, dimenticando per un attimo la sua spalla dolorante. «Merda, che male.»

«Faccio io,» disse Rusty, mettendosi sul bordo del marciapiede con la mano in alto.

Parecchi taxi sfrecciarono davanti a loro così in fretta che si chiesero come fosse possibile che nessun passante venisse investito dalle macchine in corsa.

Infine, un taxi rallentò e si fermò di fronte a loro. Parcheggiare al Gardens era un'impresa, nel migliore dei casi, ecco perché avevano preso un taxi per recarsi all'arena, e Lucas ne fu contento.

Dopo essere scivolati sul sedile e aver dato il nome dell'albergo dove alloggiavano, la portiera si chiuse di scatto e partirono alla velocità del suono. Si afferrarono ai sedili, cercando disperatamente di rimanere in posizione verticale, mentre sembrava che il taxi facesse le curve su due ruote. Lucas pensò che fosse arrivata la sua ora. Il taxista si infilò tra le fila di auto in punti in cui, secondo lui, non c'era abbastanza spazio di manovra, ma lo fece senza urtare nessuno.

Lucas non respirò fino a che non arrivarono davanti all'hotel e l'usciere sul marciapiede non spalancò loro la porta.

«Benvenuti, signori,» li salutò mentre aspettava che scendessero dalla macchina.

Rusty pagò il taxista, Lucas invece scivolò fuori e lo aspettò. Il cuore gli batteva forte e aveva le mani sudate. Montava tori da una vita, eppure il modo di guidare dei tassisti di New York gli metteva una paura del diavolo. Rise nervosamente. «Che corsa, eh?»

«In questo momento ho le palle in gola, amico. Ho pensato che stessimo per morire prima di arrivare qui.»

«Sì, anch'io.» Lucas emise una risata mesta, mentre si avvicinavano alla porta tenuta aperta dall'usciere.

«Vi auguro una buona serata, signori.»

«Grazie,» rispose Lucas mentre oltrepassavano la porta, entrando nell'atrio dell'hotel. Non aveva notato le fastose decorazioni dorate su tutto l'arredamento, fino a quel momento. Si diceva che ogni cosa fosse più maestosa a New York. Non stentava a crederlo, mentre lui e Rusty si avviavano verso l'ascensore, con l'eco dei loro passi sul pavimento di marmo. In quella città la gente si spostava frenetica in tutte le direzioni, correndo come se avesse un posto importante in cui andare. Lucas decise in quell'istante che non avrebbe mai vissuto in città. Era un ragazzo di campagna fino al midollo e non voleva vivere in nessun posto che non avesse campi aperti, bovini, cavalli, erba ondeggiante e silenzio. Cosa non avrebbe dato in quel momento, per qualche minuto di silenzio.

Mentre le porte dell'ascensore si aprivano con un fruscio, Lucas fece un passo indietro in modo che la folla di persone potesse uscire prima che lui e Rusty entrassero. Quando le porte si chiusero, furono avvolti da un po' di tranquillità. *Grazie a Dio. Non vedo l'ora di arrivare nella nostra camera e chiudere fuori il mondo con la sua negatività, le persone omofobe e lo stress.*

Rusty gli prese la mano prima di avvicinarsi e baciarlo sulla bocca.

«Il mondo scomparirà in pochi minuti e riusciremo a rilassarci.»

«Grazie.»

«Prego.»

Raggiunto il loro piano dopo pochi secondi, le porte si aprirono. Lucas uscì e percorse il corridoio a sinistra, con Rusty che lo seguiva alcuni passi dietro di lui. Voleva un drink, rilassarsi e dimenticare la follia di quella serata. La spalla gli pulsava, la testa sembrava che volesse esplodere e tutto quello a cui riusciva a pensare era passare del tempo con l'uomo di cui si era innamorato. Non voleva ragionare sul futuro, su cosa avrebbero fatto da lì in poi, o su qualsiasi altra cosa, per il momento. La vita poteva fermarsi per qualche istante e lui ne sarebbe stato contento.

Infilò la chiave elettronica nella serratura e aprì la porta della loro suite. Riuscì ad arrivare a stento al divano, si sfilò gli stivali e si lasciò cadere sui cuscini in pelle con un sospiro.

«Posso portarti una birra?»

«Sì, per favore.»

Rusty tornò un attimo dopo con una birra per ciascuno e si sedette accanto a Lucas.

«Come va la spalla?»

«Male. Dovrei metterci dell'altro ghiaccio, prima di andare a letto.»

«Probabilmente dovresti, sì.»

Lucas appoggiò la testa sul divano e poi la girò per guardare Rusty. «Perché alla gente importa se amiamo una persona del nostro stesso sesso?»

«Non lo so, Lucas. Questa cosa mi ha sconcertato per tanto

tempo. La gente sta diventando più tollerante, ma penso che ci vorrà molto prima che tutti lo accettino.»

«Sei sicuro di voler sfidare la normalità per stare con me?»

«Certo che sì. Io ti amo.»

Lucas sospirò, mentre tornava a girarsi, fissando il soffitto della stanza. Sembrava tutto così difficile. Cercare di convincere la gente ad accettarli per quello che erano, piuttosto che per chi amavano, sembrava un compito arduo. Uno che non era così sicuro di poter affrontare.

«Mi ami?» chiese Rusty, toccando il volto di Lucas.

«Sì, certo.»

«Allora non importa quello che pensano gli altri.»

«Ma importa, Rusty.»

«Perché?»

«Perché ho capito che ora non voglio più nascondere chi sono o chi amo. Voglio essere in grado di baciarti in pubblico, di abbracciarti quando ne ho voglia. In questo momento, queste cose mettono a disagio gli altri.»

«È un problema loro, non nostro.»

«Non sono sicuro di essere abbastanza forte da combattere i pregiudizi per il resto della mia vita.»

«Cosa vuoi dire?»

«Credo che tu abbia bisogno di trovare qualcun altro da amare, Rusty, qualcuno che può stare accanto a te e infischiarsene della normalità. Il mondo odia i gay.»

Rusty gli si mise a cavalcioni sui fianchi e lo fissò dritto in faccia. «Non me ne frega un cazzo di ciò che è normale. Ti amo, e non ti lascerò andare via perché hai paura.»

«Ma cosa succederà dopo? Che cosa succederebbe se ci sposassimo, vivessimo nella tua casa e mettessimo su famiglia? I nostri bambini sarebbero derisi e ostracizzati perché avrebbero due papà.»

«Allora gli insegneremo a essere tolleranti nei confronti di chi è diverso da quello che sono loro. Li ameremo tra alti e bassi. Saremo la famiglia che tutti vorrebbero avere. Finché ci amiamo, non importa quello che pensano gli altri. Tutti i bambini che avremo insieme saranno benedetti da genitori che li amano.»

«Non lo so, Rusty.»

Rusty si allontanò da lui e si sedette sul divano. «Devi fare quello che senti giusto per te, Lucas. Se il tuo amore per me non è abbastanza forte da sopportare i problemi che si presenteranno nel corso del tempo, allora mi dispiace. Ti amo con tutto il cuore, ma non posso amare per tutti e due. Devi decidere cosa è importante per te. Se io lo sono abbastanza, tanto da voltare le spalle al modo di pensare

convenzionale, allora possiamo costruire una vita insieme.»
Dopo essersi alzato in piedi, Rusty si chinò, baciò Lucas
sulla bocca, e poi si diresse verso la porta della camera.
«Pensaci un po' su. Quando sarai pronto ad amarmi come
merito, allora vieni a cercarmi.»

Capitolo 14

Rusty chiuse dietro di sé la porta della camera da letto. Sapeva di dover essere deciso, con Lucas, ma il cuore gli faceva male e il petto gli doleva per il dolore che stava provando. Amava Lucas con tutto se stesso, ma il suo compagno doveva capire da solo cosa volesse fare.

Una lacrima gli scivolò lungo la guancia. A quel punto, non sapeva in che altro modo agire, se non dando a Lucas i mezzi per spezzargli il cuore, se si fosse allontanato.

Un sospiro gli sfuggì dalle labbra mentre si spingeva via dalla porta e si dirigeva verso il bagno. Una doccia calda era quello che ci voleva, in quel momento. Chiuse la porta del bagno, aprì l'acqua nella doccia, si tolse i vestiti, e poi entrò nella cabina. Il getto caldo scese a cascata su di lui mentre si appoggiava al muro di piastrelle e chinava la testa verso il basso, cercando di lavare via il suo dolore.

Rimase così per diversi minuti prima di rialzare la testa, asciugarsi gli occhi e cominciare a lavare via lo sporco e il grasso della gara della giornata. Era stato bravo, con i tori, quel giorno, e non poteva lamentarsi dei punteggi. La sua posizione in classifica era solida ed era sulla buona strada per vincere quell'evento. Avrebbe reso il suo ritorno ancora più dolce, se avesse portato a casa il premio al primo evento dopo il suo incidente.

Quando l'acqua cominciò a raffreddarsi, la chiuse, afferrò l'asciugamano dal gancio vicino alla doccia e si asciugò. Con il telo attorno ai fianchi, si trasferì in camera da letto per prendere dei boxer puliti dal borsone.

Una volta indossati, scostò le coperte dal letto e scivolò sotto le lenzuola bianche e fresche. Mise il braccio dietro la testa e fissò il soffitto; temeva che sarebbe stata una notte lunga e solitaria. Non avrebbe ceduto andando da Lucas. Aveva esposto le sue ragioni e ora toccava al suo uomo decidere cosa volesse davvero.

La notte passò in punta di piedi e Rusty si girò e rigirò nel grande letto. Si chiese dove avesse dormito Lucas, visto che non l'aveva raggiunto nel loro letto, durante la notte. Il sole filtrò nella camera in una lenta lama di luce che si allungò sul pavimento. Rusty non aveva dormito molto, il che avrebbe reso difficile stare in sella quel giorno, per la fase finale. La sua mente sarebbe stata altrove, lo sapeva, ma se la sarebbe cavata. Se Lucas avesse deciso che non voleva combattere per loro, Rusty avrebbe deciso cosa fare e sarebbe andato per la sua strada. Non aveva voce in capitolo, in quella decisione. Non poteva far sì che Lucas lo amasse o volesse trascorrere la sua vita con lui, se lui non lo desiderava. *Dannato stupido stronzo!*

Rusty si alzò e si infilò i jeans. Non dovevano essere

all'Arena fino a tarda serata dal momento che l'ultimo turno non sarebbe cominciato prima delle venti. Era necessario che fossero là un paio d'ore prima, per incontrare i fan, ma, a parte quello, aveva la giornata tutta per sé.

Quando aprì la porta della camera da letto, non era preparato per il silenzio di tomba che lo accolse. Niente si era mosso. Guardò la porta che portava alla seconda camera da letto. Era chiusa. Lucas doveva aver dormito lì. Rusty scosse la testa prima di andare in cucina per prepararsi il caffè. Non c'era nulla da mangiare, ma avevano rifornito il bar e la macchina per il caffè. Avrebbe dovuto ordinare la colazione, immaginò.

«Rusty?»

Si girò trovando Lucas in piedi dietro di sé. «Sì?»

«Mi dispiace.»

«Ti dispiace?»

«Sì.» Lucas si chinò e lo baciò sulla bocca. «Ho paura, molta paura di quello che potrebbe accadere in futuro, ma immagino di non aver bisogno di preoccuparmi così tanto degli altri e di quello che possono pensare di te e di me. È un problema loro e devono affrontarlo. Molta gente non comprenderà comunque, lo capisco. Sarà difficile per noi, questo lo so, ma se lo affrontiamo insieme, alla fine vinceremo, perché ci amiamo.»

«Giusto. Ci amiamo e insieme possiamo affrontare qualunque cosa.»

Lucas lo attirò in un abbraccio, non uno di pacificazione, ma uno onesto e sincero, che parlava d'amore. «Non chiudermi di nuovo fuori dalla nostra camera da letto.»

«Non l'ho fatto. La porta non era chiusa a chiave.»

«Quando l'hai chiusa fra noi, era come se mi avessi escluso dalla tua vita.»

«No, avevi bisogno di affrontare le tue paure da solo. Ti amo, ma non posso risolvere tutto per te. Anche se siamo compagni, ci saranno delle volte in cui dovrai ragionare da solo sulle cose. Ora che hai capito che insieme possiamo far funzionare il nostro rapporto, sarai in grado di amarmi come merito di essere amato, come il tuo compagno di vita e non solo per comodità.»

«Non sei mai stato solo una comodità, Rusty, mai.»

«Mi hai fatto sentire in questo modo, la notte scorsa, quando eri pronto a gettare fuori dalla finestra tutto quello che avevamo insieme, a causa della tua paura del futuro.»

«Mi dispiace. Ho capito che devo essere forte nella mia convinzione che siamo fatti per stare insieme. Con te al mio fianco, posso superare ogni paura. Lo so che posso.»

Rusty lo baciò, un bacio in piena regola con la lingua che cercava quella del compagno e che gli fece rizzare l'uccello, desiderando il morbido calore del culo dell'amante. Aveva bisogno di quella connessione, la sensazione di unità che aveva sempre avuto con Lucas, quando facevano l'amore. «Ti amo.»

«Ti amo anch'io.»

«Lasciami fare l'amore con te.»

Lucas annuì mentre gli prendeva la mano e lo portava di nuovo in camera da letto. Nessuno dei due disse una parola mentre si spogliarono con calma l'un l'altro, toccandosi e sentendo la pelle nuda, una volta tolti i vestiti. Rusty passò la lingua sul petto dell'amante, fermandosi a mordicchiargli i capezzoli eretti mentre si faceva strada lungo il suo addome. L'uccello di Lucas stava eretto contro la sua pancia, con una piccola goccia di liquido scintillante sulla punta. Rusty la leccò via, prima di prendere la cappella in bocca, facendo mormorare il compagno dal profondo della gola e il suono gli si riverberò lungo la spina dorsale. Amava far perdere il controllo al suo amore.

Lasciò che le sue dita delineassero le palle di Lucas, accarezzando con la mano il sacco morbido. Quando spinse un dito dentro Lucas, il suo amante gli infilò le mani tra i capelli, tirandolo per avvicinare il viso al suo inguine.

«Cazzo, Rusty. È così bello.»

Rusty mosse la testa su e giù, leccandogli l'erezione per portarlo sull'orlo dell'orgasmo, per poi fermarsi e stringergli con una mano l'uccello alla base, per fermare l'orgasmo imminente. «Non ancora.»

«Faresti meglio a sbrigarti, allora, perché sto per esplodere.»

Rusty portò Lucas sul letto, afferrò il lubrificante dal comodino e poi spinse il suo amante verso il basso, in modo che il suo sedere fosse per aria, i piedi divaricati, pronto e aperto per quello che sarebbe avvenuto di lì a poco. «Allargati le natiche, Lucas. Voglio vedere quello splendido buco che mi aspetta.»

Lucas fece come gli era stato detto, mettendo una mano su ogni natica, aprendosi per il suo amante.

«Delizioso.» Rusty fece colare il lubrificante lungo la fessura, e Lucas sibilò in risposta. «So che è freddo, ma si riscalderà in fretta una volta che sarò dentro.»

«Sbrigati.»

Rusty si unse il cazzo con il lubrificante, prima di lanciare il tubo sul letto. «Sto tornando a casa.» Diede un colpetto con la cappella all'ano di Lucas. Il lento scivolare di pelle contro pelle che faceva quasi male, ma era così bello. Il calore morbido che lo circondava gli fece emettere dei respiri tremanti. Il suo cuore cominciò a correre e il suo corpo fremette dalla testa ai piedi. Era la prima volta che scopava Lucas senza preservativo e non avrebbe mai immaginato di provare una simile sensazione di godimento.

«Oh, Dio, Rusty.»

«Preparati. Ho intenzione di scoparti forte e veloce.»

Rusty spinse i fianchi in avanti, seppellendosi con tutta la lunghezza nell'accogliente corpo di Lucas. Dopo aver preso qualche respiro profondo, per evitare di venire troppo in fretta, Rusty cominciò a spingere sul serio. Lucas aveva allungato una mano verso il basso e si stava accarezzando, mentre Rusty lo scopava più forte. «Così, Lucas. Toccati l'uccello.»

«Sto venendo.»

«Non ancora.»

Lucas guardò da sopra la spalla. «Col cazzo.»

«Non ancora, ho detto. Trattieniti più che puoi. Sarà ancora meglio, dopo.»

«Cazzo.» Lucas gemette mentre la sua mano scorreva veloce sul suo cazzo. «Dio, sto per morire.»

«Ci siamo quasi.»

Scopò Lucas con così tanta forza che il letto sbatté contro il muro, colpendo la parete con una serie costante di botte. Sperò che non ci fosse nessuno nella stanza accanto, ma in quel momento non gliene fregava un cazzo. Aveva il suo amante sotto di sé e si sarebbe goduto ogni minuto dell'essere sepolto nel culo di Lucas.

«Dio, Rusty. Lasciami venire, per favore.»

Ansimò forte e continuò a spingere. Ogni minuto in cui era seppellito là dentro era un altro minuto di euforia, un altro minuto di beatitudine, un altro minuto in cui tutto era giusto nel mondo.

Quando l'orgasmo lo colpì, gemette il nome di Lucas e, infine, gli diede il permesso di arrivare alla propria liberazione.

Lucas gemette piano quando lo sperma schizzò sul letto, prima di accasciarsi sul copriletto incapace di muoversi.

Rusty uscì dal corpo del compagno mentre l'uccello gli si ammorbidiva e andò in bagno su gambe tremanti. Quando si fermò a guardarsi nello specchio, ciò che vide lo fece sorridere. La contentezza lo stava fissando dritto in faccia.

Ritornò in camera, dove Lucas non si era mosso dal punto in cui lo aveva lasciato, soddisfatto sul letto. Un rapido schiaffo al suo sedere nudo lo riportò in posizione verticale. «A meno che tu non preveda di fottermi di nuovo in questo preciso momento, tieniti quella merda per dopo.»

«Ah, davvero?»

«Già.»

«Vedremo.» Rusty diede un'occhiata all'orologio. «Ho bisogno di fare colazione.» Afferrò i vestiti dal pavimento e si infilò i boxer e i pantaloni.

«Anch'io,» concordò Lucas, afferrando i suoi abiti. «Io dico di scendere e prendere qualcosa da mangiare.»

«Okay, intanto mando un messaggio a Levi e Curt. Vediamo se possiamo incontrarci giù.»

«Perfetto.»

Dopo un paio di messaggi di Levi, Rusty si infilò gli stivali, si aggiustò il cappello e si diresse verso la porta con Lucas dietro di lui. Non vedeva l'ora di parlare con i suoi amici su come stavano gestendo il fatto di essere gay nel circuito. Sperava che potessero dare loro qualche dritta su come vivere all'interno della comunità del bull riding e sentirsi nel contempo felici in un rapporto sentimentale.

Quando la porta dell'ascensore si aprì al piano terra, Rusty svoltò a destra e si diresse verso il bar dell'albergo. Non erano ancora stati lì, prima d'ora, ma l'aveva visto quando avevano fatto il check-in. Era accogliente e nella parte posteriore dell'albergo, in modo che potessero avere un po' di privacy per quella conversazione.

Levi e Curt erano seduti in un angolo tranquillo e fecero loro cenno di avvicinarsi, quando si fermarono per chiedere informazioni alla cameriera.

«Li vedo laggiù, grazie.» Si diressero al tavolo degli amici a passo sostenuto. «Grazie per aver accettato di incontrarvi con noi.»

«Di niente, Rusty,» rispose Levi. «Sedetevi e diteci cosa possiamo fare per aiutarvi.»

La cameriera portò altre due tazze e chiese se volevano del caffè. «Sì, grazie», rispose Lucas. «Ho bisogno di qualcosa di forte con un sacco di caffeina. Non ho dormito bene la notte scorsa.»

Dopo aver cullato per un po' la tazza di caffè tra le mani, Rusty fece un respiro profondo e prese la parola. «Come state gestendo la vostra presenza nel circuito?»

«Che cosa intendi, Rusty?» chiese Levi spostandosi in avanti sulla sedia.

«Va bene. Lasciatemi fare un passo indietro. Lucas e io abbiamo una relazione molto simile alla vostra. Quello che voglio sapere è come state affrontando il fatto di mantenere la vostra vita personale separata da quella pubblica.» Rusty incrociò le mani sul tavolo e attese, temendo che non gli sarebbe piaciuto quello che Levi avrebbe detto.

Levi diede un'occhiata al suo compagno prima che il suo sguardo si fissasse su Rusty. «Non avevo capito che eri gay, Rusty.»

«Già. Non l'ho sbandierato molto in giro, ma è così. So di esserlo fin dal liceo.»

«Curt e io siamo stati fortunati. Non abbiamo ricevuto molte critiche dagli altri riders per il fatto di essere gay.

Credo che sia perché sono stato da sempre abbastanza chiaro circa la mia sessualità, quando qualcuno ha trovato il tempo per chiederlo. Però non sono stato invadente, né ho flirtato con quei ragazzi che sapevo non lo erano. Ho sempre mantenuto la questione privata, se capisci cosa intendo. Quando io e Curt abbiamo cominciato a vederci, non l'abbiamo sbattuto in faccia a nessuno e la nostra intimità l'abbiamo avuta nella privacy della nostra camera. Non ci sono state manifestazioni pubbliche di affetto o cose del genere. Dopo che Curt è stato ferito durante una gara, l'anno scorso, mi sono reso conto che non m'importava più se alle persone dava fastidio che stessimo insieme. L'ho quasi perso, e questo mi ha fatto pensare sul serio a quello che volevo.»

Rusty considerò ciò che aveva detto Levi. Il suo rapporto con Lucas era più o meno simile a quello dei loro amici, cioè privato. Sapeva quello che voleva, cioè una vita con Lucas, e non importava chi approvasse o meno. Sapeva anche che alla sua famiglia non sarebbe piaciuto, o almeno a suo padre e a Russell, ma avrebbero dovuto farsela passare. Aveva deciso di vivere la sua vita come voleva e al diavolo tutto ciò che gli altri pensavano. «Apprezzo la tua onestà, Levi.»

«Non c'è di che.» Poi si voltò verso Curt e gli chiese: «Vuoi aggiungere qualcosa?»

«Non proprio, solo una constatazione: se vi amate, allora nient'altro conta. Vedete, ho pensato che ai miei genitori

309

non importasse di me, di quello che facevo, e di chi amavo. Quando io e Levi siamo andati a raccontargli di noi, erano in estasi per la nostra storia. È una cosa che mi ha lasciato di stucco. Non me lo aspettavo per niente, ma non hanno sollevato nessun problema, per il fatto che sono gay e che amo un uomo.»

«Mio padre è andato fuori di testa quando ha scoperto di me,» commentò Rusty. «Anche mio fratello gemello, Russell. A mia mamma invece va bene, così come ai miei fratelli più piccoli. Non so però se mio padre o Russell potranno mai cambiare idea.»

«Che lo facciano o meno, non potete vivere la vostra vita preoccupandovi di loro. Il tuo amore per Lucas ti permetterà di affrontare qualunque cosa, se è abbastanza forte. Ci saranno persone che non lo capiranno e non c'è niente che tu possa fare per fargli cambiare idea. È un problema loro, non vostro.» Curt prese la mano di Levi, intrecciando le dita insieme a quelle del compagno.

«Apprezzo che vi siate presi del tempo per parlare con noi. Lucas sta avendo alcuni problemi riguardo al dichiararsi. Non abbiamo parlato con la sua famiglia, ma è sicuro che nemmeno loro lo supporteranno e probabilmente lo rinnegheranno.» Rusty allungò una mano sotto il tavolo e strinse quella di Lucas per rassicurarlo del fatto che lui era la cosa più importante della sua vita.

«È il rischio che si corre ad amare qualcuno del proprio

sesso.»

«Lo so.» Rusty sospirò prima di prendere la tazza di caffè e berne un bel sorso. Aveva bisogno di qualcosa che gli desse un po' di carica, per quello che aveva in mente. Per il momento, però, avevano bisogno di superare quel fine settimana e montare i loro tori come se avessero le palle in fiamme.

Quando quella sera si diressero verso l'arena, Rusty aveva un sacco di cose in mente. Doveva fare un buon round finale per ottenere i punti che gli servivano. Erano ancora agli inizi della stagione, ma ogni punto avrebbe potuto essere importante, quando sarebbe arrivato ottobre. Voleva essere in testa e, per farlo, doveva vincere.

Mentre depositavano le loro borse nello spogliatoio, Rusty era perso nei suoi pensieri.

«Stai bene?» gli chiese Lucas, toccandogli la spalla.

«Sì. Sto solo pensando, tutto qui.»

Lucas si guardò intorno per un attimo prima di chinarsi e baciarlo sulla bocca. Per fortuna, non c'era nessun altro negli spogliatoi.

«Stai correndo un gran rischio, a farlo qui.»

«Lo so, ma avevo bisogno di sentire le tue labbra sotto le mie prima della gara.» Lucas gli toccò la guancia. «Ti amo, lo sai.»

311

«Ti amo anch'io. Stai attento là fuori, stasera. Sono certo che la spalla ti dà ancora fastidio.»

«Un po' sì, ma sarò a posto.»

«Non cercare di fare Superman, Lucas.»

«Non lo farò. Inoltre, sei tu il ragazzo d'oro. Questa la devi vincere.»

«Farò del mio meglio.»

«Se superi la prova con il tuo toro nel round finale, vinci. Sei al primo posto in questo momento.» Lucas mise una mano sulla spalla di Rusty, dandogli una piccola stretta di incoraggiamento. «Vai a prenderli, tigre.»

Rusty sorrise, poi uscirono insieme per scoprire a quale toro fossero stati assegnati per la fase finale. Sperò che fosse uno di prima categoria, che gli avrebbe fatto fare una buona manche, ma si augurò che non si trattasse di Lucifer's Chaos. Quel toro era il migliore di tutto il circuito e non molti riders erano stati in grado di montarlo.

Quando apparve l'ordine secondo cui avrebbero gareggiato, Lucas sorrise. «Credo che te la caverai alla grande su Jack's Tornado.»

«Lo spero. Ho bisogno di un buon giro per mantenere il vantaggio.»

«Andrai bene.» Lucas si portò verso un punto dietro le

chutes dove avrebbero potuto fare stretching. «Hai bisogno che ti aiuti a riscaldarti?»

«Tu provaci e io dubito che riuscirò a fare un giro buono, perché sarò duro come una roccia, mentre cerco di mantenere l'equilibrio sul toro.»

Lucas inarcò un sopracciglio mentre scuoteva la testa. «Non è colpa mia»

«Sì che lo è.»

Un sorriso si diffuse sul suo viso, mentre si spostava lungo la ringhiera per legare la sua bull rope, in modo da poterla cospargere di pece greca. Lucas avrebbe montato prima di Rusty, che essendo primo in classifica sarebbe stato l'ultimo a gareggiare.

Quando fu il suo turno, Lucas saltò sulla piattaforma dietro la chute che gli era stata assegnata, lasciando Rusty a guardarlo dal basso. *Cielo, quanto amo questo ragazzo.* Rusty lo vide consegnare la corda all'aiutante che l'avrebbe avvolta attorno al toro, mentre gettava la gamba oltre il bordo di metallo, preparandosi a calarsi sull'animale.

Il toro rimase completamente immobile durante l'intera sequenza di preparazione, rendendo Rusty nervoso. Non ne aveva mai visto uno stare così fermo durante quella fase. Di solito agitavano la testa, muovevano il corpo appoggiandosi da una parte o dall'altra della chute, oppure si spostavano avanti e indietro. Quel toro non fece nulla del genere. Se non fosse stato certo che quella dannata cosa fosse viva, avrebbe pensato che dormisse, da come se ne stava lì, in attesa del cenno della testa di Lucas.

Nel momento in cui Lucas annuì, si scatenò l'inferno. Il toro scattò fuori dal cancello scalciando e saltando, mentre la testa di Lucas veniva gettata all'indietro con così tanta forza che Rusty sentì il rumore dello scatto del collo. Lucas si sporse troppo in avanti, proprio mentre il toro scattava la testa indietro e lo colpiva dritto in faccia. Non appena suonò il timer, Lucas si afflosciò sull'animale. Il suo corpo venne scaraventato giù come una bambola di pezza mentre i bull fighters cercavano di liberargli la mano dalla corda. Lucas era incosciente quando il suo corpo colpì la terra con un tonfo terribile.

Rusty non riuscì a muoversi. Il suo primo istinto era stato quello di correre là fuori per aiutare il suo amante, ma sapeva che non poteva farlo.

Il personale medico entrò nell'arena passandogli accanto.

Lucas non rispose quando lo rivoltarono.

L'equipe medica segnalò di portare una barella.

Il cuore di Rusty gli era salito fino in gola. *Lucas, svegliati, ti prego svegliati.*

Lo misero sulla barella e si precipitarono fuori dall'arena, attraverso il cancello dei riders. I piedi di Rusty erano come piombo, quando li vide dirigersi nell'area medica. Doveva andare là. Doveva scoprire quanto fosse rimasto ferito Lucas. *Dio, ti prego. Farò tutto quello che vuoi. Lo lascerò, se serve, ma ti prego, fa' che stia bene.*

Si avviò lentamente verso l'area medica, terrorizzato.

Si fermò all'entrata della tenda, sbirciando dentro e vedendo il dottor Milburn e il suo assistente prendersi cura di Lucas. I due si guardarono negli occhi prima di scuotere la testa.

Rusty aveva bisogno di sapere che cosa stesse accadendo. Doveva sapere, anche se erano cattive notizie. I bull riders rimanevano feriti praticamente sempre, durante le gare. La maggior parte delle volte non erano infortuni mortali, ma capitavano anche quelli e troppo spesso.

«Dottore?» sussurrò Rusty entrando nella tenda.

«Rusty, non dovresti essere qui.»

«Ho bisogno di sapere, dottore. Starà bene?»

«In questo momento non lo so. È privo di sensi e più a lungo lo rimane, peggiore è l'esito, di solito.»

«Posso vederlo?»

Il medico annuì. «Un minuto, poi abbiamo bisogno di mandarlo in ospedale per gli esami.»

Rusty si accostò piano al lato della barella. Gli occhi di

Lucas avevano già delle ecchimosi intorno alle orbite. Sapeva che non era un buon segno.

Si chinò e sfiorò con le labbra l'orecchio del suo compagno. «So che puoi sentirmi, quindi sappi che quando starai meglio, faremo le cose come si deve. Basta rimandare.» Una lacrima gli scivolò lungo la guancia. «Non lasciarmi. Ho bisogno di te, Lucas. Tu sei il mio cuore e la mia anima.»

I paramedici arrivarono di corsa, prendendo in carico il ragazzo, mettendolo su una nuova barella per portarlo nell'ambulanza, fuori dall'arena.

«Dove lo state portando?»

«Al Saint Vincent.»

«Sarò lì appena posso. Potete dirglielo, se si sveglia?»

«Certo, amico.»

Rusty voleva andare in ospedale, ma sapeva che Lucas sarebbe impazzito se lui non avesse gareggiato e vinto quell'evento. Lucas aveva sempre messo il bull riding sopra ogni altra cosa. «Per te, amico. Vincerò questa gara e poi sarò al tuo fianco, a ogni costo.»

I paramedici si precipitarono fuori con Lucas assicurato alla barella.

Rusty avrebbe ricordato quella scena orribile per il resto

della sua vita.

Capitolo 15

«Ora in gara il nostro ragazzo della rimonta, Rusty Arnold. Al momento è saldamente al terzo posto e il suo turno è l'ultimo della serata. Se avrà la meglio sul suo toro, sarà lui a fare man bassa in questo evento.»

Rusty salì sulla recinzione di metallo e vi fece passare la gamba sopra, in modo da poter stare a gambe divaricate sopra il toro. Doveva mantenere la concentrazione, o sarebbe finito in ospedale proprio di fianco a Lucas. Chiuse gli occhi, prendendo un respiro profondo per calmare i nervi. Quando si calò sulla schiena del toro, l'animale si spostò con un fianco contro il muro, intrappolandogli la gamba contro la ringhiera. Lo spotter puntò un piede sul fianco del toro per spingerlo dall'altra parte, liberando la gamba di Rusty. *Che cazzo di male!*

Non appena la sua corda fu tesa attorno all'animale, se l'avvolse alla mano, picchiò con il pugno perché la presa si stringesse e poi annuì con la testa.

Il toro si fiondò fuori, calciando e girando a destra. Dopo ogni sgroppata, Rusty si rimetteva al centro, montando l'animale come se la sua vita dipendesse da quello, fino a quando il timer non suonò. Aveva fatto i suoi otto secondi.

Adesso poteva andare in ospedale.

«Ce l'ha fatta! Rusty Arnold ha vinto l'evento con questo spettacolare giro di novantadue punti.»

Il suo miglior giro di sempre, ma non significava un cazzo, non quando la sua vita giaceva in un letto d'ospedale dall'altra parte della città. Doveva fare il suo dovere e accettare la fibbia della cintura, gli stivali e l'assegno, prima di potersene andare.

Tutti gli diedero una pacca sulla schiena, congratulandosi con lui per la grande vittoria. Sorrise e ringraziò, ma senza entusiasmo, in modo che lo lasciassero andare via di lì in fretta.

Le luci lampeggiavano mentre entrava al centro dell'arena ad accettare le sue vincite. La folla intonò il suo nome più e più volte. Fu un grande momento, uno per il quale poteva ringraziare la sua buona stella, ma non significava nulla senza Lucas al suo fianco.

Dopo la fine della cerimonia, si diresse verso lo spogliatoio per prendere le loro borse, solo per essere fermato dal signor Coleman.

«Sono molto orgoglioso di te, Rusty. Hai fatto un lavoro fantastico durante questo evento. Ne hai fatte tre su tre.»

«Grazie.» Rusty si guardò alle spalle desiderando di poter fuggire.

«Sono sicuro che otterrai grandi risultati durante l'intera stagione. Conto su di te. Tieni la testa sulle spalle, figliolo, e arriverai in cima.»

«Lo apprezzo signor Coleman, ma ho bisogno di andare, adesso.»

Lo sponsor gli mise una mano sulla spalla. «Ho visto la caduta di Lucas. Sta bene?»

«Non lo so. È in ospedale.»

«Vai allora.»

Rusty annuì prima di girare sui tacchi e precipitarsi fuori sul marciapiede per cercare un taxi. Emise un lungo fischio acuto per fermare il primo che passava. Quando salì sul sedile posteriore, diede all'autista il nome dell'ospedale, chiedendogli di andare più veloce che poteva.

Il taxi fluttuò dentro e fuori dal traffico, ma a Rusty non importava. Teneva gli occhi incollati alla strada, ai lampioni che scorrevano in una rapida sequenza oltre il finestrino. Quando raggiunsero l'ingresso del Saint Vincent, Rusty gettò i soldi al conducente e saltò fuori dall'auto. Si precipitò all'interno, fermandosi di scatto allo sportello dell'accettazione.

«Lucas Jacks. Dov'è?»

«Un momento, prego.» La donna si voltò verso il computer, digitando sui tasti per alcuni istanti mentre lui si mordeva le labbra per la frustrazione. «È ancora al pronto soccorso, signore. Dovrà sedersi e aspettare qui.»

«Ho bisogno di vederlo.»

«È della famiglia?»

«Sì. Sono suo fratello.» Rusty sapeva che quella bugia gli sarebbe costata cara, alla fine, ma non gli importava. La necessità di vedere Lucas tirava fuori il peggio di lui. Doveva sapere se stava bene.

«Mi faccia chiamare in reparto e vedrò cosa posso fare.»

Rusty camminò su e giù per la stanza con le mani ficcate in tasca. Non si era nemmeno tolto i chaps dopo la gara, aveva a malapena afferrato le borse di entrambi ed era venuto in ospedale. Probabilmente avrebbe potuto mandare un messaggio a Levi e chiedergli di recuperare la loro roba, ma in quel momento aveva cose più importanti per la testa.

«Aspetti qui, signore. Qualcuno verrà fuori a parlare con lei tra un minuto.»

«Grazie.»

Nel giro di pochi istanti un uomo in camice blu scuro uscì dalla porta del pronto soccorso. «Chi c'è qui con Lucas Jacks?»

«Ci sono io.»

«La receptionist ha detto che fa parte della famiglia.»

«Sì, beh, più o meno.»

Il ragazzo inarcò le sopracciglia. «Più o meno in che senso?»

«Siamo fidanzati.»

«Capisco.» L'uomo lo guardò con un'espressione dubbiosa sul volto, ma gli fece comunque cenno di seguirlo. Percorsero un corridoio lungo e stretto, sul quale si aprivano diverse stanze, dentro le quali si intravedevano delle barelle occupate da persone. «Il signor Jacks ha una grave commozione cerebrale. Il naso è rotto e anche le orbite oculari. Non farà alcuna gara di bull riding per un po'.»

Rusty sbuffò, sapendo che ci sarebbe voluto molto impegno per impedirlo a Lucas.

«Lo terrò in osservazione un paio di giorni per controllare la ferita alla testa. Al momento è cosciente, il che è una buona cosa. È probabile che non si ricordi cos'è successo e può darsi che l'amnesia si estenda fino a uno o due giorni fa. È una cosa comune con questo tipo di lesioni.» Il dottore si fermò davanti a una zona alla sua destra, chiusa da tende. «Lo può vedere, ma non si trattenga a lungo. Tra non molto le infermiere lo trasferiranno in una stanza.»

Rusty attraversò la tenda e si avvicinò al letto di Lucas. Il monitor sopra la sua testa mostrava che il battito cardiaco procedeva a un ritmo regolare. Era un suono rassicurante nel modo più semplice che potesse pensare. Quando gli toccò la mano, il suo compagno girò il viso verso di lui. «Lucas?»

«Ehi.»

«Come stai, amico?»

«Mi sento come se fossi stato colpito da un camion. Riesco a malapena a vedere.»

«Ci credo, hai entrambi gli occhi gonfi e quasi chiusi.»

«Cos'è successo?»

«Hai preso un colpo al viso.»

«Merda.»

«Già.»

«Uh, Rusty?»

«Sì?»

«Dove siamo? Non mi ricordo.»

«New York, amico. Prima corsa della stagione.»

«Come sei andato?»

«Ho vinto.»

«È fantastico. Sapevo che potevi farcela.»

«Dovresti riposare.»

«Lo so.»

«E io dovrei andare.»

«No, resta qui con me. Non voglio restare da solo.»

«Non posso passare la notte con te, non credo.»

«Va bene. Rimani fino a quando non mi sposteranno da qualche altra parte, che non sia quello dove sono in questo momento.»

«Sei al pronto soccorso, adesso. Dovrebbero portarti al più presto in una stanza.»

«Va bene. Allora rimani fino a quando mi ci porteranno. Ho bisogno che tu stia con me.»

«Resterò tutto il tempo che mi lasceranno rimanere.» Quando Rusty spostò una sedia per sedersi accanto a lui, Lucas sospirò e si rilassò sul letto. «Ti amo.»

«Ti amo anch'io, Lucas. Quando starai meglio, dovremo parlare, però.»

«Parlare?»

«Sì.»

«Non suona bene.»

«È tutto a posto, non preoccuparti.»

«Finché starai con me, posso affrontare qualunque cosa.»

«Starò sempre con te.»

Il respiro di Lucas divenne regolare e Rusty capì che si era addormentato. La guarigione era una priorità assoluta per il suo compagno, ora. Se questo significava che dovevano prendersi del tempo lontano dalle gare, allora lo avrebbero fatto. La sua vita era accanto a quell'uomo, adesso, non aveva importanza cosa avrebbe comportato.

Due giorni dopo, Lucas venne dimesso dall'ospedale. I lividi sul viso avevano cominciato a virare verso il verdastro, segnalando che il processo di guarigione era iniziato. Non sarebbe stato in grado di gareggiare per diverse settimane, perlomeno fino a quando le ossa del viso non si fossero rinsaldate, ma avrebbe potuto stare in tribuna per Rusty.

La tappa successiva del loro tour non era troppo lontana da Albuquerque. Oklahoma City.

Tornando a casa da New York, Rusty sedeva nel sedile del guidatore, fischiettando il motivo che stava passando alla radio. Avevano dovuto noleggiare un'auto a New York per tornare a casa, dal momento che non era una buona idea che Lucas volasse, viste le sue condizioni. Lucas sentiva una specie di prurito, come se avesse dimenticato qualcosa che avrebbe dovuto essere fatto. Il suo ricordo dei giorni precedenti l'incidente era sfocato e confuso. Il corpo gli faceva ancora male per la caduta, ma il suo uccello funzionava alla perfezione, invece Rusty gli era rimasto lontano, usando come scusa il tempo di guarigione su cui il medico aveva insistito.

Aveva bisogno di venire prima che la testa gli esplodesse e le palle gli si seccassero e morissero. «Dove ci fermiamo stasera?»

«Beh, ho pensato che avremmo potuto fare una sosta per dormire da qualche parte in Illinois, e alzarci presto, così da arrivare a casa entro domani sera. Sono circa venti ore da Chicago ad Albuquerque.»

«Va bene.» Il silenzio gli dava sui nervi. Odiava la tensione che si era creata tra loro. Non che non fossero in grado di dirsi qualunque cosa pensassero, ma Lucas non era sicuro di niente, in quei giorni. Erano diversi giorni che Rusty non gli diceva di amarlo, e lui si sentiva ferito. Voleva rannicchiarsi accanto al suo amante, perdersi nel suo corpo, e fare l'amore tutta la notte. «Rusty?»

«Sì?»

«Siamo a posto?»

«Cosa intendi?»

«Noi due. Le cose tra noi vanno bene?»

«Sì, perché me lo chiedi?»

«Perché sono giorni che non mi tocchi, non mi baci né mi dici che mi ami.»

Rusty emise un sospiro tremulo. «Mi sto trattenendo per te. Non voglio farti del male.»

«Per me?»

«Sì. La tua salute è più importante della mia libido.»

Il sollievo lo attraversò come se fosse stato colpito da un fulmine. Rusty era preoccupato per lui. Si era trattenuto perché non voleva fargli del male. Lucas sorrise e si lasciò scappare una risatina.

«Cosa c'è di così divertente?»

«Tu.»

«Io?»

«Sì, mi sei stato lontano perché ti preoccupavi per me e tutto quello che volevo io era che tu mi baciassi e mi dicessi che mi ami.»

«Io ti amo, più di ogni altra cosa al mondo.»

«Grazie a Dio. Ho pensato che forse era cambiato qualcosa, che avevi capito di non amarmi veramente e stessi cercando il modo di dirmelo senza ferirmi.»

Rusty accostò la macchina a lato della strada e azionò le quattro frecce. Quando si girò verso di lui, Lucas gli si buttò tra le sue braccia, in attesa del tocco della bocca di Rusty. Non dovette attendere a lungo: il suo amante sfregò le labbra contro le sue in una morbida carezza.

«Ti amo. Mi dispiace se il mio comportamento ti ha fatto pensare che fosse accaduto qualcosa che mi aveva fatto cambiare idea su quello che provo.»

«Hai detto che dovevamo parlare, quando eravamo al pronto soccorso.»

«Parlare, sì, non rompere.»

«Grazie a Dio.»

«Volevo che succedesse in un posto speciale, sai, ma credo che qui vada bene come in qualsiasi altro luogo.» Sfiorò la guancia di Lucas. «Ti amo con tutto il cuore e voglio che ci sposiamo.»

«Possiamo? Sposarci, voglio dire.»

«Sì. È perfettamente legale nel New Mexico. Ho fatto qualche ricerca sull'argomento e gli omosessuali hanno il diritto di sposarsi, nel nostro Stato.»

«Quando?»

«Non lo so. Possiamo parlarne quando arriviamo a casa, se vuoi, ma è un sì?»

«Sì, certo che sì. Ti amo.»

Rusty lo baciò di nuovo, con più forza questa volta, spingendo la lingua dentro la sua bocca per intrecciarla con la sua. Lui ricambiò il bacio colpo su colpo, fino a quando rimasero entrambi senza fiato, il suo uccello duro come una roccia.

«Stasera faremo l'amore. Non posso aspettare fino a quando arriveremo a casa,» pretese Lucas.

«Sei sicuro?»

«Sì. Ho bisogno di te.»

«Bene, perché sto morendo dalla voglia.»

«È deciso, allora.»

Rusty tornò al sedile del guidatore, mise in moto e si reinserì di nuovo nel traffico. «Ci fermeremo presto. Ho bisogno di essere dentro di te.»

«Per me va bene e… Rusty?»

«Sì?»

«Sbrigati, vuoi?»

«Ci puoi scommettere!»

Epilogo

Erano a metà della stagione di gare, e ora era fermo lì, al palazzo di giustizia, con le ginocchia che tremavano, le mani sudate e lo stomaco annodato.

Lui e Lucas avevano deciso che, avendo una pausa di due settimane a metà stagione, si sarebbero sposati. Non volevano una grande cerimonia, solo loro due e il giudice di pace. Bello, tranquillo e senza ostentazione.

Dal momento in cui la stagione era iniziata, Lucas aveva vissuto a casa sua, mentre guariva dalle ferite. Si erano amati tutte le notti, avevano lavorato fianco a fianco nel suo ranch e reso le loro vite più domestiche possibile. Avevano venduto la casa di Lucas in città e investito il ricavato nel Double L Bucking Bulls. Adesso erano soci di Logan.

Era stato al fianco di Lucas, quando avevano detto ai suoi genitori e fratelli della loro relazione. Il padre li aveva buttati fuori, la madre se n'era andata nella sua stanza con un attacco isterico, la sorella si era stretta nelle spalle dicendo che le andava bene, mentre suo fratello li aveva apostrofati con ogni schifoso epiteto a cui si potesse pensare, riferendosi a una persona gay. Per quanto riguardava Lucas, sua sorella era la sua unica famiglia.

Rusty aveva fatto pace con il padre; anche se non gli piaceva quello che era suo figlio, non aveva più rivolto loro degli insulti. Sua madre non aveva avuto nessuna remora ad accettare il loro stile di vita in maniera totale. Russell lo evitava, e John, Thomas, e Junior avevano accettato Lucas senza problemi.

Uno sguardo all'orologio sul muro gli rivelò che Lucas era in ritardo. Rusty si sentiva come se stesse per vomitare. *E se ha avuto un ripensamento e non viene?* Non aveva detto una parola, la sera prima, quando si erano separati, visto che avevano preferito non vedersi prima della cerimonia.

«Figliolo? Il tuo compagno è in arrivo?» chiese l'impiegata abbassando gli occhiali sul naso, in modo da poterlo guardare da sopra le lenti.

«Io, ehm... non sono sicuro.»

All'improvviso si sentirono diverse voci urlare, tanto da scatenare un putiferio nell'atrio.

Rusty guardò l'impiegata e poi guardò di nuovo verso la porta.

Un attimo dopo, la doppia porta si spalancò e una ondata di persone entrò nella stanza, con Lucas davanti a tutti. Il grande sorriso sul suo volto mostrava la sua eccitazione.

«Lucas? Cosa sta succedendo?»

«So che volevi una cerimonia semplice con solo un paio di

persone, ma ho voluto condividere questo giorno con quelli che ci sostengono.»

Rusty guardò la folla, riconoscendo diverse facce del circuito, tra cui Levi e Curt, CB Parker, Jefferson Thompson, Butch Reardon, sua madre, John, Thomas, e Junior, la sorella di Lucas, Sheryl, così come alcuni altri che conosceva solo un po'. «Wow.»

Levi si fece avanti e lo abbracciò. «Abbiamo voluto celebrare questo giorno speciale con te e Lucas. Quando ci ha chiamati, siamo saliti tutti sulle macchine e siamo venuti per essere con voi due mentre pronunciate le vostre promesse. Spero che tu abbia posto a casa tua, per ospitarci.»

Levi sorrise e Rusty ridacchiò. «Sono sicuro di poter trovare un po' di posto. C'è sempre il fienile.»

«Possiamo andare avanti, per favore? Ho un'altra cerimonia tra pochi minuti.» Il giudice fece loro segno di avvicinarsi.

«Scusi.»

Lucas gli prese la mano mentre camminavano verso il giudice. La piccola folla si assiepò dietro di loro, chiudendoli in un bozzolo di accettazione.

Mentre il giudice recitava le parole cerimoniali e arrivavano alla parte dello scambio delle promesse, Rusty si voltò a guardare Lucas. Le lacrime brillavano sulle ciglia del suo amore mentre ripeteva la formula che li avrebbe legati per il resto delle loro vite, agli occhi di Dio e dello Stato del New Mexico. Quando arrivò il suo turno, quasi non riuscì a parlare. Aveva la gola stretta da un'emozione così forte, che avrebbe scommesso sulla sua vita che si sarebbe ricordato l'espressione sul viso di Lucas fino al giorno della sua morte.

«Ti amo,» sussurrò Rusty mentre faceva scivolare l'anello d'oro al dito di Lucas.

«Ti amo.»

«Ora può baciare suo marito.»

Rusty si chinò, avvicinando la bocca a quella di Lucas, ad appena un soffio di distanza, prima di sorridere e sigillare insieme le loro labbra in un bacio che gli sciolse l'anima.

«Signore e signori. Vi presento il signor Rusty Arnold e suo marito, il signor Lucas Jacks. Possa la vostra unione essere benedetta da bambini, giornate lunghe e amorevoli e un futuro luminoso e brillante.»

Rusty attirò Lucas in un abbraccio, poi si girarono verso i loro amici.

«Facciamo festa!»

Fine

Più' forte di tutto

Incontreremo due bull rider, due macho muscolosi, sicuri di sé, cowboy arroganti con la smania di resistere per otto secondi sulla schiena di un toro di novecento chili, per ottenere fama e denaro. Nella loro vita privata però, dietro la porta chiusa di un albergo, il loro mondo sta per esplodere…

Levi Bond è un professionista da molto tempo e gareggia per il campionato del mondo di bull riding. Montare tori è ciò che gli dà adrenalina, che gli fa battere il cuore, che lo fa sentire come l'uomo da un milione di dollari. Questo, e il fatto di riuscire ad abbordare Curt Walsh, una delle stelle nascenti del suo stesso circuito. Anche se molto attratto da lui, Curt è confuso e insicuro di quale strada intraprendere nella sua vita. Ma Levi sarà ancora disponibile e interessato a lui, quando finalmente avrà preso la sua decisione?

Preparatevi a una cavalcata mozzafiato, frizzante e piena di intenso desiderio, della passione più sfrenata e di emozioni inaspettate, mentre Levi e Curt verranno attirati l'uno verso l'altro come delle enormi calamite, che si batteranno non solo per lo scopo della loro vita durante le gare in arena, ma anche contro la crudeltà e la cattiveria che è al di fuori. L'idea di innamorarsi l'uno dell'altro li terrorizzerà, più che riuscire a stare sulla schiena di un toro per otto secondi, senza uccidersi.

L' autrice

Sandy Sullivan scrive romanzi d'amore e quando non è impegnata nella sua attività di scrittrice, passa il tempo con suo marito Shaun, nella loro fattoria nel Tennessee centrale. Le piace cavalcare i suoi cavalli, giocare con i suoi cani e rilassarsi nel portico, godendosi le dolci colline che si estendono davanti a casa sua, a sud di Nashville.

È un'avida lettrice di romanzi, adora Nora Roberts, Jude Deveraux e Susan Wiggs, e cercare nuovi autori per avere qualcosa di diverso da leggere, calma la sua sete di lettura.

È un'infermiera che ama aiutare le persone e divulgare la gioia delle storie d'amore a quelli che le stanno vicino, facendo leggere loro i suoi romanzi. Ama i cowboy, tanto che nella maggior parte dei suoi libri troverete uomini sexy in jeans stretti e stivali da cowboy.

Il suo sito internet è www.romancestorytime.com